Der Autor

Karl Gengenbach

LUSTIGE GESCHICHTEN AUS PFORZHEIM
Satiren von Karl Gengenbach

Geschichten aus dem Alltag, wie sie jedem von uns schon passiert sind. Humorvoll und lustig erzählt. Manchmal etwas übertrieben und kurios.

Herstellung und Verlag:
BoD - Books on Demand, Norderstedt

ISBN 978-3-7392-2404-6

Im Finanzamt
Im Tierpark
In der Fußgängerzone
Bei Aldi
Ortsübliche Spottnamen
Im Stadtbus
Samstag bei Aldi
Brötchen angeln
Das Grundstück
Beim Internisten
Der Schulkamerad
Valentinstag
Lästige Prospekte
Und nochmal im Stadtbus
Media Markt
Frühlingsboten
Kunstwerke in der Stadt
Gelbe Säcke
Im Tafelladen
In der Stadt
Die Jugend von Heute
Auf dem Markt
Aal-Hein
Abzockerei
Die Therapeuten
Die Jugendsprache
Vatertag
Multikulti
Der Kleiderschrank
Der Keller
Die Kneipentour
Im Freibad
Die Bodensee-Tour

Der Früchtetag
Biker
Es ist Sommer
Fußball-WM
Die Kaffeefahrt
Der Stammtisch
Mäxchen
Im Hallenbad
Der Passbild-Automat
Schwebende Menschen
Nochmal die Jugend von Heute
Rempler und Ausweicher
Globalisierung
Burgundertrüffel
Der Regenwald
Das Erlebnisbad
Der neue Friseur
Baustellen
Mein erstes Buch
Der Rauchmelder
Vor der Wahl
Beim Tierarzt
Im Safari-Club
Hundekot
Kundenkarten
Bobby
Joggen und Hunde
Gute alte Zeit
Schriftsteller
Winters Tale
Ich werde alt
Arbeit macht frei
Früher und Heute

Die Maus
Der Abfluss
Der Schlüsseldienst
Das Schnäppchen
Die Grippewelle
Die große Inspektion
Lotto
Wellness
Ausgedaddelt
Ich bin ein Pechvogel
Ich bin kein Messie
Bettelbriefe
Bettlertricks
Gesundheitsmesse Vital
Markthorror
Lästige Anrufer
Ich hasse Weihnachten
Gute Vorsätze
Ich hab kein Auto
Die Zeitreise
Der Kick
Frittierte Heuschrecken
Alte Ortsnamen
Die Liste
Noch eine Liste
Hotel zum goldenen Bullen
Tätowierte Fußballer
Gute alte Küche
Haderlump und Scherenschleifer
Der Hausgeist
Der Hausierer
Die Pechsträhne
Exotische Haustiere

Die Walpurgisnacht
Freitag der 13.
Staubmäuse
Mondsüchtig
Glücksbringer
Das Bundesverdienstkreuz
Ich war auch mal ein Jugendlicher
Die Wette
Nervige Hausbewohner
Waschbären
Die Volksabstimmung
Ein Ort stirbt aus
Der Maulkorb
Worüber kann ich lachen
Und täglich piept der Alarm
Kasimir
Pedro
Der Schicksalsberg
Die besondere Uhr

Im Finanzamt

Es war mal wieder höchste Zeit. Ich musste meine Steuerunterlagen zum Finanzamt bringen. Ich war einmal zu spät dran und erhielt prompt eine Mahnung mit Strafgebühren.

Ich füllte die Steuererklärung mit gutem Gewissen aus und steckte sie zusammen mit den Belegen in einen großen Umschlag. Dann fuhr ich zur Nordstadt. Ich wusste noch, das Finanzamt ist an der Moltkestraße. Ich ging die Straße entlang und stand vor dem Autobriefkasten. Obwohl ich kein Auto dabei hatte, warf ich den Umschlag hinein. Ich sah mich noch um, aber niemand hatte mich beobachtet. Plötzlich hielt neben mir ein Auto und der Fahrer fragte mich: *wissen sie, wo das Finanzamt ist?* Ich drehte mich um. Hinter mir war ein riesiges Gebäude und auf dem Eingang stand Finanzamt. Ich überlegte kurz und antwortete: *also, da sind sie ganz falsch. Das Finanzamt ist beim Heizkraftwerk, ganz in der Nähe vom Enzauenpark.* Der Autofahrer bedankte sich und fuhr davon. Ich schämte mich fast, ich hatte ihn ans andere Ende der Stadt geschickt. Man sollte ja jeden Tag eine gute Tat tun und das war meine gute Tat für Heute. Außerdem lernt man so die Stadt kennen.

Im Tierpark

Seit langer Zeit besuchte ich wieder mal den Tierpark. Die Tiere, die ich beim letzten Mal gesehen hatte, waren bestimmt inzwischen gestorben. Aber, sicher hatten die Tierpfleger ein paar neue Tiere eingefangen. Vor dem Luchsgehege blieb ich stehen, aber vom Luchs war nichts zu sehen. Nun beobachtete ich eine Familie. Die drei bestaunten das Gehege. Sahen die mehr als ich? Tatsächlich zeigte sich der Luchs für eine kurzen Augenblick. Der kleine Junge fragte: *Papa, ist das ein Löwe? Nein*, sagte der Vater, *Löwen leben in Afrika, das ist ein Puma.* Die Mutter hatte inzwischen das Schild am Gehege gelesen und korrigierte beide: *nee, das ist ein Lachs*. Dann gingen die drei weiter zum nächsten Gehege. Neugierig wollte ich folgen, musste aber dringend auf den Bus. Der Bus wartete schon an der Endhaltestelle und ich setzte mich ganz nach Hinten.

Nach zwei Haltestellen stieg ein Kontrolleur ein. Ein farbiger Fahrgast suchte verzweifelt nach seinem Fahrschein. Dem Kontrolleur fiel das natürlich auf. Er baute sich selbstgerecht vor dem Farbigen auf: *na, hat Bimbo keinen Fahrschein? Fährt Bimbo schwarz?* In dem Moment fand der Farbige seinen Fahrschein und antwortete in bestem Hochdeutsch: *doch, Bimbo hat einen Fahrschein und Bimbo ist Rechtsanwalt. Und sie haben jetzt eine schöne Klage am Hals*. Der Kontrolleur war ganz verdattert und vergaß, die anderen Fahrgäste. Zum Glück, denn mir fiel siedendheiß ein, ich hatte ja auch keinen Fahrschein. Diese Busfahrt vergesse ich so schnell nicht mehr.

In der Fußgängerzone

Ich musste dringend zur Apotheke. In der Fußgängerzone war eine Apotheke neben der anderen. Die Wahl war schwer. Bei den Apotheken bekommt man

Bonuspunkte oder Treuemarken oder Goldtaler. Jede hatte eine andere Marketingstrategie. Ich entschied mich für die Apotheke mit den Treueherzen. Als ich meine Medikamente bezahlte fragte die Angestellte: *sammeln sie Treueherzen?* Ich musste kurz überlegen, dann meinte ich: *nein Danke, aber eine neue Niere könnte ich gebrauchen.*

Gegenüber war die größte Buchhandlung der Stadt. Vor der Buchhandlung beschallte ein Trompeter die Fußgängerzone. Ich suchte in der Buchhandlung nach einem speziellen Fachbuch und fand es tatsächlich. Als ich bezahlen wollte sagte der Geschäftsführer: *wenn sie den Trompeter draußen erwürgen, bekommen sie das Buch zum halben Preis*. Das Buch war ziemlich teuer und ich überlegte tatsächlich einige Sekunden. Dann zahlte ich doch den vollen Preis und verließ den Laden. Der Trompeter blies emsig weiter. Nach einigen Schritten sah ich einen Blinden mit einem Leierkasten. Neben ihm saß ein kleiner Hund auf der Matte. Ich schaute den Beiden eine Weile zu, dann fragte ich: *hat ihr Hund auch eine Ausbildung?* Der Blinde: *natürlich, er ist gelernter Einzelhandelskaufmann.* Ich ärgerte mich über die Antwort, dass ich ganz vergass, etwas zu spenden. Das haben die Beiden nun davon.

Ich ging hinunter zur Stadthalle. Zwischen Stadthalle und Theater war die Bushaltestelle. Ich wartete auf den Bus, der natürlich Verspätung hatte. An der Haltestelle war das Bertha Benz Denkmal. Ein komisches Gebilde. Weder Auto noch Fahrrad. Ich betrachtete andächtig das Kunstwerk. Plötzlich hörte ich hinter mir eine Stimme: *verstehen sie etwas von Kunst?* Verärgert über die Busverspätung sagte ich über die Schulter: *kunst mich am Orsch lecken*. Dann drehte ich mich doch um und wollte sehen, wer hinter mir stand. Es war ein Streifenpolizist. Und der hatte mich gut verstanden. Was für ein beschissener Tag.

Bei Aldi

Auf dem Weg zum Supermarkt kam ich an einem türkischen Obsthändler vorbei. Die gibt es inzwischen an jeder Straßenecke. Ich blieb an dem Stand stehen und fragte den Türken im Pforzheimer Dialekt: *kenne se scho deitsch schwätze?* Der Türke in bestem Hochdeutsch: *Natürlich, soll ich es ihnen beibringen?*

Verärgert ging ich weiter und erreichte den Aldi-Markt. Ich holte mir einen Einkaufswagen und ging los. In dem Moment betrat ein Halbstarker mit brennender Zigarette den Markt. Die Kassiererin rief sofort: *Junger Mann, sie sind in einem Supermarkt, hier ist Rauchverbot. Gehen sie mit ihrer Zigarette nach Draußen.* Der Halbstarke protestierte: *Ey, wieso? Du verkaufst doch hier Kippen, also kann ich hier auch Rauchen.* Die Kassiererin: *wir verkaufen auch Klopapier.*

Ich war beeindruckt und setzte meinen Einkauf fort. An der Kasse wollte ich meinen Einkauf bezahlen und suchte das Kleingeld zusammen. Dann sagte ich: *oh, ich habe sogar einen griechischen Euro.* Die Kassiererin drehte sich zu ihrer Kollegin um und fragte: *nehmen wir auch griechische Euro?*

Ich packte meinen Einkauf zusammen und verließ den Markt. Vor dem Eingang saßen zwei Punks mit roter Stachelfrisur. Ich wollte gerade vorbeigehen, da fragte mich einer: *ey Alder, haste mal was Kleingeld?* Ich antwortete: *nein, ich habe kein Geld.* Da meinte der Zweite: *dann geh doch arbeiten.*

Ortsübliche Spottnamen

In einem Buch über Pforzheimer Stadtteile und umliegende Gemeinden habe ich interessantes gelesen. Für jeden Ort gibt es auch einen abfälligen Namen, einen Spottnamen, mit dem die Einwohner bezeichnet werden. Einige Beispiele: Grunbach = **Kesselflicker**, Salmbach = **Ratzen**, Büchenbronn = **Kohlraba**, Brötzingen = **Kaubasche,** Birkenfeld = **Hogabiera**, Würm = **Schnecken,** Eutingen = **Saunäbel**, Bieselsberg = **Harzknaudel**, Schwarzenberg = **Zombel,** Wilferdingen = **Schnokaschießer**, Kieselbronn = **Geißaschenner**, Huchenfeld = **Keiwel**, Singen = **Bäratreiber**, Dietlingen = **Bloaärsch**, Ellmendingen = **Ellmadritscha**, Eisingen = **Schollwahopfer,** Ersingen = **Molka**, Conweiler = **Gelbfüaßler,** Göbrichen = **Hirsch,** Feldrennach = **Käslaibla**, Ispringen = **Russa**, Unterreichenbach = **Dalhuba**, Wimsheim = **Dannezapfe**, Neuenbürg = **Pflaschterscheißer** und Hohenwart = **Bachel.**

Ich stand an der Leopoldstrasse und wartete auf den Bus nach Hohenwart/Neuhausen. Um mich herum standen jede Menge Fahrgäste. Nun wollte ich mein neu erworbenes Wissen auch anwenden und rief laut: *alle Hohenwarter sind Bachel.* Ein älterer Herr regte sich darüber auf und protestierte: *ich bin kein gebürtiger Hohenwarter, ich bin zugezogen.*

Dann muss ich mich korrigieren, sagte ich, *nur 80 Prozent der Hohenwarter sind Bachel* (nach kurzer Pause) *der Rest ist noch blöder*. Inzwischen wurden auch die anderen Fahrgäste unruhig und ich verdrückte mich in die Menge. Eigentlich konnte ich ja auch an einem anderen Tag nach Hohenwart fahren.

Im Stadtbus

Ich benutzte mal wieder den Stadtbus. Vor mir saß ein Jugendlicher. Aus seinem Handy kam, für alle gut hörbar, wilde Technomusik. Natürlich störte das die anderen Fahrgäste, aber keiner traute sich etwas zu sagen. Schließlich platzte mir der Kragen und ich tippte dem Jungen vor mir auf die Schulter: **mach sofort die Musik aus**. Der Junge sah mich und meine 100 Kilo Lebendgewicht an und machte sofort die Musik aus. Nach einigen Haltestellen stand er auf und wollte aussteigen. Ich rief ihm laut hinterher: **deine Musik ist Scheiße**. Völlig aufgelöst und den Tränen nahe stieg der Junge aus. Ich drehte mich zu den anderen Fahrgästen um und meinte: *seht ihr, so muss man mit der Jugend reden.*

Nach einigen Haltestellen, der Bus hatte sich inzwischen wieder gefüllt, stieg eine Mitarbeiterin der Verkehrsbetriebe ein. Ich dachte, verdammt schon wieder eine Kontrolle, lag aber voll daneben. Die Mitarbeiterin ging von Sitz zu Sitz und fragte die Fahrgäste nach den Strecken, die sie täglich befahren. Aha, dachte ich, nur eine Umfrage. Da kam sie auch schon zu meinem Platz und fragte, ob sie eine kurze Umfrage machen könnte. Ich wehrte mit beiden Händen ab und meinte: *nee, nee, ich habe gestern bei einer Umfrage der Telefongesellschaft mitgemacht und heute ist mein Telefon tot. Wenn ich jetzt bei ihnen mitmache, ist morgen meine Monatskarte weg.*

Manche Fahrgäste können einem schon auf die Nerven gehen. Besonders mag ich die Döner-Esser, möglichst noch mit Zwiebeln und Knoblauch.

Dann die Schreihälse die ins Handy rufen: *hallo, hörst du mich, bin gerade im Bus.*

Dann die Schüler, die sich rüde vordrängeln um ja nicht stehen zu müssen. Schon beim einsteigen rammen sie mich zur Seite.

Dann die Schnarchnasen, die im Mittelgang oder vor der Tür stehenbleiben und den Weg versperren.

Besonders angenehm sind die Erkälteten, die voll in die Menge husten und niesen.

Und Musikhörer, die uns an ihrer Musik teilhaben lassen.

Samstag bei Aldi

Ich gehe nicht gerne am Samstag einkaufen, aber diesmal ließ es sich nicht vermeiden. Nun sind die Aldi-Parkplätze sehr groß und es gibt überall leere Parklücken. Direkt neben dem Eingang war ein Behindertenparkplatz eingezeichnet. Ich ging gerade vorbei, da brauste ein kleiner Sportwagen heran und parkte zielgenau auf dem Behindertenparkplatz. Ein jüngere Dame stieg aus und trippelte auf Stöckelschuhen Richtung Eingang. Ich rief ihr nach: *hallo, das ist ein Behindertenparkplatz, auf den sie sich da gestellt haben.* Die Dame drehte sich um und meinte schnippisch: *was geht sie das an? Außerdem, ich bin behindert. Das glaube ich schon,* sagte ich, *aber gemeint ist Körperbehindert.* Wortlos schoss sie davon. Nun betrat ich auch die Filiale. Es herrschte Ausnahmezustand. Vor den Kassen waren große Schlangen. Als eine Kasse schloß und dafür eine andere geöffnet wurde, kam es zum Gerangel um die Plätze. Ein älterer Herr wurde brutal abgedrängt und stand nun vier Plätze weiter hinten. Er pöbelte daraufhin die arme Kassiererin lautstark an. Alle anderen Kunden schauten betreten zur Seite. Ich konnte den Mund aber nicht halten und sagte laut: *ihr müsst das schon verstehen, in diesem Alter hat man keine Zeit, man kann jede Sekunde tot umfallen.* Darauf klatschten alle, bis auf einen, Beifall.

Plötzlich kam über Lautsprecher eine Durchsage: *Frau Schmidt, bitte nicht wieder alles anfassen.* Ich musste lachen und kam auch schon an die Kasse. Vor mir war nur noch ein Mann. Dieser hatte aber eine Reklamation. Das konnte ja dauern. Er zeigte der Kassiererin seinen Kassenbon und fragte: *sagn se mal, was ist denn datt hier, ich hab doch keen Baguette gekauft.* Die Kassiererin schaute auf den Bon und meinte: *nein, da steht nicht Baguette sondern Bouquet. Das sind die Blumen, die sie gekauft haben. Ach so, meinte der Mann, dann ist ja alles klar.* Als ich an die Reihe kam meinte die Kassiererin grinsend zu mir: *ja, ja, englisch müsste man halt können.*

Brötchen angeln

Ich habe einen neuen Sport entdeckt. Vorbei ist die Zeit, wo ich mich beim Bäcker angestellt habe, um meine Brötchen zu bestellen und eintüten zu lassen. Jetzt bin ich selbst aktiv und gehe morgens zum Brötchen angeln zu LIDL.

Allerdings ist das nicht einfach. Man muss mit einem langen Stab die Brötchen von hinten hervorholen, dann seitlich in ein Ausgabefach transportieren. Nun kann man sie mit der Hand entnehmen. Am Anfang stellte ich mich noch ungeschickt an. Jetzt beherrsche ich die Technik und brauche nur noch wenige Sekunden. Älteren Damen, die sich schwer tun, helfe ich gerne. Es gibt nur ein Problem. Der Brötchenautomat steht gleich nach dem Eingang und ständig kommen neue Kunden mit ihren Einkaufswagen und wollen vorbei. Da es im Supermarkt aber ziemlich eng ist, führt das schon mal zu Auseinandersetzungen.

Bei ALDI habe ich es auch versucht. Aber dort ist es langweilig. Man muss nur einen Knopf drücken und das Gewünschte saust unten in das Entnahmefach. Allerdings muss man nehmen, was kommt. Hier kann man sich nicht die schönste Laugenstange heraussuchen.

Bei PENNY ist es etwas schwieriger. Hier hat man auch einen langen Stab und muss die Brötchen nach vorne bugsieren, in ein Ausgabefach, das zu klein ist. Hier bilden sich schon mal Warteschlangen und bis man an die Reihe kommt, ist das Brötchenfach leer.

Bei NETTO wiederum geht es ziemlich einfach. Hier hat man einen langen Stab mit einer Schaufel am Ende. Aber man kann auch mit der Hand hineinfassen und die Brötchen so herausholen. Obwohl das streng verboten ist.

Bei REWE ist am Automaten eine Zange an einer Kette. Die Kette ist aber so kurz, dass man mit der Zange nicht bis nach hinten kommt.

Bei KAUFLAND hat man auch eine Zange, aber vor dem Ausgabefach ist ein Metallgitter, das die Entnahme erschwert. Deshalb steht neben dem Automaten ein Regal, auf dem alle Sorten von Brötchen abgepackt in Tüten angeboten werden. Jeweils drei Stück. Das ist für die Kunden, die vom Brötchenangeln genervt sind.

Bei SPAR steckt am Automaten eine Zuckerzange in einem Becher. Damit kann man in die verschiedenen Fächer hineingreifen.

Hier hatte ich mir vier verschiedene Brötchen herausgeangelt und in eine Plastiktüte gepackt. An der Kasse musste die Kassiererin wegen jedem einzelnen Brötchen in einer Liste nachsehen um den richtigen Preis einzugeben. Der Unterschied war meistens nur ein Cent. Noch kann man die Brötchen nicht einscannen. Aber es dauert sicher nicht lange, dann haben die auch einen Strichcode.

Das Grundstück

Vor einiger Zeit erbte ich ein Gartengrundstück. Das Grundstück war 20 Meter breit und 30 Meter lang. Das waren also 600 Quadratmeter oder 6 Ar. Genug, um darauf ein Häuschen zu bauen, wenn das Gebiet erschlossen wird.

Ich schaute mir das Grundstück genau an. Eigentlich war es nur eine Wiese mit einigen alten Obstbäumen. Ich überlegte, ob ich mir nicht ein Gartenhäuschen kaufen sollte. Aber es gab zu dem Gelände keinen Strom- und Wasseranschluß. Außerdem würde das Gartenhaus wohl mehr kosten, als das Grundstück wert war. Also verzichtete ich darauf und ließ das Grundstück so wie es war.

Bald gab es jedoch Ärger mit dem Nachbarn. Auf meinem Grundstück wuchs fleißig das Gras und natürlich auch Unkraut. Ich hatte also ein natürliches Biotop. Das gefiel dem Nachbarn überhaupt nicht. Angeblich würde sich mein Unkraut auf dem Garten des Nachbarn verbreiten.

Um weiteren Ärger zu vermeiden, mähte ich das ganze Grundstück ab. Nun hatte ich aber einen großen Haufen Gras und wusste nicht, wohin damit.

Beim Nachbarn entdeckte ich einen großen Komposthaufen, der dicht an meinem Zaun stand. Ich nutzte die Gelegenheit und warf das abgemähte Gras über den Zaun direkt auf den Komposthaufen. Die ersten Würfe gingen noch daneben, aber bald hatte ich den Bogen raus. So entsorgte ich nach und nach alles auf den Komposthaufen des Nachbarn. Der wunderte sich, dass sein Haufen immer größer wurde. Er hatte mich zwar im Verdacht, aber er konnte mir nichts beweisen.

Eines Tages fing die Stadt an, ein Grundstück nach dem anderen in diesem Gebiet aufzukaufen. Auch mir machten sie ein Angebot. Aber 2000 Euro (Verkehrswert) waren mir zu wenig. Außerdem wollte ich sowieso nicht verkaufen und blieb stur.

Bald fand ich heraus, dass das gesamte Gebiet erschlossen werden sollte. Die Stadt plante darauf eine Siedlung für unerwünschte Bürger zu bauen. Also für Emigranten, Asylanten, illegale Einwanderer und Flüchtlinge.

Für den Bau von Straßen und Gehwegen mussten die verbliebenen Grundstückseigentümer einige Meter von ihrem Grundstück abgeben. Bei meinem Grundstück waren das vorne 2 Meter, also insgesamt 40 Quadratmeter. Auf den Seiten musste ich nur 1 Meter abgeben, das waren zweimal 30 Meter, also 60 Quadratmeter. Insgesamt musste ich also 100 Quadratmeter abtreten, damit schrumpfte mein Grundstück auf 500 Quadratmeter, also 5 Ar. Für ein großes Haus reichte das nicht mehr, aber vielleicht für eine Hundehütte. Natürlich mussten auch alle Zäune entfernt werden.

Ich informierte mich, wie es nun weitergeht. In die geplanten Straßen musste die Kanalisation verlegt werden. Dann Wasser, Strom, Gas, Fernwärme, Telefon und TV-Kabel. Dazu kamen dann noch die Hausanschlüsse.

Als ahnungsloser Bürger dachte ich, die baggern einen großen Graben und verlegen dann alles, was in den Boden gehört. Dann kommt eine Asphaltdecke darauf und das ganze Gebiet ist erschlossen. Wie man sich doch täuschen kann.

Zuerst rückten große Bagger an und gruben einen tiefen Graben. Darin wurden die Rohre für die Kanalisation gelegt. Dann wurde alles mit Erde aufgefüllt und mit einer Asphaltdecke abgeschlossen. Das Ganze dauerte ein halbes Jahr.

Nach einer Pause von mehreren Wochen rückten wieder Baumaschinen an. Sie sägten den Asphalt auf und begannen wieder zu graben. Ich schaute neugierig zu. Aha, jetzt verlegten sie die Wasserleitung. Nachdem sie wieder alles aufgefüllt hatten, wurde neu asphaltiert.

Wieder vergingen Wochen. Dann kam ein Bautrupp und sägte den Asphalt auf. Diesmal verlegten sie Stromkabel und füllten wieder mit Erde auf. Natürlich wurde wieder asphaltiert.

Nach wenigen Wochen tauchten weitere Bauerbeiter auf, rissen die Straße auf und verlegten Gasrohre. Danach wurde alles wieder aufgefüllt, zugestampft und asphaltiert.

Bald darauf kam die Telekom und verlegte das Telefonkabel für das Festnetz. Dafür brauchten sie nur einen kleinen Bagger. Aber wieder wurde der Asphalt aufgesägt. Nach Verlegen des Kabels schlossen sie die Fahrbahndecke und asphaltierten neu.

Zwei Wochen später kamen schon wieder Arbeiter mit einem kleinen Bagger. Sie sägten den Asphalt nur 30 cm breit auf und verlegten das Kabel für den digitalen TV-Empfang. Auch sie füllten den Graben wieder auf und asphaltierten.

Nun dachte ich, endlich sind sie fertig, da kam erneut eine Firma. Diese verlegte Glasfaserkabel für schnelles Internet. Natürlich mussten sie dafür auch wieder die Straße aufgraben und dann wieder zumachen.

Inzwischen war es Winter geworden und an der Straße tat sich nichts mehr. Waren die tatsächlich fertig geworden?

Im nächsten Frühjahr rückten plötzlich große Baumaschinen an. Was war denn jetzt los? Diesmal rissen sie die Straße auf der anderen Seite auf, baggerten einen Graben zwei Meter breit und verlegten große Rohre für Fernwärme. Danach wurde alles wieder aufgefüllt und die Straße neu asphaltiert.

Jetzt, dachte ich, jetzt sind sie endgültig fertig. Ich war auch fertig, mit den Nerven. Doch da kamen schon wieder Arbeiter und gruben vor jedem Grundstück einen Schacht und von dort aus einen Graben in jedes Grundstück hinein. Natürlich, das waren ja die Hausanschlüsse. Die durften nicht fehlen.

Nachdem auch diese Löcher wieder aufgefüllt waren, sah die Straße aus, wie ein Flickenteppich. So konnte man das nicht lassen. Eine Straßenbaufirma rückte mit riesigen Maschinen an, fräste den ganzen Asphalt herunter und legte eine neue Asphaltdecke. Nun sah es tatsächlich nach etwas aus.

Ich war nun stolzer Besitzer eines Bauplatzes und erzählte einem Freund davon. Der dämpfte meine Erwartungen und meinte: *warte erstmal ab, bis du die Rechnung für die Umlage erhältst. Was für eine Umlage?* fragte ich. *Nun,* meinte er, *die Erschließung eines neuen Baugebietes kostet viel Geld und die Kosten werden auf die Grundstückseigentümer umgelegt. Je nach Größe deines Grundstückes musst du dann bestimmt 30-40.000 Euro bezahlen. Die sind ja ver-*

rückt, sagte ich, *das Geld habe ich nicht. Dann musst du deinen Bauplatz verkaufen*, meinte er.

Dann klärte er mich über die Bauplatzformel auf. *Wenn du drei Grundstücke hast, aus denen Bauplätze werden, musst du eines verkaufen. Damit bezahlst du die Umlage. Das zweite Grundstück musst du ebenfalls verkaufen, mit dem Erlös kannst du dann auf dem dritten bauen. Aber, ich habe nur ein Grundstück,* sagte ich. *Dein Pech*, meinte er und ging davon.

Bald darauf bekam ich die Rechnung für die Umlagekosten. Es waren tatsächlich 30.000 Euro. Um meine Schulden zu bezahlen, musste ich meinen Bauplatz verkaufen. Dafür bekam ich 35.000 Euro. Ich hatte also immerhin noch 5000 Euro gut gemacht. Doch wenige Tage später kam noch eine Nachforderung vom Tiefbauamt über 5000 Euro. Nachdem ich alles bezahlt hatte, war das ganze Geld weg und auch mein Bauplatz. Ich hatte nichts mehr. Irgend etwas ist hier schiefgelaufen. Aber was? Nun, dahinter komme ich noch.

Beim Internisten

Mein Internist hat seine Praxis im vierten Stock eines Geschäftshauses. Natürlich gibt es einen Fahrstuhl. Sogar ein ganz moderner, der mit einer lieblichen Frauenstimme spricht. Zuerst wird man begrüßt. Dann sagt sie jedes Stockwerk an und beim Halt meint sie: *und nun öffnet sich die Tür.* Das ist prima, sonst würde man das gar nicht merken. Ich freute mich schon auf die liebliche Stimme und drückte den Knopf, um den Fahrstuhl zu holen. Ich wartete geduldig, aber er kam nicht. Ich versuchte es erneut, ohne Erfolg. Er war mal wieder außer Betrieb. Links und rechts von der Tür sind Sensoren, welche die Tür öffneten oder schlossen. Die Jugendlichen haben das schnell herausgefunden und machen sich daraus einen Spaß, auf den Sensor einen Kaugummi zu kleben. Und schon ging nichts mehr.

Ich musste mich also die ganzen Stockwerke hochquälen. Völlig außer Atem erreichte ich den 5. Stock. Ich klingelte und wurde eingelassen. Die Praxis war mir aber anders in Erinnerung. Am Schreibtisch saß ein Herr im dunklen Anzug. *Helfen sie mir Herr Doktor,* stöhnte ich, *ich kann kaum noch atmen. Hören sie wie ich keuche? Was kann man dagegen tun?* Der Herr im Anzug: *sie sollten viel spazierengehen, das Rauchen aufgeben und Alkohol und Frauen meiden. Aber als Erstes sollten sie sich eine neue Brille anschaffen.* Empört meinte ich: *eine neue Brille? Warum eine neue Brille?* Der Herr im Anzug: *weil ich Rechtsanwalt bin. Gestatten sie, Dr. Schnitzler. Ihr Arzt hat seine Praxis im vierten Stock.* Ich entschuldigte mich und ging hinaus. Draußen musste ich jedoch laut lachen. Nicht, weil ich ein Stockwerk zu weit hochgestiegen bin, sondern mir plötzlich in den Sinn kam, worauf sich Dr. Schnitzler reimt.

Der Schulkamerad

Mitten in der Stadt traf ich einen Schulkameraden. Wir hatten uns seit der Schule nicht mehr gesehen. Er fragte neugierig: *was hast du seit der Schule gemacht?* Ich überlegte kurz, was ich ihm vorlügen konnte, dann antwortete ich: *du weisst ja, ich war arm wie eine Kirchenmaus. Also, gleich nach der Schule habe ich mir auf Kredit einen kleinen Handwagen gekauft und einen Handel mit Abfällen angefangen. Ich sammelte alles, Lumpen, Flaschen, Schrott usw. Und was glaubst du, besitze ich heute?* Der Kamerad rätselte herum: *eine Million? Zwei Millionen? Einen Schmarren*, sagte ich, *ich besitze noch nicht mal mehr den Handwagen.*

Nun meinte mein Schulkamerad: *was würdest du zu einem Bier sagen? Nichts*, antwortete ich, *ich würde es trinken.* Wir gingen zum nächsten Imbiss mit Bierausschank. Vor uns stand ein Mann am Schalter: *was gibt es heute zum Mittagessen?* Der Koch deutete auf das Schild: *Kartoffelpuffer mit Mirabellenkompott.* Darauf der Mann: *meine Oma macht immer Apfelmus dazu.* Der Koch: *und meine Oma macht immer Mirabellenkompott dazu.* Jetzt wurde mir es zu dumm und ich mischte mich ein: *falls es jemand interessiert, mei Oma isch dod.*

Jetzt wurde es auch meinem Schulkamerad peinlich und er zog mich weiter zu einer Dönerbude. Hier gab es aber kein Bier. Also aß ich - gegen meinen Willen - einen Döner und trank dazu eine Cola. Das war übrigens mein erster Döner, denn bisher verabscheute ich dieses komische Zeug. Wir gingen noch einige Schritte weiter und verabschiedeten uns.

Als ich am Nachmittag wieder an der Dönerbude vorbeikam, war das Gesundheitsamt gerade dabei, den Laden dicht zu machen, wegen Salmonellen. Den ganzen Tag achtete ich auf meinen Magen, ob er verdächtige Symptome zeigte. Ich hatte Glück, aber der erste Döner war auch mein Letzter.

Valentinstag

Es ist Tradition, dass man am Valentinstag seine Freunde mit kleinen Geschenken überrascht. Wenn man aber keine Freunde hat, was dann?

Ich nahm mir vor, diesmal meine Nachbarn zu beschenken. Dafür ließ ich mir etwas einfallen. Ich packte kleine Schachteln und beschriftete sie. Ich hatte 15 Geschenke vorbereitet.

1. Ein Weinabend für zwei Personen
2. Eine Dampfnudel
3. Eine kleine Leckerei
4. Einen Flammenwerfer
5. Eine Arbeitsschutzkleidung
6. Ein Scharfmacher
7. Ein Essen für sechs Personen
8. Eine Reiseschreibmaschine
9. Ein Beruhigungsmittel
10. Eine Designer-Anstecknadel
11. Eine Traumreise für zwei Personen
12. Ein Streichinstrument
13. Der längste Schal der Welt
14. Ein Muntermacher
15. Eine Obstschale

Diese Geschenke verteilte ich nachts in der Nachbarschaft. Es sollte ja eine Überraschung sein.

Der erste Nachbar hatte Streit mit seiner Frau. Er bekam den Weinabend für zwei Personen. In der Schachtel war eine Zwiebel.

Der zweite Nachbar schimpfte immer über die Raucher. Er bekam die Dampfnudel. In der Schachtel war eine schöne weiße Zigarette.

Der dritte Nachbar naschte gerne. Er bekam die kleine Leckerei. In der Schachtel war eine Briefmarke.

Der vierte Nachbar war ein Waffennarr. Er bekam den Flammenwerfer. In der Schachtel war ein Streichholz.

Der fünfte Nachbar war ein Gigolo. Er bekam die Arbeitsschutzbekleidung In der Schachtel war ein Kondom.

Der sechste Nachbar war ein scharfer Hund. Dem schenkte ich die Schachtel mit dem Scharfmacher. In der Schachtel war eine kleine Tüte Pfeffer.

Der siebte Nachbar hatte Frau und 4 Kinder. Er bekam ein Essen für sechs Personen. In der Schachtel war eine Tütensuppe.

Nachbar Nummer acht verreiste gerne. Er bekam die Reiseschreibmaschine. In der Schachtel war ein kleiner Bleistift.

Nachbar Nummer neun war ein Choleriker. Im schenkte ich das Beruhigungsmittel. In der Schachtel war ein gebrauchter Babyschnuller.

Für Nachbar Nummer zehn, einen Beamten, gab es die Designer-Anstecknadel. In der Schachtel war eine Büroklammer.

Nachbar Nummer elf bekam die Traumreise für zwei Personen. In der Schachtel waren zwei Schlaftabletten.

Nachbar Nummer zwölf war Musiker. Er bekam das Streichinstrument. In der Schachtel war ein Pinsel.

Nachbar Nummer dreizehn war immer so verfroren. Er bekam den längsten Schal der Welt. In der Schachtel war eine Rolle Toilettenpapier.

Nachbar Nummer vierzehn war ständig müde. Er bekam den Muntermacher. In der Schachtel war eine Reißzwecke.

Nachbar Nummer fünfzehn, ein Vegetarier bekam die Obstschale. In der Schachtel war die Schale eines Apfels.

Am nächsten Tag schaute ich in meinen Briefkasten. Ob ich wohl auch ein Geschenk erhalten hatte?

Tatsächlich, im Briefkasten lag eine rote Tüte. Gespannt öffnete ich das Geschenk. Es war ein frischer Hundehaufen. Irgendwer musste mich in der Nacht gesehen haben.

Lästige Prospekte

Heute, am Samstag, wollte ich die Zeitung aus dem Briefkasten holen. Das ging nicht. Die Zeitung war wie einzementiert. Der Zusteller musste sie wohl mit einem Hammer in den Briefkastenschlitz reingehämmert haben.

Früher hatten die Briefkästen einen Schlitz von höchstens 2 cm. Unsere Briefkästen sind neu und 5 cm hoch. Trotzdem passt die Samstagsausgabe der Zeitung nicht mehr rein. In der Zeitung sind inzwischen soviele Prospekte als Beilage, dass sie zusammengelegt über 10 cm dick ist.

Nur einige Beispiele, was heute in der Zeitung drin war. Aldi, Kaufland, Möbelmarkt, Küche und Baumarkt. Daneben steckte ein weiteres Paket mit Edeka, Lidl und Treff. Und noch ein Paket *Einkauf aktuell* mit einem Mini-Fernsehprogramm, Poco und Penny. Dazwischen steckte eine Karte von einem

Pizza-Lieferservice. Fehlen nur noch die Prospekte von Norma, Netto und Rewe. Aber die bekommt man nur im Laden.

Zwischendurch findet man auch mal Prospekte von Tedi und KIK im Briefkasten. Außerdem Möbel- und Baumärkte, sowie Fressnapf und Vögele. Auch Brillen- und Hörgerätehändler schicken regelmäßig ihre Flyer und gelegentlich auch der Biomarkt.

Ich habe am Samstag aus der Tageszeitung alle Prospekte herausgenommen, außerdem die mehrseitigen Anzeigen von Saturn und Media-Markt. Übrig blieb eine dünne Zeitung, wie sie unter der Woche verteilt wird.

Natürlich kann man auf dem Briefkasten den bekannten Aufkleber *Bitte keine Werbung* anbringen. Aber das nützt überhaupt nichts. Die Beilagenwerbung in der Zeitung ist davon ausgenommen. Auch *Einkauf aktuell,* das von der Post verteilt wird, steckt in jedem Kasten. Manchmal legt der Postbote auch das ganze Paket in den Hausflur. Dann darf ich erst mal die Folie entfernen. Die muss ja getrennt vom Papier entsorgt werden.

Dazu kommen noch die Werbebriefe mit persönlicher Adresse. Die sind ja nicht als Werbung zu erkennen.

Gratiszeitungen, die Mittwoch verteilt werden, gelten nicht als Werbung und verstopfen die Briefkästen.

Nachdem diese Mittwochszeitungen wiederholt herausgerissen waren und in einem wüsten Haufen auf dem Boden vor der Haustür lagen, verdächtigte ich Kinder, die von der Schule kommen und die Zeitungen herausreißen. Ich möchte mich bei den Kindern entschuldigen. Inzwischen habe ich den wahren Schuldigen auf frischer Tat beobachtet. Es war der Postbote. Weil alle Briefschlitze mit den Zeitungen verstopft waren riss er wütend die Zeitungen heraus und warf sie auf einen Haufen in die Ecke. Jetzt hatte er Platz für seine Briefe und Werbeprospekte.

Die armen Postboten. Früher hatte unser Postbote eine lederne Umhängetasche mit den Briefen. Daneben zahlte er noch Lottogewinne und die Rente aus. Spätestens um 10 Uhr Vormittags war er fertig und setzte sich in sein Stammlokal. Dort wartete er auf die Kollegen aus den anderen Bezirken, die nach und nach eintrafen. Um 12 Uhr fuhren sie gemeinsam zur Hauptpost und machten dort ihre Abrechnungen. Dann war Feierabend.

Heute hat der Postbote soviel Post auszutragen, dass er dafür ein Auto braucht. Oft wiegt die Menge an Post an einem Tag bis zu 100 kg. In der Stadt haben die Postboten große Wagen mit vielen Taschen. Manche haben auch Elektrofahrräder, ebenfalls schwer bepackt. Was heute der Postbote an einem Tag austragen muss, hatte er früher nicht mal im Monat.

Heute muss der Postbote ab 8 Uhr früh erstmal die Post vorsortieren. Das dauert bei der Menge meistens bis 12 Uhr. Dann beginnt er mit seiner Runde. Nicht selten, bekam ich die Post erst am Abend gegen 18 Uhr.

Natürlich kann ich mich auf die Robinsonliste setzen lassen. Dann bekomme ich keine unerwünschte Werbung mehr. Aber das hilft nur bei den Firmen, die mich direkt anschreiben. Das macht nicht mal 10 % der Werbung aus, die ins Haus flattert.

Also lasse ich es bleiben, bündle die wöchentliche Prospekteflut und gebe das Paket zur Papiersammlung.

Und nochmal im Stadtbus

Ich musste mal wieder mit dem Stadtbus fahren, hatte aber eine ungünstige Zeit erwischt. Die Schule war gerade aus und alle Sitzplätze waren belegt. Die meisten von Schülern. Natürlich stand keiner auf. Meistens habe ich meinen Leki-Wanderstock dabei, dann gibt es kein Problem. Irgend jemand steht schon auf, weil er denkt, ich sei gehbehindert. Sogar ältere Leute bieten mir dann ihren Sitzplatz an. Heute hatte ich den Stock aber vergessen und musste stehen.

Ein Mädel mit Kopfhörer hörte laute Hip-Hop-Musik aus ihrem MP3-Player. Die Musik konnte man bis zur letzten Sitzreihe hören. Keiner der Erwachsenen traute sich etwas zu sagen. Ich sah meine Chance, die Jugend von heute aufzuklären, pirschte mich an das Mädel ran und schrie ihr laut ins Ohr: **und mit 30 bist du taub.** Das Mädchen stand sofort auf und meinte: *natürlich können sie sich hinsetzen. Das kann man aber auch normal sagen.* Das war mir nun etwas peinlich, trotzdem nahm ich das Angebot an.

Media Markt

Ich besuchte mal wieder den Media Markt. Da gibt es immer was Neues zu sehen. Heute wollte ich nur schauen, nicht kaufen. Bei den Waschmaschinen blieb ich stehen und studierte die verschiedenen Modelle. Meine Waschmaschine war nun schon bald 20 Jahre alt und würde bestimmt demnächst den Geist aufgeben. Die Preise überraschten mich. Die meisten Modelle gab es unter 1000 Euro. Ich hatte für meine Maschine damals noch 2.500 bezahlt. Dann fiel mir ein, das waren ja noch D-Mark. Also hat sich eigentlich nicht viel geändert.

Ein junges Pärchen, beide höchstens Anfang 20, stand bei einer Maschine und studierte die Betriebsanleitung. Ein Angestellter kam hilfreich herbei. Die junge Dame fragte ihn: *entschuldigen sie bitte, wo steht denn hier, wie rum sich die Trommel dreht?* Der Angestellte: *was meinen sie mit wie rum?* Die junge Dame genervt: *ich will doch nur wissen, wo man einstellen kann, wie rum sich die Trommel beim waschen dreht.* Der Angestellte war nun leicht verwirrt und fragte: *aber warum denn?* Die junge Dame: *ich habe meine Mutter gefragt, wie man wäscht, und sie sagte, Pullover und Jeans immer linksrum.* Der Angestellte entschuldigte sich: *ich muss dringend ins Büro, sehen sie sich ruhig weiter um.*

Frühlingsboten

Sobald es wärmer wird kommen die ersten Gäste in mein Zimmer. Kleine Insekten, die dann hinter der Stehlampe an der Wand im Kreis herumsausen. Die sind lästig aber harmlos. Die Stubenfliegen sind schon unangenehmer. Ab und zu verirrt sich auch eine Hummel ins Zimmer. Die brummen zwar ziemlich laut, sind aber ungefährlich. Es heißt zwar, Hummeln stechen nicht, aber das ist ein Irrtum. Die Hummel ist eine stark behaarte Biene und hat auch einen Stachel.

Am schlimmsten sind aber die Hornissen. Vor denen habe ich Respekt. Gegenüber meiner Wohnung ist ein kleiner Garten mit einer Holzhütte. Dort ist ein Hornissennest. Wenn ich abends lüfte, kommen die Hornissen. Alle anderen Wohnungen haben ihre Wohnzimmer hinten heraus zum Fluß. Meine Wohnung ist die einzige, in der abends Licht ist. Wenn ich dann das Fenster zum lüften öffne, dauert es nicht lange und eine Hornisse ist im Zimmer.

Die schwirrt dann brummend in der Wohnung hin und her. Obwohl ich mein großes Fenster weit geöffnet habe findet die blöde Hornisse den Ausgang nicht. Also mache ich mich auf die Jagd, was nicht ganz ungefährlich ist. Das Viech schwirrt hin und her und wenn es sich mal hinsetzt, dann an einer Stelle, wo ich nicht hinkomme. An Schlafen ist nicht zu denken, solange eine Hornisse im Zimmer herumfliegt. Für meine erste Hornisse brauchte ich eine halbe Stunde, bis ich sie verjagt hatte. In dieser Nacht schlief ich nicht sehr gut. Ständig dachte ich, das Biest ist noch im Zimmer. Wenn ein Moped vorbeifuhr schreckte ich auf - die Hornisse ist wieder da.

Gleich am nächsten Tag besorgte ich mir eine Sprühflasche, mit der man Pflanzen besprühen kann. Abends füllte ich sie mit Wasser und öffnete das Fenster. Ich musste nicht lange warten, da hörte ich schon das bekannte Brummen. Das Biest war bestimmt 4 Zentimeter groß. Ich wartete, bis sie sich auf dem Bücherregal niedersetzte und besprühte sie mit Wasser. Sie brummte mich wütend an, konnte aber mit ihren nassen Flügeln nicht mehr fliegen. Ich nahm meinen Spinnenfänger, ein Gerät mit dem man Insekten fangen konnte, ohne sie zu verletzen. Die gefangene Hornisse setzte ich dann außen auf das Fensterbrett und schloss das Fenster. Sobald ihre Flügel wieder trocken waren, würde sie den Heimweg allein finden.

Nun wurde ich vorsichtiger und lüftete erst, wenn ich das Licht gelöscht hatte.

Das Hornissenproblem hatte ich gelöst. Als es aber auf den Sommer zuging, kamen die Schnaken. Die Biester sah man nicht. Wenn ich aber am nächsten Morgen erwachte, war ich in den Kniekehlen und Armbeugen zerstochen und es juckte fürchterlich.

Dann fand ich die Lösung. Ein Fliegengitter. Fliegengitter gab es im 1-Euro-Shop und die Montage dauerte eine halbe Stunde. Nun hatte ich Ruhe. Keine Hornissen, keine Hummeln, keine Fliegen, keine Schnaken, keine Wespen und keine kleinen Insekten mehr. Auch die Spinnen blieben fern. Der einzige Nachteil, das Fliegengitter nahm mir etwas Tageslicht weg. Aber damit konnte ich leben.

Eines Tages gab es ein Gewitter mit Hagelsturm. Die Hagelkörner kamen schräg von oben und knallten gegen die Fensterscheibe. Dabei zerrissen sie mein schönes Fliegengitter. Nach dem Hagel hatte es fußballgroße Löcher. Ich kaufte sofort ein neues und zwei weitere als Ersatz. Seitdem hat es nicht mehr gehagelt. Den Hornissen habe ich den Stinkefinger gezeigt.

Kunstwerke in der Stadt

Bei meinen Streifzügen durch die Stadt entdeckte ich auch Kunstwerke. Im Stadtgarten, bei der Stadtkirche, bei der Herz-Jesu-Kirche, beim Schmuckmuseum, auf dem Waisenhausplatz und im Park der Schlosskirche. Aber eigentlich müsste es doch viel mehr Kunstwerke in der Stadt geben. Also machte ich mich gezielt auf die Suche.

Am Kupferdächle stand das erste Kunstwerk **Raumfeld** von Otto Herbert Hajek, ein farbiges Gebilde aus Stahl.

Dann ging ich hinein in den Stadtgarten. Gleich nach dem Wehr über den Metzelgraben sah ich den **Schildkrötenreiter**. Dieser war viele Jahre am Kupferhammer zu sehen. Als die Anlage am Kupferhammer angelegt wurde, hat man den **Schildkrötenreiter** umgesiedelt. Einige Meter weiter stand der **Schneckenreiter.**

Nachdem ich *Bismarck* passiert hatte entdeckte ich den **Keil.** Ein überdimensionaler Faustkeil. Er stand mitten auf der Wiese. Es ist zwar nicht erlaubt, die Wiese zu betreten, aber daran hält sich keiner. Hundehalter lassen ihre Hunde auf die Wiese und die Migrantenkinder aus den umliegenden Häusern spielen auf der Wiese Fußball.

Ich ging also zu dem **Keil** und schaute nach dem Künstler. Es war Jutta Iris Christmann.

Als ich weiterging entdeckte ich den **Turm**. Ein viereckiger Klotz mit Auswüchsen von Eckhard Bausch.

Weiter vorne sah ich die **Endlose Schleife,** ein Möbiusstreifen aus Stein, von Don Giorgio.

Dann sah ich eine Frauenbüste aus Bronze, **Persephone** von Sylvia Kiefer.

Nun bog ich links ab und ging zum Schmuckmuseum. Dort würde ich doch sicher auch etwas finden. Tatsächlich stand ich nach wenigen Schritten vor der **Humania** von Rene Dantes.

Dann erkannte ich aus der Ferne zwei große Säulen. Eine war die Vorstudie zur **Wurmberger Säule**, die andere war die **Modulare Säule**, beide von Peter Jacobi.

Eine weitere Skulptur stand auch beim Schmuckmuseum, die **Victoire** aus Edelstahl, hochglanzpoliert.

Nun ging ich weiter bis zum Goldschmiedesteg. Einige Meter davor stand ein Steinblock aus dem eine Art Bilderrahmen herausgearbeitet war. Die Skulptur stammt von Josef Nadj.

Nun kam ich zum Waisenhausplatz. Da stand die **Lose Stange,** eine Skulptur aus Holz und Eisen, 7,5 Meter hoch, von Armin Göhringer.

Weiter vorne, auf dem Weg zum Nonnenmühlsteg kam ich am **World War II Memorial** vorbei. Ein Gebilde aus senkrecht aufgestellten rostigen Blechen, das an die Millionen Opfer des 2. Weltkrieges erinnern sollte. Der Künstler dieses Werkes ist Peter Jacobi.

Nun ging ich weiter am Congress Centrum vorbei und stand vor dem **Bertha-Benz-Denkmal** von Rene Dantes. Dieses ist schon mehr Leuten bekannt, da es an der Bushaltestelle steht.

Nun ging ich den Schlossberg hinauf durch das **Schlosstor** von Gerhard H. Class und betrat den Park der Schlosskirche. Da stach mir sofort eine überdimensionale verbogene Büroklammer ins Auge. Die Skulptur heißt **Miteinander-Ohne** und stammt von Werner Pokorny.

Nun dachte ich, ich hätte alles gesehen. Aber dann fiel mir ein, über den Bahngleisen steht ja das große Gebäude des Landratsamtes. Dort sind sicher noch weitere Kunstwerke.

Ich ging durch die Bahnunterführung und kam zur Zähringer Allee Nummer 3. Dort sah ich die **Cypresse III** von Rene Dantes, dann die **Modulare Säule** von Peter Jacobi.

Ein Gebilde, das aussah, wie übereinandergeschichtete Bretterstapel fiel mir auf. Der Name der Skulptur **Räumliche Schraffur** von Ritzi Jacobi.

Ich hatte mich kaum von dem Anblick erholt da sah ich einen zu einem Kreis gebogenen Stahlträger. Die Skulptur hatte noch keinen Namen und ist von Manfred Lepold.

Dann entdeckte ich den Trommler, eine Skulptur die man tatsächlich als einen Trommler erkennen konnte. Die Skulptur **Der Trommler** ist von Michael Sandle.

Ich war immer noch beim Landratsamt da entdeckte ich wieder einige verbogene Stahlteile. Es war die Skulptur **Diametral** von Reinhard Scherer.

Als ich nach oben blickte, sah ich im Lichthof eine Skulptur wie ein durchsichtiger Schmetterling. Sie schien zu schweben, wurde aber von Stahlseilen in der Luft gehalten. Es war **Der Wagen** von Axel Anklam.

Da standen beim Landratsamt doch tatsächlich mehr Kunstwerke als im Stadtgarten. Aber wer kommt schon mal ins Landratsamt? Im Stadtgarten könnten sich viel mehr Leute über diese Kunstwerke aufregen oder begeistern.

Nachdem ich all die Kunstwerke rund um das Landratsamt betrachtet hatte sah ich an einem Baum angekettet ein Fahrrad, an dem vorne ein Einkaufswagen montiert war. Ich trat näher, betrachtete das Werk und rief: *endlich mal was nützliches.*

Ich dachte, nun habe ich alles gesehen, ging zurück in die Innenstadt. Was sehe ich Ecke Luisen-/ Poststraße? Das Kunstwerk **Infinia** von Rene Dantes.

Zwei Kunstwerke möchte ich noch erwähnen. An der Fachhochschule, Tiefenbronner Straße, steht der **Pforzheimer Kopf** von Franz Bernhard. Ein brauner Block, der schräg auf einem Sockel ruht. Er hat keine Ähnlichkeit mit einem Kopf, eher mit einem Quadratschädel.

Das zweite Kunstwerk bei der Fachhochschule ist monumental. Es heißt **Schalter** und besteht aus mehreren Teilen. Der Künstler Johannes Brus stellte Kokillen aus der Industrie auf, sie sollen Elefantenbeine mit Füßen symbolisieren, daneben liegt eine Schlackenpfanne von Thyssen. Auf der anderen Seite, etwa 50 Meter unterhalb tauchen diese Elefantenbeine wieder auf, jedoch umgedreht. Im Hintergrund stehen Skulpturen von Pferden auf der Wiese.

Nachdem ich all diese Kunstwerke gesehen hatte, wirkte ich wie erschlagen. Das muss man erst mal verdauen. Eines ist klar, bei der Kunst gibt es kein gut oder schlecht. Kunst gefällt, oder sie gefällt nicht.

Eines ist auf jeden Fall wichtig, die meisten dieser Kunstwerke wurden von privater Hand oder von Stiftungen erworben. Sie belasten also nicht den Steuerzahler.

Zum Abschluss meines Rundganges kam ich in das Congress-Centrum. Hier war gerade die Gesundheitsmesse. In der Eingangshalle war eine gläserne Frau aufgestellt. Wenn man bei dieser auf verschiedene Knöpfe drückte, leuchteten die jeweiligen Körperteile und Organe auf. Ein junges Pärchen stand vor dem Exponat und schaute es an. Der Mann drückte auf den Knopf, der das Gehirn aufleuchten ließ und meinte: *schau mal, da leuchtet das Gehirn.* Die Freundin: *wo?*

Ach ja, beinahe hätte ich den Dicken vergessen. Er steht schon seit Jahren am Eingang der Fußgängerzone. Unter diesem Standbild kann man sich etwas vorstellen. Manche erkennen sogar sich selbst darin.

Gelbe Säcke

Es ist gut, dass wir nun mehrere Mülltonnen haben. Das lässt uns eine gewisse Freiheit in der Auswahl. Man kann seinen Krempel in die schwarze, gelbe, blaue, braune oder rote Tonne werfen. Das ist besser als in London, wo sie alles in einen schwarzen Sack packen und auf den Gehweg stellen. Es soll allerdings in Deutschland sogar noch Gegenden geben, wo sie den Müll einfach auf die Strasse schmeißen.

Ich erwischte meinen Nachbarn dabei, wie er sich in die Restmülltonne hineinstellte und den Restmüll verdichtete. Dabei hielt er sich am Tonnenrand mit beiden Händen fest. Natürlich habe ich ihn sofort angezeigt. Er musste 300 Euro Strafe zahlen, weil er widerrechtlich Restmüll verdichtet hatte. Wo kommen wir den hin, wenn jeder macht was er will?

Anders ist es bei dem gelben Sack. Den gibt es nur bei uns. Diese gelben Säcke sind sehr beliebt. Einmal im Jahr werden sie verteilt. Jeder Haushalt bekommt eine Rolle. Auf der Rolle sind 12 Säcke. Ich brauche pro Monat meistens 3 Säcke. Meine Rolle reicht deshalb nur 4 Monate.

Die Rollen werden im Spätjahr verteilt. Damit ist ein privates Unternehmen beauftragt. Die Verteiler kommen zu ungewissen Zeiten. Einmal kamen sie erst am Abend. Als ich am nächsten Morgen nachschaute, waren die Rollen bereits verschwunden. Entweder sie haben sich in der Luft aufgelöst oder sie wurden geklaut. Einmal sah ich den Kleinlaster gerade wegfahren, ging sofort runter und schon fehlten 4 Rollen. Dann sah ich einen Jungen mit dem Fahrrad vorbeifahren. Auf dem Lenker hatte er einen Korb und auf dem Gepäckträger ebenfalls einen. Beide Körbe waren mit gelben Rollen gefüllt. Nun wurde mir einiges klar.

Nun war es wieder mal soweit. In dieser Woche wurden die gelben Säcke abgeholt. Leider hatte ich mein Kontingent von einer Rolle schon aufgebraucht. Woher bekam ich also eine neue Rolle? Ich erinnerte mich noch vage, dass es die gelben Säcke mal bei den Stadtwerken am Sandweg gab. Also fuhr ich am Donnerstag durch die ganze Stadt zu den Stadtwerken. Am Schalter Information, er war tatsächlich besetzt, erfuhr ich, dass es die Rollen an der Kleiststraße bei Veolia gibt. Ich vergaß ganz zu fragen, wo die Kleiststraße ist. Also fuhr ich wieder zurück in die Innenstadt. Dort fand ich vielleicht einen Deutschen der mir helfen konnte. Nach dem fünften, den ich ansprach, hatte ich Glück. Er verwies mich an den alten

Schlachthof. Wieder musste ich durch die ganze Stadt ans andere Ende. Schließlich erreichte ich mein Ziel. Ich fand die Kleiststraße und rechts oben auf einem Hügel stand das Bürogebäude von Veolia. Im Treppenhaus traf ich einen Angestellten und fragte ihn nach gelben Säcken. Er meinte: *da sind sie ganz falsch, die Rollen gibt es jetzt im Rathaus an der Information.* Also fuhr ich wieder zurück. Während der Fahrt überlegte ich, muss ich ins Alte Rathaus, oder ins Neue Rathaus, oder gar ins Technische Rathaus? Ich entschied mich für das Neue. Dort suchte ich nach der Information, fand aber nur eine Pförtnerloge. Das musste es sein. Inzwischen war es aber schon nach 12 Uhr und die Pforte war geschlossen. Auf einem Schild konnte ich lesen, dass die Pforte Vormittags bis 12 Uhr geöffnet ist. Aber auf einem Pappschild war der Hinweis: *hier gibt es gelbe Rollen, pro Person nur 1 Rolle.* Na ja, wenigstens war ich hier richtig. Am Freitagmorgen hatte ich keine Zeit. Also fuhr ich am Montagmorgen in die Stadt und betrat das Rathaus. Die Pforte war besetzt, aber das Schild mit den gelben Rollen war nicht mehr vorhanden. Vorsichtig fragte ich nach gelben Rollen. Der Herr an der Pforte meinte: *die gibt es ab heute wieder bei Veolia.* Das war ja zum verrücktwerden. Inzwischen kannte ich ja den Weg und fuhr wieder zum Schlachthof.

Der Herr im Büro bestätigte mir: *ja, hier gibt es gelbe Rollen. Wo ist ihr Müllgebührenbescheid? Ohne diesen Bescheid kann ich keine Rolle herausgeben.* Ich versuchte es mit Bestechung: *ich kaufe eine Rolle, was kostet sie?* Der Mann war unbestechlich und ich musste ohne gelbe Rolle abziehen. Jetzt hatte ich aber genug und traf eine Entscheidung. Wenn im Spätjahr die gelben Rollen verteilt werden, mache es wie die anderen Leute. Sobald die Rollen vor die Haustür geschmissen werden, sause ich runter und klaue mir einige. Vielleicht auch in der Nachbarschaft. Das ist die Lösung meines Problems.

Übrigens, im Internet (E-bay) werden inzwischen schon Rollen mit gelben Säcken angeboten. Die Rolle zu 3,45 Euro. Dahin wandern also die geklauten Säcke.

Im Tafelladen

Bei meiner Stadtrundfahrt, wegen der gelben Rollen kam ich auch am Tafelladen vorbei. Vom Schlachthof kommend, ging ich die Zeppelinstraße hinunter zur Bushaltestelle. Da sah ich von weitem schon eine Menschenmenge. Ich dachte, was ist denn hier los? Gibts hier etwas umsonst? Als ich an der Menge vorbeikam, sah ich den Grund. Hier war der Tafelladen. Ich sah mir die Leute genauer an. Es waren vorwiegend Frauen mit großen Einkaufswagen. Darunter waren Russinnen, Türkinnen, Afrikanerinnen aber keine Deutsche. Es gibt doch bestimmt auch deutsche Bedürftige. Aber, vielleicht waren die schon früher an der Reihe? Keine Ahnung. Als ich in die Innenstadt kam ging ich zum Lindenplatz. Dort ist ein Treffpunkt für Obdachlose. Einige saßen auf den Bänken und ich fragte sie: *ich komme gerade vom Tafelladen, warum seid ihr nicht dort? Dort bekommt ihr doch Nahrungsmittel?* Die meisten wandten sich ab und gaben keine Antwort. Einer fasste sich jedoch ein Herz und meinte: *die Ausgabestellen für Essen werden überschwemmt von Osteuropäern und Asylanten. Die lassen uns da gar nicht mehr ran.* Das gab mir doch zu denken. Ich gab dem Mann zehn Euro und meinte: *aber kein Alkohol und keine Zigaretten.* Er nuschelte irgendwas in seinen Bart, was ich nicht verstand. Aber sicher hatte er recht.

In der Stadt

Heute hatte ich verschiedenes in der Stadt zu erledigen. Am Bahnhof fing ich an. Auf einem Blechschild stand: *no smoke area.* Das galt sicher nur für Gäste, denn ich kann kein englisch. Ich stand außerhalb des Raucherbereiches und rauchte eine Zigarette. Eine ältere Dame kam vorbei und regte sich auf: *hier wird nüscht gerooch.* Ich antwortete, wie aus der Pistole geschossen: *hier wird auch nicht gesächselt.* Die Dame schoss empört davon.

Ich ging den Schlossberg hinunter zum Kaufhof. Am Eingang war ein Schild: *Hunde mitbringen verboten, Ausnahme Blindenhunde.* Ich sagte zu dem Sicherheitsmann am Eingang: *das ist doch Blödsinn. Der Blinde sieht es nicht und der Hund kann nicht lesen.* Der Mann verstand mich überhaupt nicht.

Ich ging weiter durch die Fussgängerzone und kam zum Drogeriemarkt. An einem Stand wurde ein neues Herrenparfüm vorgestellt. Neugierig blieb ich stehen. Ehe ich mich versah, sprühte mir die Dame am Stand aus einer Testflasche von dem neuen Parfüm auf den Arm, gegen meinen Willen. So schnell konnte ich den Arm nicht mehr wegziehen. Ich roch an meinem Arm und meinte: *riecht aber wie Hunde-*

scheiße. Die Dame verlegen: *das riecht auf jeder Haut anders.*

Jetzt brauchte ich dringend frische Luft. Vor dem Markt traf ich prompt auf eine Schulkameradin. Sie sah mich genau an und meinte: *du bist älter geworden. Das freut mich*, antwortete ich. Die Schulkameradin: *wieso freut dich das?* Ich sagte: *andere sagen immer zu mir, dass ich dicker geworden bin.* Nun gingen wir ein Stück gemeinsam durch die Fußgängerzone. Vor uns lief eine junge Frau mit einem ausgeprägten Hinterteil. Meine Schulkameradin: *wenn ich mal so einen dicken Arsch habe, erschieß mich.* Ich streckte den Zeigefinger in ihre Richtung und sagte: **Peng**. Sie reagierte nicht. Sie dachte wohl, ich hätte einen Witz gemacht. Nach einigen Schritten kamen wir an einem neuen anatolischen Restaurant vorbei. Vor der Tür stand eine Tafel mit der Aufschrift: *Alle Tage Dönerstag*. Meine Begleitung meinte: *so ein Quatsch, das muss doch Donnerstag heißen*. Ich entgegnete: *das sind Türken, die können kein richtiges Deutsch.*

Nun studierte ich das Angebot an Essen. Als Tagesessen wurde eine Kuttelsuppe angeboten, für 5,50 Euro. Dazu gab es soviel Tee wie man wollte und einen Kaffee. Jeder weitere Kaffee kostete dann nur 0,50 Euro. Das war interessant, besonders für einen Kaffeetrinker. Allerdings stand nicht dabei, wie groß diese Tassen sind. Vielleicht wie ein Fingerhut? Aber ich wurde bereits von der Kuttelsuppe abgeschreckt. Der Name klang nicht gerade appetittlich. Also gingen wir weiter.

Schließlich trennten wir uns und ich ging zur Postfiliale. Ich wollte für einige Tage verreisen und meine Post sollte an meine Urlaubsadresse nachgeschickt werden. Die junge Dame am Schalter war ratlos. Ich versuchte es zu erklären: *was passiert denn, wenn mein Briefkasten voll ist und der Postbote merkt, dass er nicht geleert wird?* Die junge Dame: *dann schreiben wir ihnen eine Nachricht und fordern sie auf, ihren Briefkasten zu leeren.* Jetzt war ich ratlos.

Die Jugend von Heute

Zum ersten Mal stand ich auf dem neuen zentralen Omnibusbahnhof. Die Orientierung war umständlich, trotzdem fand ich meine Haltestelle. Ich war nicht allein. Neben mir standen drei Jugendliche. Zwei Mädchen und ein Junge. Alle drei stammten aus meiner Nachbarschaft. Da war Chantal, nur 150 cm groß, etwa 14 Jahre alt. Daneben war ihre Freundin Mandy und Hakan. Alle im gleichen Alter. Sie warteten wohl auf den Bus und ich fürchtete, das war auch meiner. Chantal trug eine knallbunte Jacke, hinten mit der Aufschrift: *Schau auf meinen geilen Arsch.* Während Hakan mit seinem Handy telefonierte schrie Chantal ihm ständig ins Ohr: *Alkohol, Drogen, Ecstasy.* Ich überlegte, leicht genervt, ob ich nicht mit einem anderen Bus fahren sollte. Inzwischen war Hakan mit seinem Telefonat fertig und rotze ungeniert auf den Gehweg, betrachtete sein Werk auf dem Boden und lachte. Die beiden Mädchen fielen in das Gelächter ein und alle drei starrten fasziniert auf den Rotzfleck auf dem Boden. Mir wurde übel. Plötzlich schrie Chantal: *das traust du dich nicht.* Und Hakan spuckte ihr einen Rotzfladen direkt auf den rechten Schuh. Alle lachten, ich auch. Wie haben die es nur geschafft, alleine atmen zu lernen? Erneut spuckte Hakan Chantal auf den Schuh. Nun jagte Chantal den Typen über den ganzen Vorplatz und versuchte, ihn mit dem vollgerotzten Schuh in den Arsch zu treten. Dabei fiel sie jedoch auf die Schnauze. Bevor die Situation unübersichtlich wurde kam auch schon der Bus. Mit mir stiegen noch ein paar ältere Leute, zwei 12-jährige mit frischem Döner in der Hand und meine drei Teenager ein.

Ich setzte mich ganz nach hinten, weit weg von den Dreien. Bald zog das Parfüm von Chantal durch den Bus. Ich bekam den Geruch von einem nassen Hund in die Nase. Ekelhaft.

Nun hatte Chantal ihren großen Auftritt. Sie zeigte auf die beiden Typen mit ihren Dönern und schrie: *ihr seid fette Kinder. Fresst den Scheiß, den ich wegschmeiße. Ihr Pisser.* Die beiden trauten sich nicht, etwas zu sagen. Ich unterdrückte den Wunsch, Chantal zu packen und gegen eine Wand des Busses zu schmeißen. An der nächsten Haltestelle stiegen die beiden 12-jährigen aus. Chantal und Mandy winkten ihnen hinterher und fingen an zu lachen.

Inzwischen fuhrt der Bus auf meine Haltestelle zu. Ich stand auf und ging Richtung Ausgang. Blöderweise saßen genau davor Chantal und Mandy. Ich glaube Chantal hatte mich erkannt und rief: *he, fühlst du dich cool? Was geht ab?* Ich überlegte, wo Chantal eigentlich wohnt und wie teuer Rattengift ist. Da hielt der Bus an. Beim Aussteigen rief ich über die Schulter: *Tschüss, Prinzessin Dummschädel.* Die Türen schlossen sich und der Bus fuhr weiter. Trotzdem konnte ich noch hören, wie die anderen Fahrgäste in die Hände klatschten. Chantal und Mandy winkten mir aus dem fahrenden Bus noch zu und streckten die Zungen raus. Natürlich gepierct. Ich schaute zum Himmel und dachte: *oh heiliger Vater, erfülle mir nur diesen einen Wunsch.* In diesem Moment musste der Busfahrer scharf bremsen und die beiden knallten mit den Köpfen voll auf den Vordersitz. Ich schaute wieder zum Himmel und sagte: *danke heiliger Vater, so schnell wurde mir ein Wunsch noch nie erfüllt.*

Auf dem Markt

Ich hatte am Samstag im Güterbahnhof etwas zu erledigen, musste aber noch auf den Markt. Also nahm ich die Linie 8, die direkt am Markt hielt.

Unterwegs fuhr der Bus am Gefängnis vorbei. Da hörte ich hinter mir zwei Jugendliche. Die erzählten beim Anblick des Gefängnisses, wo sie schon überall eingesessen hatten. Ich war schwer beeindruckt. Der eine Jugendliche deutete auf das Gefängnis und meinte: *Jugendarrest ist Kacke, da darfst du nicht rauchen.* Der andere Jugendliche: *da hast du recht, U-Haft ist besser, da darf man wenigstens rauchen.*

Ich blickte nach links, da saßen zwei Mädchen und unterhielten sich über die Schule. Die Eine: *gestern haben wir uns in Sozialkunde über den Beitritt der Türkei in die EU unterhalten. Ich bin da voll dagegen.* Die Andere: *warum?* Die Eine: *na, von der Türkei liegt mal gerade ein kleiner Zipfel in der EU, der Rest im Islam.*

Ich war froh, als wir den Markt erreichten. Mehr Sozialkunde hätte ich nicht ertragen. Kaum hatte ich den Markt betreten kam über Lautsprecher eine

Durchsage: *sehr geehrte Besucher des Marktes, hier spricht die Marktleitung. Wir möchten darauf hinweisen, dass sich Taschendiebe auf dem Marktgelände aufhalten. Bitte achten sie auf ihre Wertgegenstände.* Kurze Pause, dann: *die Taschendiebe werden aufgefordert, den Markt umgehend zu verlassen.* So ein Mist, ich wollte gerade gehen. Jetzt musste ich noch auf dem überfüllten Markt bleiben, sonst würden mich die Leute komisch ansehen.

Wenn ich schon mal hier war, konnte ich mir ja Kartoffeln mitnehmen. Ich ging zum Kartoffelbauer, dem dicken Emil und sagte: *ich hätte gerne Kartoffeln.* Emil fragte: *männliche oder weibliche?* Ich sagte: *gibt es da einen Unterschied?* Emil: *Selbstverständlich.* Ich überlegte kurz und meinte: *dann nehme ich weibliche.* Emil nahm einen Sack Kartoffeln und leerte ihn auf dem Tisch aus. Da war nun ein riesiger Haufen Kartoffeln. Ich fragte: *was soll das nun werden?* Emil: *weibliche sind ohne Sack.* Ich verzichtete und verließ den Markt.

Aal-Hein

Für heute waren auf dem Marktplatz Fischverkäufer angesagt. Ich hatte die Verkäufer mal in Hamburg auf dem Fischmarkt gesehen. Das versprach ein lustiger Nachmittag zu werden.

Als ich den Marktplatz erreichte, waren schon viele Leute da und drängten sich um die Bude von *Aal-Hein,* dem bekanntesten Marktschreier. Ich blieb ebenfalls stehen.

Hein fing auch gleich richtig an: *wollt ihr was kaufen, oder wollt ihr euch nur unterhalten lassen? Ich nehme gleich Eintrittsgeld.* Schon war die Stimmung etwas aufgelockert und Hein legte ein paar Aale auf ein großes Blatt Packpapier, dazu noch eine Schillerlocke und geräucherte Heringe. Er packte alles zusammen und klatschte laut auf das Papier, um Aufmerksamkeit zu erregen. Sein Pauschalangebot von 30 Euro war dem Publikum aber zuviel. Eine Dame bot nur 20 Euro. Heins Antwort: *ist der Fisch mal alt und ranzig, dann kost er zwanzig.* Die Dame kaufte das Paket.

Nun packte Hein erneut einen großen Aal und ein paar Fische ins Papier und meinte: *ich leg noch einen Bückling dazu, der schmeckt zwar nicht, aber den könnt ihr im Garten vergraben, da bleiben dann die Wühlmäuse weg.* Das Paket ging für 15 Euro weg. Nun hob er einen Aal in die Höhe: *hier ist ein ganz dicker Aal von 2 Kilo. Was, den will keiner? Na, dann heb ich ihn noch etwas auf. Ich hab ihn jetzt drei Jahre, der hält noch eine Weile.* Nun wickelte er wieder einen Aal und andere Fische in ein Papier. Als der große Aal oben weit aus dem Papier herausragte meinte er: *wenn er ihnen zu lang ist, das macht nichts, der ist verstellbar. Dann zog er unten am Schwanz und der Kopf war nicht mehr zu sehen.*

Eine Kundin wollte für das Paket keine 20 Euro zahlen. Hein legte noch ein Bündel Kieler Sprotten dazu. Jetzt war sie überzeugt.

Zwischendurch warf Hein immer wieder geräucherte Fische ins Publikum. Einer flog dicht an meinem Gesicht vorbei, fast hätte ich ihn auf die Fresse bekommen. Ich hatte genug, ging weg und war froh, als ich ausser Reichweite von Heins Wurfkünsten war.

Abzockerei

Können sie nachts manchmal nicht schlafen? Möchten sie gerne einmal den großen Gewinn machen? Schalten sie nachts den Fernseher ein. Auf mehreren Kanälen winkt das große Geld. Zumindest scheint es so.

Immer wenn wir Vollmond haben, kann ich nachts nicht schlafen. Sicher geht es anderen genauso. Manche Leute spinnen, während wir Vollmond haben. Das geht immerhin drei Tage lang. Andere spinnen auch ohne Vollmond. Ich jedenfalls schlafe drei Tage vor bis drei Tage nach dem Vollmond sehr schlecht. Nun war es mal wieder so weit. Ich schaltete den Fernseher ein und landete bei einem dieser Gewinnspiele.

Das Rätsel war sehr schwer, aber nach wenigen Sekunden hatte ich die Lösung. Ich wußte natürlich, dass ich nicht der einzige war, der die Lösung hatte. Aber der Moderator sagte: *es hat bis jetzt noch niemand angerufen. Schlafen alle Leute schon? Oder ist das Rätsel zu schwer? Rufen sie jetzt an, ihre Chancen stehen besonders gut.*

Solchen Argumenten konnte ich nicht widerstehen und rief an. Der Anruf kostete nur 49 Cent, dafür konnte ich aber 1000 Euro gewinnen. Sofort meldete sich eine Computerstimme: *Hallo, Nachtschwärmer, leider sind sie auf einem falschen Kanal gelandet. Versuchen sie es doch gleich nochmal.* Falscher Kanal? Wie soll ich das verstehen? Bin ich nicht im Studio gelandet, sondern beim Hausmeister?

Ich wandte mich wieder dem Fernseher zu und studierte die Angaben auf dem Bildschirm genauer. Nun verstand ich was die Laufschrift oben auf dem Fernsehbild meinte. Versuchen sie Kanal 3 oder 5 oder 9 oder 17 zu erreichen. Aha, ich war bei Kanal 23 gelandet. Nun versuchte ich es nochmal und nochmal. Immer war ich auf einem falschen Kanal. Inzwischen waren 15 Minuten vergangen und ich schaute wieder auf den Bildschirm. Der Moderator sagte gerade: *es hat bis jetzt noch niemand angerufen, deswegen erhöht sich die Gewinnsumme auf 1500 Euro.* Moment mal, ich habe doch angerufen, inzwischen gut zehnmal. Einmal wollte ich es noch probieren. Diesmal hatte ich Glück, aber es war wieder eine Computerstimme: *Herzlichen Glückwunsch, sie haben den richtigen Kanal getroffen, sprechen sie jetzt ihren Namen und ihre Telefonnummer auf Band, wir rufen sie eventuell zurück.* Vor Aufregung brachte ich fast kein Wort heraus. Schließlich gelang es mir, meinen Namen und meine Telefonnummer einigermaßen verständlich mitzuteilen. Ich legte auf und wartete auf den Rückruf.

Inzwischen war die Gewinnsumme weiter gestiegen. Sie lag nun bei 3000 Euro. Ich machte nun Pläne, was ich mit dem Gewinn anfange, aber das Telefon rührte sich nicht. Der Moderator sagte wieder: *es hat sich immer noch niemand gemeldet, der die Lösung hat.* Ich sagte zum Fernseher: *du Banause, ich habe angerufen, hör doch einfach das Band ab.* Ich wartete die ganze Nacht und traute mich nicht einmal auf die Toilette zu gehen. Aber irgendwann schlief ich vor dem Fernseher ein. Bis zum nächsten Morgen kam noch immer kein Anruf. Vielleicht hatten die angerufen, während ich schlief? So langsam dämmerte mir, dass ich einfach abgezockt wurde.

In den folgenden Tagen schaute ich mir verschiedene Gewinnspiele auf verschiedenen Kanälen an. Ich wollte nur mal sehen, ob tatsächlich einer gewinnt. Ich blieb auf einem Kanal und beurteilte das Rätsel. Es war wirklich schwer, unter den kinderleichten Rätseln eines herauszufinden, das nicht innerhalb 10 Sekunden von einem Erstklässler gelöst wird. Der Moderator hätte sich die Lösung ja gleich auf die Stirn schreiben können. Er redete und redete. Ich konnte das Geschwurbel nicht mehr anhören und schaltete den Ton ab. Totzdem konnte ich von seinen Lippen ablesen: *rufen sie an, rufen sie an*. Ich schaltete den Ton wieder an. Links unten war ein großer roter Buzzer. Den drückte der Moderator und man hörte Trommelwirbel. Der Moderator: *das Spiel läuft nur noch eine Minute, rufen sie jetzt an*. Nach 10 Minuten war er aber immer noch auf dem Bildschirm. Keiner rief an.

Aber es gibt nicht nur Idiotenrätsel. Auf einem Sender sah ich ein Rätsel, das wirklich schwer war. Selbst ich konnte es nicht lösen. Hier wurden laufend Anrufer durchgestellt, die natürlich alle falsche Lösungen hatten.

Ich habe mich erkundigt. Manche Leute rufen bis zu 100 Mal in der Nacht an. Irgendwann haben die beim Sender Mitleid, der Anrufer wird durchgestellt und erhält als Trostpreis 20 Euro. Inzwischen hat er aber 50 Euro vertelefoniert.

Bei einem Sportsender sah ich ein Rätsel das nicht so schwer war. Die Sendung dauerte eine Stunde. Ich nahm mir die Zeit und blieb die ganze Stunde auf diesem Kanal. Nicht ein Anrufer wurde durchgestellt. Als die Stunde zu Ende war, praktisch in der letzten Minute, geschah ein Wunder, ein Anrufer wurde durchgestellt. Der Moderator fragte: *Hallo, wer ist da, Hallo, Hallo.* Man hörte einen Summton, aber es meldete sich keiner. Darauf der Moderator: *leider meldet sich niemand. Pech gehabt.* Die Sendung war vorbei und keiner hatte gewonnen. Irgendwie kam ich mir verarscht vor. Alles doch nur Abzockerei?

Ich habe nun herausgefunden, dass während einer solchen Gewinnsendung zwischen 20.000 und 30.000 Leuten anrufen. Einen Teil der 49 Cent pro Anruf bekommt die Telefongesellschaft, den größten Teil der Sender. Ein einträgliches Geschäft.

Einmal hieß es bei einem Gewinnspiel, der Gewinner wird am Ende der Sendung mitgeteilt. Ich wartete das Ende der Sendung ab. Es gab wohl keinen Gewinner. Also doch, nur Abzockerei.

Die neueste Masche bei den Gewinnspielen ist der Jackpot. 500 Euro kann man gleich gewinnen, oder man riskiert alles für den Jackpot, der inzwischen auf 40.000 Euro angewachsen ist. Ich konnte mal verfolgen, wie ein Gewinner sich für den Jackpot entschied. Nun musste er eine vierstellige Zahl nennen. Der Moderator nahm einen geheimnisvollen Umschlag, öffnete ihn und meinte: *leider falsch, tut mir Leid.* Es ist praktisch unmöglich, die richtige vierstellige Zahl mit nur einem Versuch zu bestimmen. Also wieder Abzockerei. Wieso lässt unser Staat solche

Gewinnspiele zu? Er ist doch sonst hinter jedem Glücksspiel her, sofern es nicht von ihm selbst oder von der Kirche veranstaltet wird. Vielleicht bewegen sich die Sender hier in einer Grauzone. Ich werde jedenfalls nicht mehr bei denen anrufen.

Die Therapeuten

Heute fühlte ich mich müde und kraftlos und alles tat mir weh. Beim Hausarzt bekam ich schon am nächsten Tag einen Termin. Der Hausarzt untersuchte mich und meinte: *ich verschreibe ihnen drei Mittel. Die Blauen nehmen sie morgens vor dem Frühstück und abends vor dem Abendessen. Die Gelben nehmen sie vor dem Schlafengehen. Wenn sie davon Magenschmerzen bekommen, nehmen sie die Roten. Sollten sie auf die Blauen Kopfschmerzen bekommen, schreibe ich ihnen noch Tropfen auf, die das besser machen. Wenn sie am nächsten Tag einen Ausschlag bekommen haben, nehmen sie diese Salbe. Das ist ein Ärztemuster, die bekommen sie kostenlos. Die Salbe wirkt schnell, es ist zwar ein Bisschen Cortison drin, aber davon kann nur ihr Blutzuckerspiegel ansteigen. Nehmen sie die Tabletten unbedingt regelmäßig. Auf Wiedersehen.*

Nach einer Woche hatte sich mein Zustand noch nicht gebessert. Ich wollte eine zweite Expertenmeinung einholen und ging zum Internisten. Der meinte: *erst machen wir ein Blutbild, dann eine Ultraschalluntersuchung und ein EKG. Dann schicke ich sie zum Röntgen, zur Computer-Tomographie (CT) und zur Magnetresonanz-Tomographie (Kernspin). Brin-*

gen sie eine Harnprobe und eine Stuhlprobe mit oder machen sie das gleich hier. Eine Allergie-Analyse kann auch nicht schaden. Außerdem schicke ich sie zur Darmspiegelung und zur Magenspiegelung. Wenn alle Befunde vorliegen, so etwa in 6 Monaten, sprechen wir uns wieder. Sie sind doch hoffentlich Zusatzversichert?

Auf diese Untersuchungen verzichtete ich und ging zum Heilpraktiker. Von dem hatte ich schon Wunderdinge gehört. Einen Termin bekam ich sofort. Hier gab es keine Wartezeiten. Der Heilpraktiker schaute in meine Augen und auf meine Zunge und meinte: *ganz klar, Darmpilz. Eine Sanierung ist angesagt. Wir machen gleich eine Hydro-Colon-Darmspülung.* Diese Therapie war nicht angenehm und es trat auch keine Besserung ein.

Vielleicht ernähre ich mich falsch. Also versuchte ich es beim Ernährungsberater. Der hielt mir einen Vortrag: *kein Fleisch, kein Mehl, keine Milchprodukte, keine Eier, nichts gekochtes, kein Zucker, kein Salz, kein Pfeffer, kein Fett, kein Tee, kein Kaffee, kein Alkohol, kein Nikotin, kein Auto, kein Telefon, kein Sex. Nur Obst, Gemüse, Soja, Getreidekörner und Mineralwasser.* Er gab mir eine Liste mit allen verbotenen Dingen. Die Liste war lang, sehr lang. Eine zweite Liste mit den erlaubten Dingen war angeheftet. Die Liste war so groß wie eine Briefmarke. Davon sollte ich nun leben?

So ganz traute ich dem Ernährungsberater nicht. Ich hatte noch eine Hoffnung. Vielleicht lag es ja an meiner Wohnung. Ich holte mir einen Feng Shui Spezialisten. Er schaute meine Wohnung an und schlug die Hände über dem Kopf zusammen. Er meinte: *im*

Beziehungseck liegt die Schmutzwäsche, im Reichtumseck steht eine vertrocknete Pflanze und im Bereich Ruhm und Karriere ist die Toilette. Das geht schon gar nicht. Er öffnete meinen Kleiderschrank und zuckte zusammen: *mein Gott, da liegen ja schwarze Socken neben den weißen Socken. Das geht nun überhaupt nicht. Das stört den Energiefluss zu den Oberhemden. Das ist ganz schlecht. Ich gebe ihnen da einige wirkungsvolle Mobile und Kristalle, mit denen sie diese Fehlbereiche wieder beleben können. Dann kommt alles wieder ins Lot. Die Kristalle sind nicht billig, sie müssen schon 500 Euro investieren. Aber diese Investition zahlt sich aus, sie bekommen alles hundertfach wieder zurück.*

Nach einigen Tagen ging es mir nicht besser. Ich klagte meine Leiden einem guten Freund. Der meinte: *besorg dir eine Putzhilfe und mach mal Urlaub.* Ich befolgte seinen Rat und siehe da, mir ging es gleich besser.

Die Jugendsprache

Inzwischen war es Frühling. Die ersten Straßencafes hatten geöffnet. Es war ein besonders schöner und warmer Tag und ich ging zur Schlössle-Galerie. Vor dem Eingang waren bereits Stühle und Tische aufgestellt und ziemlich voll besetzt. Mittendrin entdeckte ich noch einen leeren Tisch und setzte mich. Ein Kellner kam an meinen Tisch und fragte nach meinem Wunsch. *Einen Kaffee bitte,* sagte ich. Der Kellner: *wir haben verschiedene Kaffees, wollen sie etwas Bestimmtes. Einen ganz gewöhnlichen Kaffee,* meinte ich. Das brachte den Kellner in Verlegenheit. *Okay, meinte ich, einen Cappucino.* Erleichtert ging er davon und brachte nach wenigen Minuten das Gewünschte.

Nun lehnte ich mich zurück, genoss die Frühlingssonne und hörte auf das, was um mich herum geredet wurde. Ich muss dazu noch sagen, um mich herum saßen vorwiegend junge Leute.

Irgendwie sprachen die eine andere Sprache. Ich verstand nur einige Ausdrücke. Hier einige Beispiele: *5-Euro-Container, Arschposaune, Asphalttätowierung, Achselterror, Alugurke, Behaarte Bifi, Bildungsschuppen, Dreckfedern, Dreitonner, Frittenbunker, Hülsenfrucht, Kopfgärtner, Murmelschuppen, Mützen, Reiterhof, Schlampenschlepper, Sportzigarette, Taschendrachen, Trachtengruppe, Weizenspoiler und Zappelbunker.* Meine Verwirrung wurde immer größer und mein Capuccino immer kälter. Ich hatte ihn ganz vergessen. Ich trank schnell aus und ging nach Hause. Dort setzte ich mich an den Computer und ging ins Internet. Dort fand ich die Bedeutung der einzelnen Wörter. Hier die Erklärung:

5-Euro-Container*-Zigarettenautomat*
Arschposaune*=ein besonders lauter Furz*
Asphalttätowierung*=Schürfwunde nach einem Sturz*
Achselterror*=Schwitzen*
Alugurke*=Fahrrad*
Behaarte Bifi*=Dackel*
Bildungsschuppen*=Schule*
Dreckfedern*=ungepflegte Haare*
Dreitonner*=hässliches, dickes Mädchen*
Frittenbunker*=Imbissbude*

***Hülsenfrucht**=Bierdose*
***Kopfgärtner**=Friseur*
***Murmelschuppen**=Kirche*
***Mützen**=Polizisten*
***Reiterhof**=Puff*
***Schlampenschlepper**=Aufgemotztes Auto*
***Sportzigarette**=Joint*
***Taschendrachen**=Feuerzeug*
***Trachtengruppe**=Polizeistreife*
***Weizenspoiler**=dicker Bierbauch*
***Zappelbunker**=Diskothek*
Während ich das Manuskript zu diesem Buch schrieb, tauchten noch weitere neue Begriffe auf, die ich ebenfalls hier anführen möchte.
***Änderungsfleischerei**=Klinik für Schönheitschirurgie*
***Arschfax**=Unterhosenetikett, das aus der Hose hängt*
***Klappkaribik**=Sonnenbank*
***Schnitzelhusten**=Schweinegrippe*
***Speckbarbie**=dickes Mädchen in viel zu enger Kleidung*
***Hacktablette**=Cheeseburger*
***Dreckmagnet**=kleines Kind*
***Eierkocher**=Whirlpool*
***Zweitwohnung**=Damenhandtasche*
***Rentnerbravo**=Apothekenumschau*
***Flauschomat**=Hauskatze*
***Mumienschieber**=Gehhilfe für ältere Menschen*
***Standgebläse**=kleine Frau*

Vatertag

Es ist mal wieder soweit. Es ist Vatertag. Aus meinem Fenster habe ich einen guten Blick auf die Straße und sehe einen Bollerwagen nach dem anderen vorbeifahren. Begleitet von gestandenen Vätern, aber auch von Halbwüchsigen, die sicher auch mal Väter werden. Alle haben sich zusammengerottet, um den Kater für die nächsten Tage vorzubereiten. Bierflasche in der Linken und Zigarette in der Rechten. Dabei versuchten sie sich gegenseitig mit der Menge ihrer Bierkisten zu beeindrucken.

Ich versuchte zu zählen, was da alles vorbeikam. Motorradfahrer, Radfahrer, Bollerwagen, dazwischen Krankenwagen mit Blaulicht. Bald gab ich das zählen auf. Zwischen all den Fuhrwerken sauste Nachbarskater Billy wie der Teufel über die Straße. Meine Nachbarin führte gerade ihren Hund aus, der wie verrückt bellte. Der Lärm war unbeschreiblich. Aber das war besser als Fernsehen.

Am frühen Morgen verstand man noch die Gesänge der Barden mit den Bierflaschen. Im Laufe des Nachmittags wurde aus dem Gesang wüstes Gegröle und die Texte waren nicht mehr Jugendfrei. Dann kam auch noch ein Pferdefuhrwerk vorbei. Die Jungs im Wagen waren zu acht, brachten aber locker doppelt soviel Promille auf die Waage.

Endlich sah ich auch einen Streifenwagen vorbeifahren. Die Jungs auf dem Fuhrwerk riefen: *Zick, Zack, Bullenpack.* Die Polizisten reagierten wie gewohnt. Sie taten nichts.

Darauf riefen die Burschen im Chor: *Haut se, haut se, haut se auf die Schnauze.* Von den Polizisten kam wieder keine Reaktion. Am späten Abend wurde es ruhiger. Nur noch ein einsamer Zecher mit Bierflasche kam vorbei. Er hatte wohl seine Gruppe verloren. Nun kam auch Kater Billy von seinem Streifzug zurück, in seinem Maul eine Maus.

Das war ein interessanter Tag. Ich bin zwar kein Vater, aber nächstes Jahr bin ich auch dabei.

Mulitkulti

Das Wetter war immer noch sehr schön und ich besuchte mal wieder unseren Stadtgarten. Ich setzte mich auf eine leere Bank und genoß die Sonne. Auf der Wiese vor mir spielten kleine Jungen Fußball. Ich konnte gut hören, was sie zueinander sagten und lehnte mich entspannt zurück.

Der erste Junge rief zum zweiten: *Scheiß Türke.* Der zweite Junge rief zurück: *ich bin gar kein Türke.* Der erste Junge: *was bist du dann?* Der zweite Junge: *Araber.* Der erste Junge: *Scheiß Araber.* Der zweite Junge: *das nimmst du sofort zurück, sonst sage ich Scheiß Afrikaner.* Der erste Junge: *ich bin kein Afrikaner, ich bin Iraker, außerdem beleidigst du den da (deutet auf den dritten Jungen).* Darauf meldet sich der dritte Junge: *ich bin kein Afrikaner, ich bin Afghane.*

Ich stand auf und schaute mich um. War ich wirklich in Deutschland?

Ich stand auf und schlenderte weiter. Auf dem Rasen hatten sich inzwischen viele Jugendliche breitgemacht. Darunter waren sogar einige deutsche Kinder, die Ball spielten. Ein junge Mutter lief an mir vorbei und rief laut nach ihrem Kind: **Lukas, Lukas, Lukas.** darauf tönte es von den Jugendlichen: **Podolski, Podolski, Podolski.**

Der Kleiderschrank

Nachdem ich begonnen habe, meine Wohnung zu entrümpeln, war nun der Kleiderschrank an der Reihe. Mein Kleiderschrank war 5 Meter breit und hatte zwei Doppeltüren und eine Einzeltür. Und er war so vollgestopft, dass nichts mehr hineinpasste.

Wenn ich morgens die Türen öffnete fielen mir ein paar Socken, eine Unterhose und ein T-Shirt entgegen. Ich brauchte also nicht zu überlegen, was ich an dem Tag anziehe. Auch wenn es farblich nicht ganz passte, das war mir egal. Damit konnte ich leben.

Manche Leute brauchen Stunden, bis sie sich entschieden haben, was sie anziehen. Und alles muss auch noch farblich passen.

Aber manchmal, wenn es im Sommer 35 Grad hatte, purzelte ein Pullover heraus. Und im Winter, wenn draußen 10 Grad minus waren, entschloß sich ein T-Shirt herauszufallen. Das musste ich unbedingt ändern.

Ich hörte irgendwo von einem Kurs, der sich Makusami nennt. Das ist die uralte japanische Kunst des Schrankeinräumens. Von Origami, Tai Chi und Feng Shui habe ich ja schon gehört, aber Makusami war mir neu. Aber vielleicht schaffte ich es auch ohne den Kurs. Ich begann rigoros auszuräumen.

Ich hatte noch viele T-Shirts Größe M und L. Inzwischen trage ich XXL. Die Shirts konnte ich nie mehr anziehen. Genauso war es mit Jacken Größe 48. Inzwischen habe ich Größe 52. Ich werde nie soviel abnehmen, dass ich die Jacken wieder tragen kann. Außerdem sind sie dann altmodisch. Das Zeug hängt und liegt jahrelang im Schrank und wird nie mehr benutzt. Auch Hosen, die einmal passten, jetzt aber zu klein sind, räumte ich heraus.

Als ich mit meiner Aktion fertig war, hatte ich 9 große blaue Säcke mit Kleidung gefüllt. Diese brachte ich zum nächsten Kleidercontainer. Als ich nun meinen Schrank begutachtete, war er immer noch voll, aber es gab doch etwas Luft. Nun konnte ich mir auch neue Klamotten kaufen. Und das alles ohne Makusami.

Der Keller

Nachdem das mit dem Schrank so gut klappte nahm ich mir meinen Keller vor.

Als der Sperrmüll noch kostenlos abgeholt wurde, schickte ich meine Abholkarte an die Zentrale. Ich hatte auch schon einiges vorbereitet. 1 Matratze in Folie verpackt, 1 Mikrowelle, 1 alter Fernseher, 1 Stuhl-Freischwinger, 1 Bürosessel, 5 alte HP-Drucker, 1 Radio-Kassettenrecorder und noch ein paar andere Sachen, an die ich mich nicht mehr erinnere.

Wegen der Drucker hatte ich Bedenken. Diese wurden eigentlich nicht abgeholt, sondern mussten zum Wertstoffhof gebracht werden. Trotzdem schrieb ich alles auf die Karte. Nach einigen Tagen erhielt ich meinen Abholtermin, am Freitag. Am Donnerstag Mittag, gegen 15.00 Uhr stellte ich alles vor das Haus, direkt an die Hauswand. Die Drucker hatte ich in Kartons und alles sauber zugeklebt.

Kaum war ich wieder in meiner Wohnung hörte ich ein Auto vor dem Haus halten. Ich schaute hinaus und sah einen weißen Transporter direkt vor dem Haus stehen. Die hinteren Türen waren geöffnet und ein Mann war gerade dabei, die Matratze einzuladen. Dann folgten die Drucker, der Fernseher und schliesslich alles andere. In noch nicht mal 5 Minuten war alles eingeladen und der Transporter fuhr davon. Mir war das egal, wenn jemand die Sachen gebrauchen konnte, sollte er sie auch mitnehmen. Aber woher wusste der Kerl von meinem Sperrmüll. Fuhr er auf Verdacht durch die Strassen? Oder hatte er einen guten Draht zur Zentrale in Germersheim? Ich könnte mir vorstellen, dass er für ein kleines Entgelt von dort die Tipps erhält.

Früher war das einfacher. Der Abholtag für den Sperrmüll war allgemein bekannt und die Transporter aus der Karlsruher Gegend fuhren schon am Vorabend ihre Runden. Dazwischen sah man auch Transporter aus Litauen und Lettland. Nachdem diese Schrottsammler alles durchwühlt hatten, sah man erst am nächsten Morgen das Chaos, das sie angerichtet hatten. Zurück blieb tatsächlich nur noch unbrauchbarer Müll. Ganze Berge davon.

Aber zurück in die Gegenwart. Am nächsten Morgen kamen die Abholer. Ein großer Müllwagen und dahinter ein weißer Kastenwagen. Was nicht mehr zu gebrauchen war, kam in den Müllwagen. Der hatte hinten eine große Schnecke, die alles zermalmte.

Selbst Betten und Schränke fraß dieses Ungetüm. Es krachte nur ein paar mal und die Möbel waren verschwunden. Was noch zu gebrauchen war, kam in den hinteren Kastenwagen.

Nachdem vor dem Haus aber nichts stand, fuhren die beiden Wagen weiter. Mir war schon in den vergangenen Tagen aufgefallen, dass die Abholer kommen und nichts zum abholen da steht. Ich dachte immer, die Leute haben wohl ihren Termin vergessen und nichts rausgestellt. Nun weiß ich es besser.

Inzwischen wurde das Abholsystem erneut geändert. Man muss zwar, wie vorher, anmelden, was man rausstellt. Dann kommen die Abholer und es kostet je nach Menge und Gewicht, aber mindestens 70 Euro. Deshalb ein kleiner Tip. Haben sie Fernseher, Drucker, PC oder andere Elektrogeräte, stellen sie die einfach vor ihr Haus und heften einen Zettel daran: *zum mitnehmen*. Sie werden sehen, am nächsten Tag sehen sie nichts mehr. Und sie haben 70 Euro gespart. Die Schrotthändler aus dem Karlsruher Raum fahren immer noch regelmäßig durch die Straßen und schauen nach Wohnungsauflösungen. Aber daneben nehmen sie auch gerne einzelne Elektrogeräte mit.

Ich ging also in meinen Keller, um mir einen Überblick zu verschaffen. Der Keller misst 2,5 mal 2,0 Meter, ist also nicht sehr groß.

Darin habe ich gestapelt, Taschenbücher auf den Regalen und in Faltboxen. CDs in Boxen. Zwei Kaffeemaschinen. Zwei Staubsauger. Ein Ventilator. Zwei Klobrillen mit Deckel. Ein Einkaufswagen. Eine Sackkarre. Zwei Totenschädel aus Polyresin massiv. Zwei Holzkisten mit Musikkassetten. Eine

Spritzpistole mit einer Patrone Silikon. Zwei Kühltaschen. Zwei Fahrradhelme. Zwei Sonnenschirme. Ein Aquarium. Ein Koffer mit Armbanduhren. Ein Laminiergerät originalverpackt. Ein Gerät zum Negative digitalisieren originalverpackt. Eine Sammlung von alten MAD-Heften. Eine Sammlung Comics Clever und Smart. Eine Seeräubertruhe mit Büchern gefüllt. Eine Gartentruhe mit Büchern gefüllt. Ein alter PC-Monitor. Eine Kiste mit Werkzeug. Zwei Fußhebelpumpen. Zwei Fahrradlenker. Zwei Fahrradsättel. Eine Kiste mit alten Fotos. Ein Bauernstuhl. Ein defekter Flachfernseher. Zwei HP Drucker. Ein Fernseher 37 cm. Zwei Fahrräder. Eine Klarsichtbox mit antiken Heften. Eine Holzkiste mit Sammlerstücken. Obendrauf drei gelbe Säcke gefüllt.

Ich stand vor dem Riesenhaufen und dachte, was ist davon überflüssig. Die Staubsauger könnte ich doch mal wieder verwenden. Genauso die Kaffeemaschinen. Den Ventilator brauche ich für die nächste Hitzewelle. Mit der Spritzpistole wollte ich mal im Bad die Fugen mit Silikon ausspritzen, bin aber noch nicht dazun gekommen. Die Fahrradhelme brauche ich, obwohl ich beim Radfahren keinen aufziehe.

Mit dem Laminiergerät wollte ich mal laminieren. Inzwischen steht es schon 4 Jahre im Keller. Mit dem anderen Gerät wollte ich meine alten Fotos digitalisieren, hatte aber noch keine Zeit. Auch dieses Gerät habe ich schon 4 Jahre. Gut, der alte PC-Monitor könnte vielleicht weg. Und der defekte Flachfernseher auch. Aber die Fahrräder brauche ich noch. Gelegentlich fahre ich sogar damit.

Wenn ich mir also alles so betrachte, könnte ich alles noch gebrauchen. Vielleicht steckt in mir doch ein Schwabe. Der Schwabe schmeisst ja nichts weg.

Ich verschloß meinen Keller und ging zurück in die Wohnung. Aber nächstes Jahr werde ich ihn entrümpeln. Darauf könnt ihr euch verlassen.

Die Kneipentour

Heute wollte ich mir mal einen gemütlichen Tag machen. Ich würde nichts arbeiten und einfach nur faulenzen. Doch dann läutete es an der Tür. Als ich öffnete stand er vor mir. Mein Schulkamerad Bernd.

Wir wuchsen miteinander auf und wohnten sogar im selben Haus. Nach der Schule zog Bernds Familie in die Stadt und wir verloren uns aus den Augen. Später zog Bernd nach Kappelrodeck in den Schwarzwald und heiratete dort. Über 40 Jahre lang hörte ich nichts mehr von ihm. Und nun stand er vor der Tür.

Bernd war schon immer ein verrückter Kerl. Nun schlug er vor, wir sollten doch mal eine Kneipentour durch unseren Ort machen. Er wollte sehen, welche Gaststätten aus unserer Jugend noch existierten.

Morgens um 10 Uhr zogen wir los. Wir begannen am Bahnhof. Wo unser Stammlokal, das *Bahnhöfle,* war, sahen wir nur noch ein großes Loch. Kein *Bahnhöfle* mehr.

Dann gingen wir den Berg hinunter zur *Nagold.* So hieß damals die Wirtschaft. Die *Nagold* gab es auch nicht mehr. In den Räumen wohnten nun Migranten.

Weiter gings zum *Hirsch,* am Hirschbuckel. Den gab es auch nicht mehr. Nun gingen wir weiter, an der Kirche vorbei, da war das *Rabeneck*. Das hatte aber noch nicht geöffnet.

Also weiter zum *Anker* auf dem Felsen. Dort war nun das *Cafe Panorama,* bekannt für seine vegetarischen Speisen. Auf Tofuschnitzel und Tapiokasuppe hatten wir keinen Bock und gingen die Treppe hinunter zum ehemaligen *Waldhorn*. Das gab es auch nicht mehr. Dort war nun ein italienisches Speiserestaurant.

Unser Weg führte uns nun Richtung Dillstein zur Gaststätte *Post*. Das war immer unsere Anlaufstelle, wenn alle anderen Kneipen schon geschlossen hatten. Die *Post* gab es auch nicht mehr. Da war nun eine Trattoria.

Inzwischen hatten wir schon einen mächtigen Durst. Die nächste Wirtschaft war eine kleine Kneipe, die hatten aber Ruhetag.

Also weiter zum *Adler*. Ebenfalls schon lange geschlossen. Die nächste Gaststätte war die *Stadt Pforzheim*. Dort hatten wir einige Jahre gekegelt. Die Wirtschaft war ebenfalls geschlossen.

Nach 50 Metern kamen wir zur *Linde*. Hier sassen wir gerne am Stammtisch. Die *Linde* hieß nun nicht mehr *Linde* und im Gastraum war eine Spielothek.

Nun gingen wir weiter zum *Casino*. Da hatten wir immer Karten gespielt. Das *Casino* existierte noch, sah aber nicht gerade einladend aus.

Nun gingen wir über den Ludwigsplatz. Hier war doch mal der *Rosengarten.* Der war auch weg. Hier stand nun die Volksbank.

Ein paar Meter weiter war die *Traube*. Die war auch weg. Hier waren nun Parkplätze angelegt. Nun blieb nur noch das *Maierhöfle*. Das war auch weg. Hier stand nun eine große Wohnanlage.

Jetzt hatten wir nur noch eine Chance. das *Romulus Remus* beim alten Kurhotel. Als wir davor standen, war da kein Lokal mehr. In den Räumen war einen Firma eingezogen.

Nun zogen wir Fazit. Wenn wir früher eine Kneipentour machten, hatten wir nach der vierten Wirtschaft schon genug. Heute gingen wir stocknüchtern nach Hause.

Was war nur passiert, Wo waren all die alten Wirtschaften geblieben. Natürlich gab es früher kein Fernsehen und am Abend gingen die Leute in die Wirtschaft. In jeder Gaststätte war Hochbetrieb. An jedem Stammtisch hatte man Unterhaltung und jede Wirtschaft hatte ihre Originale. Heute sitzen wir alle vor der Glotze und verblöden immer mehr.

In den Dörfern gibt es vereinzelt immer noch Adler, Engel, Ochsen, Löwen und Bären. Natürlich auch Bahnhof und Post. Sogar den Salmen gibt es noch, obwohl der Lachs bei uns längst ausgestorben ist. Weitere geläufige Namen sind Hirsch, Krone, Sonne, Linde, Traube, Rose und Mühle. In der Stadt sucht man heute diese Namen vergebens.

Im Freibad

Endlich begann die Freibadsaison. Gleich am Öffnungstag war ich dort. Ein Team vom Süddeutschen Rundfunk (Kameramann und Moderatorin) wartete schon auf die Badegäste.

Die ersten hatten noch nicht einmal ihre Badetücher ausgebreitet, schon wurden sie befragt, wann sie ins Freibad gehen, wie oft sie gehen und ob sie auch schwimmen. Also die üblichen Fragen. Auch die Bademeisterin und die Azubi wurden befragt.

Ich versteckte mich hinter einem Pfeiler, aber die Fernsehleute hatten mich schon entdeckt und kamen direkt auf mich zu. Ich beantwortete widerwillig die Fragen. Dann meinte die Moderatorin (eine Praktikantin): *jetzt machen wir es wie in Bayern. Sie sagen - ich bin der Charly und hier bin ich daheim. Einverstanden?* Ich nickte. Der Kameramann ging in Position, die Moderatorin hielt mir das Mikro hin und gab mir ein Zeichen. Ich stellte mich aufrecht hin, zog den Bauch ein und sagte laut: ***Hallo, ich bin der Charly und wo i dahoim bin, geht euch an Scheissdreck an.***

Am Abend schaute ich die Abendschau im SWR an, um die Sendung aus dem Freibad zu sehen. Leider wurde mein Beitrag nicht gesendet. Das hatten sie herausgeschnitten. Schade eigentlich.

Die Bodensee-Tour

Wenn die Menschen früher alt wurden, legten sie sich hin und starben friedlich. Heute hat sich alles total verändert. Heute fangen die Alten an Sport zu treiben. Entweder sie gehen ins Fitness-Studio, oder sie machen Nordic-Walking. Ganz eifrige fahren Rad. Zu dieser Sorte gehöre auch ich.

Mit einer kleinen Radtour über zehn oder zwanzig Kilometer wollte ich gar nicht anfangen. Wenn schon, dann eine richtige Tour. Wenn die Radrennfahrer in sechs Stunden über 200 Kilometer fahren, dann würde ich ja in einer Woche die Tour an den Bodensee schaffen.

Ich packte meinen Drahtesel mit dem Notwendigsten. Ein kleines Zelt, Wäsche zum wechseln, Verpflegung und Getränk für einige Tage und weitere Kleinigkeiten. Als ich fertig war, stellte ich fest, dass ich auf dem Rad keinen Platz mehr hatte. Also musste ich umpacken. So verging der erste Tag meiner Reise wie im Flug. Am Abend wollte ich nicht mehr losfahren und sammelte meinen Kräfte für den nächsten Tag.

Am nächsten Morgen fuhr ich los, immer das Nagoldtal aufwärts, Richtung Unterreichenbach. Schon bald zogen schwere Regenwolken auf und unterwegs begann es zu schütten. An eine Weiterfahrt war nicht mehr zu denken. Leider fand ich unterwegs keine Schutzhütte, also baute ich mein High-Tech-Zelt auf. Das Zelt war das Allerneueste auf dem Markt. Angeblich ließ es zwar Luft, aber keinen Regen durch. Bald musste ich aber feststellen, wenn ich im Zelt bleibe, ersaufe ich. Der Regen strömte ungehindert durch die Zeltplane.

Am nächsten Morgen war alles klitschnass und zuerst musste ich meine Kleidungsstücke trocknen. Zum Glück hatte der Regen aufgehört und ich hängte meine Wäsche über die Zeltplane.

Im Laufe des Tages kam eine Radfahrerin vorbei und fragte, ob sie hier zelten könnte. Sie war ebenfalls in den Regen gekommen. Großzügig erlaubte ich ihr das Zelten. Es war ja nicht meine Wiese. Vielleicht konnte ich sogar mit ihr anbandeln.

Während sie ihr Zelt aufbaute konnte ich sie näher betrachten. Sie sah wirklich hübsch aus und ihre Figur war eine Wucht. Ich verliebte mich auf der Stelle.

Ich wartete, bis sie ihr Zelt aufgebaut hatte und sagte: *hallo, ich bin Charly, ich bin hochintelligent.* Sie antwortete: *Eigenlob stinkt.* Ich sprach weiter: *ich sehe auch gut aus.* Ihre Antwort: *Angeber.* Mein letzter Versuch: *ich bin reich, furchtbar reich.* Sie lächelte verführerisch und meinte: *hallo, ich bin die Mona.* Die alte Masche funktioniert doch immer wieder.

Wir verbrachten den Abend zusammen, aber die Idylle wurde jäh gestört, als plötzlich Tausende von Schnaken auftauchten. Als es immer dunkler wurde, kamen auch noch Glühwürmchen dazu. Ich sagte zu Mona: *lass uns ins Zelt verschwinden, jetzt kommen die Biester schon mit Taschenlampen.* Mona meinte: *einverstanden, aber jeder geht in sein Zelt.* Das wars.

Genau betrachtet war sie gar nicht so hübsch. Sie hatte eine krumme Nase und dicke Beine. Und in ihrem Jogginganzug sah sie aus wie eine Faltenwurst.

Am nächsten Morgen war sie verschwunden. Sie muss sehr füh aufgestanden sein und ihre Sachen lautlos eingepackt haben.

Nun überlegte ich, was ich eigentlich hier wollte. Dann fiel mir ein, ich wollte ja zum Bodensee. Das war schon der dritte Tag und ich hatte noch nicht mal 8 Kilometer geschafft. Irgendwie traute ich mir den Rest der Fahrt zum Bodensee nicht mehr zu. Deshalb blieb ich da und zeltete die ganze Woche zwischen Pforzheim und Unterreichenbach. Es hat mich ja keiner gesehen und so konnte ich jederzeit mit meiner Fahrt zum Bodensee angeben.

Der Früchtetag

Ich brauchte mal wieder etwas Obst. Meine Obstschale war zwar noch voll, aber der Inhalt war matschig und zum Teil sogar verfault. Ich schnappte mir mein Obstbestimmungsbuch und ging zum Supermarkt. Dort gibt es inzwischen so viele exotische Früchte, dass man nicht mehr durchblickt. Manche isst man mit Schale, manche ohne. Bei anderen nur die Schale oder den Kern.

Ich halte mich an die Früchte, die ich kenne. Die Erdbeeren sahen gut aus. Ich schaute in mein Buch. Die Erdbeere ist gar keine Frucht, sondern - botanisch gesehen - einen Nuss. Das war interessant, aber ich wollte ja keine Nüsse. Gleich daneben waren Walnüsse im Angebot. Ein Blick ins Buch sagte mir, dass die Walnuss gar keine Nuss ist, sondern eine Frucht. Nun ging ich weiter zu den Erdnüssen. In meinem Buch stand, die Erdnuss ist gar keine Nuss, sondern eine Bohne. Jetzt war ich total verwirrt. Bei den Apfelsinen war ich mir nicht sicher, sind das Äpfel oder etwas anderes. Dann sah ich Granatäpfel. Sind das wirklich Äpfel? Ich hatte mal einen gekauft und in der Küche versucht ich ihn zu essen. Unter der Schale waren lauter kleine rote Beeren. Die waren sehr süß und sehr saftig. Als ich den ganzen Granatapfel verzehrt hatte, waren in der Küche überall rote Tupfer. Sogar an der Decke. Und meine Kleidung war auch versaut. Ich beschloß, Granatäpfel nur noch unter der laufenden Dusche zu essen. Dann kam ich zu den Mandarinen und war ratlos. Es gab Clementinen, Satsumas und Mandarinen. Ich kaufte von jeder eine und probierte sie zu Hause. Alle schmeckten gleich, also nach Mandarine. In meiner Jugend gab es nur zwei Sorten. Die großen waren die Orangen und die kleinen die Mandarinen. Und die gab es nur in der Weihnachtszeit. Die Mandarinen schmeckten besser und ließen sich besser schälen. Ich ging nun weiter und entdeckte Pfirsiche und daneben Nektarinen. Beide sahen gleich aus. Nur hatten die einen Haare und die anderen keine. Nach meiner Wanderung durch die Obstabteilung war ich so verwirrt, dass ich nur noch Äpfel, Birnen und Bananen kaufte.

Biker

Mein Arzt hatte mir vorgeworfen ich hätte zu wenig Bewegung. Dagegen müsste ich unbedingt etwas tun. Ich protestierte: *ich habe heute früh Sport gemacht.* Er meinte: *Ritter Sport zählt nicht. Am Besten fangen sie mit einer Radtour an, oder sie machen*

Nordic Walking ohne Stöcke. Wie geht das? fragte ich. *Spazierengehen,* meinte der Arzt.

Dann fragte er: *haben sie ein Fahrrad?* Klar hatte ich ein Fahrrad. Sogar eines mit einer Dreigang-Kettenschaltung. Das hatte ich damals zur Konfirmation bekommen. Ich glaube damals war Adenauer noch Bundeskanzler.

Daheim ging ich sofort in den Keller. Irgendwo hatte ich es hinter alten Illustrierten gelagert. Was ich dann aber fand machte mir keine Hoffnung. Die Felgen waren verrostet, die Reifen platt, der Sattel aufgeplatzt und die Kette gebrochen. Damit konnte ich nicht mehr fahren. Also musste ein neues her.

Heute gibt es ja Alu-Räder, die wiegen nur sieben Kilo und haben 21 Gänge. Manche kosten über 2000 Euro und mit einem guten Motor schon mal 5000 Euro.

Ein Bekannter von mir hatte ein Luxusbike für 3000 Euro gekauft. Er fuhr damit in die Stadt und stellte es an einem Haus ab. Zufällig war es das Büro der Caritas. Als er zurückkam, war sein Rad weg. Ein Angestellter der Caritas hatte es für 30 Euro verkauft. Pech gehabt.

Nun schaute ich erstmal ins Internet. Da wurden Räder angeboten, die ich noch nie gesehen hatte. Eines fiel mir gleich ins Auge. Ein Felt Beach-Cruiser. Ein echter Chopper mit Motorradsattel und einer riesigen Vordergabel. Ich bestellte es bei einem Händler aus dem Ort. Lieferzeit 6 Wochen. Was ich nicht wusste, das Fahrrad war ein amerikanisches Produkt, wurde aber in China hergestellt. Nach einigen Vertröstungen des Händlers bekam ich mein Rad nach 6 Monaten. Wie ich inzwischen erfuhr, gab es im Versandhafen einen Streik und das Containerschiff mit meinem Fahrrad kam entsprechend später in Deutschland an. Höhere Gewalt, meinte der Händler. Inzwischen erfuhr ich, dass die meisten Räder, auch die teuersten, in China hergestellt werden.

Als ich das Fahrrad abholte war ich begeistert. Es sah wirklich toll aus. Leider war es 30 Kilo schwer und hatte nur drei Gänge. Egal, ich stieg auf und wollte losfahren. Das ging überhaupt nicht. Das Vorderrad bewegte sich hin und her und das Rad lies sich kaum steuern. Auf dem Rad saß man ganz anderst und die Pedale trat man nicht nach unten sondern nach vorn. Ich musste erst lernen, damit zu fahren. Deshalb schob ich das Rad durch die Stadt, bis ich auf den Radweg kam. Hier konnte ich es endlich riskieren. Die Fahrt nach Hause wurde zum Alptraum.

Am nächsten Tag verstellte ich zuerst den Lenker. Damit hatte ich das Rad besser im Griff hatte. Dann übte ich auf dem Radweg solange, bis ich das Rad einigermassen beherrschte.

Am Samstag machte ich nun meine erste Radtour. Da das 30 Kilo schwere Rad nur 3 Gänge hatte, konnte ich damit nur auf der Ebene fahren. Dafür war es ja auch gebaut. Hier bot sich die Strecke nach Unterreichenbach an. Auf dem Weg dahin gibt es nur geringe Steigungen.

Morgens um 8 Uhr strampelte ich los. Mit meinen engen Jeans, dem T-Shirt und meinen 98 Kilo sah ich nicht gerade elegant aus. Aber was tut man nicht alles für die Gesundheit. Nach wenigen Minuten wurde ich schon von einem Pulk Rädern überholt. Sie fuhren nebeneinander und riefen laut: *weg da*. Da haben sich wohl einige Regeln geändert. Zu meiner Zeit musste man noch hintereinanderfahren und jedes Rad hatte eine Klingel. Ich wich so gut es ging aus und knallte fast auf einen Kinderwagen, den eine Mutter auf dem Radweg abgestellt hatte. Ich wollte mich schon beschweren, da spürte ich einen Schlag am Kopf. Eine Babyflasche mit Sauger hatte mich getroffen. Schimpfend fuhr ich weiter. *He Grufti*, riefen zwei junge Mädchen, als sie mich mit ihren schicken neuen Rädern umrundeten.

Bald erreichte ich die Enzarkaden. Hier war ein Schild: *Radfahrer absteigen.* Gehorsam stieg ich ab und schob mein Rad. Schon sauste ein Radler an mir vorbei und rief: *Dämlicher Hund, fahr doch weiter.*

Endlich erreichte ich den Stadtrand und den Radweg nach Unterreichenbach. Hier waren erst recht viele Radfahrer unterwegs.

Die meisten hatten Elektromotoren und die Fahrer sahen mich mitleidig an. Na ja, ich hatte nur eine alte Jeans und ein noch älteres T-Shirt an. Ich hatte auch keinen Helm, sondern nur ein Baseball-Cap.

Heute heißt es auch nicht mehr Radfahrer sondern Biker. Die Jugend nennt das Fahrrad sogar abfällig **Eierfeile.** Die Biker, die mich überholten sahen da schon besser aus. Ihre Räder blitzen und funkelten und alle hatten Luft- oder Öldämpferfederung. Sie hatten hochgezogene Lenker mit Griffschaltungen. Und das Outfit. Die Helme waren zum Teil phantastische Schöpfungen mit eingebauten Kopfhörern. Ihre Hemden waren gestreift in Neonfarben, die Hosen mit Schaumstoffeinlagen. Sogar ihre Socken hatten reflektierende Sicherheitsbänder. Alles vom Feinsten. Im Vorbeifahren sah ich nur Nobelmarken, Boss oder Nike oder das kleine Krokodil. Auch die Schuhe schillerten in allen Farben. Dagegen war ich eine graue Maus.

Allerdings hatten diese Luxusräder keine Klingeln. Deshalb hörte ich nur Pfiffe, oder laute Rufe. Manchmal konnte ich sie sogar verstehen.

Plötzlich rannte eine schwarze Katze über den Weg, ich konnte gerade noch bremsen. Zum Glück bin ich nicht abergläubisch. Das bringt ja Unglück. Ein lautes *weg da* erschreckte mich so, dass ich fast die Böschung hinunter fuhr. Ein alter Knacker raste mit seinem Pedelec vorbei und zeigte mir den Stinkefinger.

Nach einem Kilometer Fahrt war ich schon mit den Nerven fertig. Die nächsten 5 Minuten überholte mich keiner mehr. Endlich konnte ich mich erholen. Plötzlich flog mir eine Mücke in den Mund. Ich verschluckte sie fast, würgte sie wieder hoch, drehte meinen Kopf nach links und spuckte aus. Das war ein Fehler. Im selben Moment setzte mal wieder ein Biker zum überholen an und ich spuckte ihm mitten ins Gesicht.

Wir hielten beide an und stiegen von unseren Rädern. Der Kerl war kleiner als ich und ich pflaumte ihn sofort an: *ich hab nur drei Worte für dich, hau ab.* Er stieg auf und fuhr tatsächlich weiter.

Nach 1 Stunde hatte ich schon vier Kilometer geschafft, also die halbe Strecke bis zum Ziel. Plötzlich kamen mir Radfahrer entgegen, Das waren 40 oder 50 Radler. Einige erkannte ich wieder. Die hatten mich doch überholt? Warum fuhren die alle zurück?

Bald darauf erkannte ich den Grund. Der Radweg hatte sich verändert. Aus der asphaltierten Fahrbahn war plötzlich eine Schotterpiste geworden. Für mich war das kein Problem. Ich hatte dicke Reifen mit Profil und konnte mühelos weiterfahren. Aber für die anderen mit ihren High-Tech-Rädern und schmalen Reifen gab es kein Weiterkommen.

Gutgelaunt fuhr ich weiter. Ich wurde nun auch nicht mehr überholt. Auf dem Rückweg wurde es ziemlich langweilig und ich wünschte mir die Biker mit ihren tollen Rädern wieder herbei.

Es ist Sommer

In den letzten Tagen wurde es immer wärmer und heute wurde es sogar heiß. Toll, es ist Sommer. Man braucht nur noch wenig anzuziehen und hält sich vorwiegend draußen auf. Alle Nachbarn fangen an zu grillen und haben eine Bombenstimmung. Nur ich nicht. Ich hasse den Sommer.

Ich mag es nicht, wenn mir der Schweiß über die Stirn, über den Rücken und über die Brust läuft.

Und erst die Nachbarn. Bei der knappen Kleidung sieht man ihre Speckrollen an den Hüften und der Bauch quillt über den Hosenbund der kurzen Hosen. Ich sehe nackte Füße mit Hornhaut bedeckt, ungepflegte Nägel und auch noch Krampfadern.

Und dann noch die Sandalenträger mit ihren weißen Socken. Ich konnte diesen Anblick nicht ertragen und sah nur noch in ihre Augen. Aber das ging auch nicht. Alle trugen Sonnenbrillen, am Besten verspiegelt. Kaum lässt sich der erste Sonnenstrahl blicken, verdunkeln sich sämtliche Augen. Und die Brillen werden immer größer. Die Stars machen es vor und jeder Idiot macht es nach.

Jetzt kommen alle aus ihren Löchern, bringen ihren Vorgarten auf Vordermann, mähen den Rasen und fegen Stundenlang die Straße. Und jeder grüßt den anderen, umarmt ihn und küsst auf beide Wangen. Das ist vielleicht in exotischen Ländern so Sitte, aber doch nicht in Deutschland.

Ich will meine Ruhe haben und auch nicht geküsst werden, deshalb gehe ich den Nachbarn aus dem Weg. Aber dem Geruch von Gegrilltem, der von allen Seiten heranzieht, kann ich nicht entgehen. Also flüchte ich mich in die Stadt und setzte mich in ein Straßencafe. Um mich herum sitzen lauter junge Leute, aber sie unterhalten sich nicht miteinander. Alle starren auf ihr Handy, ihren I-Pod oder auf ihren Tablet-PC und wischen dauernd mit den Fingern über den Bildschirm. Das ist vielleicht gruselig.

Ich ging wieder nach Hause und schloss alle Fenster. Aber der Grillgestank war bereits in der Wohnung und auf dem Innenthermometer waren 30 Grad. Mir blieb nur noch ein Ausweg, der Keller.

Mein Keller war aber so vollgestopft, dass kein Platz zum sitzen war. Also räumte ich erstmal auf und schaffte mir etwas Platz. Dabei kam ich so ins schwitzen, dass mir der Schweiß sogar in die Augen lief. Das brannte fürchterlich. Ich rannte zurück in die Wohnung und stellte mich unter die Dusche. Ich hasse den Sommer.

Fußball-WM

Es ist mal wieder soweit. Wir haben die Fußball-WM. Jedesmal derselbe Zinnober. Ständig kommen einem Autos entgegen an denen billige Fähnchen wehen. Leute mit albernen Hüten und billigen Fußballtrikots torkeln bierselig auf dem Gehweg und grölen laut: *Deutschland.*

Überall werden Fanmeilen eingerichtet auf denen besoffene Fußballlfans blöde auf einen riesigen Bildschirm glotzen und bei jedem geglückten Schuss aufs Tor laut *Tooooooooor* brüllen. Dazu tragen sie, wie schon erwähnt, peinliche Hüte und haben sich schwarz-rot-goldene Streifen ins Gesicht geschmiert. Dazu tröten sie ständig auf ihren Vuvuzelas.

Das Ganze nennt sich *Public Viewing* was soviel heißt wie: wir gucken alle denselben Mist, kippen uns die Hacke voll und sind gut drauf.

Eigentlich bedeutet Public Viewing etwas anderes. Wenn im Mittelalter eine Leiche mit dem Holzkarren auf den Marktplatz gebracht wurde, damit die Angehörigen Abschied nehmen konnten, das war Public Viewing.

Gewinnt Deutschland mal ein Spiel bricht der Wahnsinn vollends aus. Autokarawanen fahren hupend durch die Straßen, um die vor dem Fernseher eingeschlafenen Bürger wieder aufzuwecken. Fahnen werden geschwenkt und wildfremde Menschen fallen sich in die Arme.

Und dann hört man plötzlich nicht mehr Deutschland, sondern vier Wochen lang nur noch **Schland.** Reichen schon vier Wochen, damit wir total verblöden?

Nach ein paar Wochen ist der ganze Zauber vorbei und im Fernsehen kommt mal was anderes als Fußball.

Ich mache den ganzen Zinnober nicht mit. Ich habe mir die DVD mit allen Spielen der Deutschen Mannschaft gekauft und sehe mir die Spiele zuhause nochmal in Ruhe an. Das Spiel gegen Brasilien, das wir mit 7:1 gewannen, habe ich mir schon fünfmal angesehen. Von diesem Schock sind die Brasilianer bis heute traumatisiert.

Die Kaffeefahrt

Ältere Menschen haben großen Bedarf an Kommunikation. Deshalb nehmen sie gerne an Tagesfahrten teil. Eine schöne Busfahrt, Essen, Kaffeee und Kuchen und man kommt mal raus. Nicht jeder hat Geld zum verreisen, aber die Tagesfahrt ist billig. Warum also nicht? Ich wollte nun auch mal an solch einer Tagesfahrt teilnehmen. Vielleicht gibt es sogar einen Gewinn?

Aber, was ist eine Kaffeefahrt? Bei einer Kaffeefahrt handelt es sich um eine organisierte Ausflugsfahrt mit angeschlossener Verkaufsveranstaltung.

Was ich nicht wusste, die Veranstalter verschicken 10.000 Einladungen, um einen Bus zu füllen. Das kostet natürlich Geld und irgendwie muss das auch wieder erwirtschaftet werden.

Sogar der Staat finanziert diese Veranstalter. Sie dürfen 70% der Bewirtungskosten von der Steuer absetzen. Wird die Kaffeefahrt von einem Dritten organisiert, lässt sich Essen und Trinken zu 100% als Betriebsausgaben absetzen.

Aber zurück zu meiner Kaffeefahrt. Sie haben gewonnen, so lautete die Botschaft auf meiner Einladungskarte. Als Dank für ihre Teilnahme, offeriert der Veranstalter jedem erwachsenen Teilnehmer einen Farb-TV. Sie erhalten 20 Euro für jeden mitgebrachten Kunden. Sie werden mit einem Super-Reisebus abgeholt. Sie erhalten ein reichhaltiges Frühstück und Mittagessen. Ein Getränk ist kostenlos. Alle Ehepaare erhalten einen Präsentkorb.

Diesen Angeboten konnte ich nicht widerstehen und buchte die Tagesfahrt. Auf keinen Fall würde ich mich hereinlegen lassen und etwas kaufen.

Früh am Morgen ging es los. Vor der Abfahrt ging der Busfahrer durch den Bus, deutete nach oben und meinte: *das da oben ist der Notausstieg. Wenn sie jetzt meinen, da komme ich nie hoch, keine Sorge. Wenn der Bus auf der Seite im Graben liegt schaffen sie das locker.*

Die Fahrt ging in den Schwarzwald. Nach zwei Stunden hielten wir in einem kleinen Schwarzwalddorf vor einem Gasthof. Der Gasthof hatte einen großen Saal für Veranstaltungen. Hier sollte die Verkaufsveranstaltung stattfinden.

Die Teilnahme war freiwillig. Wer nicht wollte, konnte solange im Dorf spazieren gehen. Aber wer läuft schon stundenlang durch ein Dorf, in dem es nichts zu sehen gibt? Außerdem regnete es. Also gingen alle Teilnehmer in den Saal.

Aha, dachte ich, das ist so beabsichtigt. Wären wir an den Rhein gefahren, oder an einen See, hätten vielleicht nicht alle teilgenommen. Und das ist nicht im Interesse des Veranstalters.

So saßen wir nun alle im Saal und erhielten das versprochene Frühstück. Auf der Anmeldekarte war ein Frühstücksbüfett abgebildet. Das suchte ich vergebens. Jeder Teilnehmer bekam ein hartgekochtes Ei in einem Eierbecher. Da nicht genügend Eierbecher vorhanden waren, bekamen manche ihr Ei in einem Schnapsglas serviert. Dazu gab es ein Brötchen mit zwei kleinen Salamischeiben und eine Tasse dünnen Kaffees, oder auch Tee. Der Kaffee erinnerte mich an den Blümchenkaffee nach dem zweiten Weltkrieg. Die Kaffeetassen hatten auf dem Boden ein Blümchenmuster und war der Kaffee sehr dünn, sah man die Blümchen durchscheinen. Deshalb Blümchenkaffee.

Auf einem Tisch an der Seitenwand war eine Kollektion billigster asiatischer Geräte abgelegt. Bohrmaschine, Akkuschrauber, kleine Friteuse, ein Steckschlüsselsatz und eine Kaffepadmaschine. Dann gab es noch einen flachen Fernseher als Hauptgewinn.

Dann begann auch schon die Präsentation. Zuerst wurde ein Edelstahltopfset vorgestellt, mit allem Zubehör. Der Preis war 499 Euro. Ein vergleichbares Set würde bei WMF 2000 Euro kosten. Heute würden sie das Set für nur 250 Euro bekommen. Sofort bestellten einige Teilnehmer das günstige Set. Über mein Handy sah ich im Internet nach, was das Set wirklich kostet. Dort wurde es für 49,90 angeboten.

Nach einer Pause wurde das zweite Produkt vorgestellt. Das Herzwunder Coenzym Q10. Dieses Q10 würde von allen Ärzten empfohlen. Da es aber kein Medikament, sondern ein Nahrungsergänzungsmittel sei, würde die Kasse es nicht bezahlen. Die Kur für ein Jahr Q10-Kapseln würde in den USA 1000 Dollar kosten. Wir verlangen für das Mittel normal 500 Euro. Aber heute ist ein besonderer Tag. Heute kostet sie die Jahreskur nur noch 199 Euro. Alle Kuren waren in nur 5 Minuten verkauft.

Dann wurde ein Dampfreiniger vorgestellt. Angeblich würde das Gerät beim Tele-Shopping für 800 Euro vorgestellt. Inklusive Zubehör. Heute würden wir das Gerät für sagenhafte 250 Euro erhalten. Den Dampfreiniger bestellten 25 Teilnehmer. Dann war Mittagspause. Es gab das versprochene Mittagessen und ein Freigetränk. Das Essen mussten wir aber bezahlen, genau wie das Frühstück. Nur das Freigetränk war umsonst.

Nach der Pause wurden Kleinartikel präsentiert. Zuerst wurden Schuh-Gel-Einlagen mit kleinen Magneten angeboten. Angeblich im Handel für 50 Euro. Hier kosten die Einlagen nur 25 Euro.

Dann kam eine Wunder-Waschpaste die gegen alle Flecken hilft. Die Paste wurde überzeugend vorgeführt und kostet nur 20 Euro. Im Handel würde sie 49 Euro kosten.

Dann kam ein Zauberpulver für den WC. Nur eine Kappe davon in den Wc schütten und es schäumt hoch bis zur Kante. Dabei wird aller Schmutz beseitigt. Zwei Dosen mit dem Pulver kosten normal 50 Euro. Heute erhalten wir sie für 20 Euro.

Und so ging die Veranstaltung immer weiter. Ich schaute interessiert zu und kaufte nichts. Da blieb ich hart.

Am Ende kam es nun zu den versprochenen Geschenken. Zuerst wurden die Teilnahmekarten eingesammelt. Daraus würde der Hauptgewinn ermittelt. Die Einladungskarten wurden aber nur deshalb eingesammelt, damit keiner mehr einen Beweis in der Hand hatte. Das begriff ich aber erst später.

Aber nun zu den Geschenken. Alle Teilnehmer wollten nun das TV-Gerät haben. Das TV-Gerät war aber nur offeriert, also angeboten (zum Kauf), Ein Offerte ist aber nur ein Angebot, kein Geschenk. Das war der erste Trick.

Dann wollten die, die einen Gast mitgebracht hatten, die versprochenen 20 Euro. Der Veranstalter erklärte daraufhin, die mitgebrachte Person ist zunächst nur Gast, erst wenn sie etwas kauft wird ein Kunde aus ihr. Das war der zweite Trick.

Nun zu der Rückfahrt. In der Teilnahmekarte stand: sie werden von einem Reisebus abgeholt. Da stand nichts von der Rückfahrt. Nun verlangte der Busfahrer von jedem Fahrgast 20 Euro. Wer nicht bezahlen will, kann ja hierbleiben. Das war der dritte Trick.

Sie erhalten Frühstück und Mittagessen. Ein Freigetränk ist kostenlos. Übersetzt bedeutet das, nur das Getränk gibt es umsonst. Das Essen muss ich selbst bezahlen. Das war der vierte Trick.

Und nun zum Präsentkorb. Alle Ehepaare erhalten einen Präsentkorb. Das bedeutet, nicht jedes einzelne Ehepaar, sondern alle Ehepaare erhalten einen einzigen Präsentkorb. Den können sie sich dann teilen. Das war der fünfte Trick.

Eines habe ich aus dieser Fahrt gelernt. Die Veranstalter arbeiten mit Mondpreisen. Das kennt man aus der Werbung. Im TV gibt es einen Verkaufssender, der nur Schmuck verkauft. Da wird zum Beispiel ein Ring für 9999 Euro angeboten. Dann wird alle 30 Sekunden der Preis reduziert. Erst mal um die Hälfte. Dann wieder um die Hälfte. Am Ende stehen wir bei 999 Euro. Also einem zehntel des ursprüngliche Preises. Jetzt wird der Ring gekauft.

Bei den versprochenen Geschenken auf den Kaffeefahrten muss man genau auf die Formulierung achten. Die Geschenke sind meistens billiger Ramsch. Ein versprochener Wäschetrockner kann eine Wäscheleine sein. Ein Handstaubsauger nur ein Plastik-Tischroller. Und den versprochenen Bargeldgewinn bekommt Keiner.

Manche Veranstalter haben schon die Klimanalage im Reisebus auf eiskalt gestellt, angeblich wäre die Anlage defekt. Danach verkauften sie Rheumadecken an alle Teilnehmer.

Inwischen gibt es Veranstaltungen auch in Apotheken. Dort nennt es sich Aktionstage gegen Rückenschmerzen. Vor Ort werden dann Massageliegen verkauft für sagenhafte 5000 Euro Großzügig wird ein Apothekenrabatt von 1000 Euro gewährt. Oft gibt es die besagten Liegen schon für 2000 Euro im Fachhandel.

Als ich von der Kaffeefahrt erschöpft nach Hause kam klopfte ich mir auf die Schulter und sagte: gut, dass ich nichts gekauft habe. Dann erst bemerkte ich die Plastiktasche in meiner Hand. Darin war ein Akkuschrauber, Ein Steckschlüsselsatz, Fleckenpaste, WC-Reinigungspulver und noch einige andere Sachen. Waren das alles Geschenke? Oder habe ich das Zeug doch gekauft? Ich konnte mich nicht erinnern.

Nun setzte ich mich an den PC um diese Geschichte zu schreiben. Plötzlich kam die Meldung vom Drucker: Patrone leer. Ich wechselte die Tintenpatrone und hatte danach schwarze Flecken auf den Fingern. Eine gute Gelegenheit, die Handwaschpaste auszuprobieren. Ich wusch mit dem Mittel minutenlang die Hände. Die Flecken von der Druckerpatrone blieben.

Jetzt wollte ich es genau wissen und nahm das Zauberpulver für den WC. Ich kippte gleich 3 Kappen voll in die Schüssel. Es tat sich nichts. Wo blieb der Schaum, der die Schüssel reinigt? Nichts tat sich. Fazit: ich bin betrogen worden.

Der Stammtisch

Vor vielen Jahren ging ich regelmäßig zum Stammtisch. Jeden Abend trafen sich dort die selben Leute. Meistens waren es 8 Gäste. Am Freitag kamen noch einige dazu. Der Tisch war oval und immer wenn ein neuer Gast dazu kam, rückten alle mit ihren Stühlen etwas zurück. Zuletzt konnten alle nur noch mit einem Arm nach ihrem Glas greifen. Es war zwar unbequem, aber das nahm man in kauf.

Die Themen unserer Gespräche waren überschaubar und manchmal redeten alle und keiner hörte zu. Trotzdem ging ich immer wieder hin.

Dann begann an einem Freitag eine Unsitte. Einer bestellte eine Runde Blutwurzel, ein klarer Schnaps in den Blutwurzel eingelegt wurde. Dadurch bekam der Schnaps eine rote Farbe und schmeckte wie ein Magenbitter.

Natürlich blieb es nicht bei der einen Runde. Schon bestellte der nächste Gast eine Runde und so ging es immer weiter. Ich trank damals keinen Schnaps und hielt mich zurück. Nach der 7. oder 8. Runde bemerkte man bei den weniger trinkfesten schon eine Wirkung.

Ein Gast verstand es, jede Runde mitzutrinken und wenn er dann an der Reihe war, die nächste Runde zu bestellen, war er plötzlich verschwunden. Den anderen fiel das nicht auf, aber mir. Der Wirt freute sich jedesmal, wenn wieder eine Runde bestellt wurde. An den Schnäpsen verdiente er sich eine goldene Nase. Deshalb ermunterte er die Gäste auch immer wieder, noch eine Runde zu bestellen.

Eines Tages nahm ich mir vor keinen Alkohol mehr zu trinken. Es gab damals schon alkoholfreies Bier und das wurde zu meinem Standardgetränk. Ich ging immer noch jeden Abend zum Stammtisch. Anfangs musste ich mir Sticheleien anhören, aber daran gewöhnte ich mich.

Abend für Abend sassen wir zusammen. Während die anderen Bier und Wein tranken und im Laufe des Abends immer betrunkener wurden blieb ich nüchtern. Dabei machte ich eine Feststellung. Abend für Abend wurde derselbe Mist geredet. Die anderen bemerkten es nicht, aber ich schon.

Ein normaler Mensch hat einen Sprachschatz von etwa 1200 Wörtern. Unsere großen Dichter Schiller und Goethe hatten einen Sprachschatz von etwa 6000 Wörtern. Für diesen Stammtisch reichte jedoch ein Sprachschatz von 5 Wörtern aus. Wenn man die kannte, konnte man jeder Unterhaltung folgen. Die Wörter waren: Fressen, Saufen, Kotzen, Scheissen, Saichen. Das Wort Bumsen war noch nicht mal dabei.

Nun wurde es mir Abend für Abend langweiliger und schliesslich zog ich mich vom Stammtisch zurück. Ich ging dann nur noch am Freitag, am Samstag und am Sonntagmorgen dahin. Dann strich ich auch den Freitag und den Sonntag und zuletzt ging ich überhaupt nicht mehr zum Stammtisch.

Ich dachte, mit meiner Zeit fange ich etwas sinnvolleres an und begann Bücher zu schreiben.

Inzwischen gibt es diesen Stammtisch nicht mehr. Aus dem Lokal wurde ein Speiserestaurant und Stammtischgäste sind nicht erwünscht. Auch andere Lokale im Ort hatten bald keinen Stammtisch mehr. Die Zeiten haben sich geändert und die Leute bleiben lieber zu Hause.

In unserem Stadtteil gab es mal 12 Wirtschaften und alle waren gut besucht und jede hatte einen Stammtisch. Heute gibt es nur noch vier Speiselokale und 2 kleine Kneipen. Einen Stammtisch findet man im ganzen Ort nicht mehr.

Mäxchen

Meine Nachbarin hatte einen Dackel, Mäxchen. Mit dem ging sie regelmäßig Gassi. Man konnte danach die Uhr stellen.

Heute hatte sie den Maler in ihrer Wohnung. Sie wollte den Mann nicht allein in der Wohnung lassen und fragte mich, ob ich nicht mit Mäxchen Gassi gehen könnte. Selbstverständlich, meinte ich, schnappte mir Mäxchen und die Leine und ging aus dem Haus. Mäxchen kannte den Weg und bog auch gleich ab Richtung Flussufer. Dort konnte ich ihn frei laufen lassen. Ich hatte auch für alle Fälle aus der *Dog Station* einen Beutel genommen. Letztes Jahr waren die Beutel noch rot, nun gab es plötzlich schwarze Beutel. Die Erklärung war einfach. Jugendliche machten sich einen Spass daraus, die roten Beutel aufzublasen und auf die Wiese zu schmeissen. Dort waren die Beutel deutlich zu sehen und manchmal war die Spur von roten Beuteln hunderte Meter lang. Das sah nicht schön aus. Nun, mit den schwarzen Beuteln machen die Jugendlichen zwar dasselbe, aber die Beutel sieht man nicht mehr so deutlich auf der Wiese.

Inzwischen kam auch eine andere Nachbarin mit ihrem Mops vorbei. Sie erreichten die Wiese und der Mops rannte sofort darauf, um sein Geschäft zu verrichten. Die Nachbarin rief aufgeregt: *Putzi nein, geh nicht auf die Wiese, die ist doch voller Hundescheiße.* Aber es war schon zu spät.

Mäxchen war inzwischen genug gelaufen. Mit seinen krummen Beinen war das auch anstrengend. Er setzte sich mitten auf den Weg und machte ein Häufchen. Ich packte das Häufchen in den Beutel und wollte ihn im Mülleimer entsorgen. Aber, um den einzigen Mülleimer war eine Pfütze von 5 Meter Durchmesser. Und sie war ziemlich tief. Macht nichts, dachte ich, wirbelte den Kotbeutel um den Finger und schleuderte ihn Richtung Mülleimer. Natürlich traf ich nicht.

Ich wollte ihn schon liegenlassen, da kam Mäxchens Auftritt. Er rannte hin, hob den Beutel auf und brachte ihn mir. Ich versuchte es nochmal, wieder daneben. Aber auf Mäxchen konnte ich mich verlassen. Nach dem zehnten Versuch klappte es endlich und wir konnten nach Hause.

Der Maler hatte inzwischen das Wohnzimmer fertig und arbeitete in der Diele. Mäxchen war immer bei ihm und beobachtete alles sehr genau.

Irgendwann begann der Maler etwas im Wohnzimmer zu suchen. Er suchte überall, stellte seine Eimer auf die Seite und fluchte. Die Hausfrau hörte sein Rumoren und erschien im Zimmer: *nanu, was suchen sie denn? Ach*, sagte der genervte Maler, *ich habe meine Tapetenbürste irgendwo hingelegt, jetzt ist sie spurlos verschwunden. Das geht doch nicht mit rechten Dingen zu*. Moment, sagte die Hausfrau, das haben wir gleich: *Mäxchen, bring sofort die Tapetenbürste zurück.* Mäxchen trottete beleidigt aus dem Zimmer und kehrte nach einer Weile mit der Tapetenbürste zurück. Er spuckte sie vor dem Maler auf den Boden, als wollte er sagen: *hier hast du deinen Kram.*

Da der Maler an diesem Tag nicht fertig wurde, musste er am nächsten Tag weitermachen. Ich durfte also nochmal Mäxchen ausführen. Diesmal nahm ich mir mehr Zeit. Ich wollte Mäxchen dressieren, so dass er wenigstens einfache Kommandos wie *Sitz* oder *Platz* ausführte. Nach einigen Stunden hartem Training konnte sich das Ergebnis meiner Hundedressur sehen lassen.

Sage ich *Sitz*, kommt Mäxchen her und leckt mir die Hand. Sage ich *Spring*, legt er sich hin und kratzt sich den Bauch. Sage ich *Platz*, kommt er her und gibt Pfötchen. Nur ein Kommando funktioniert richtig. Sage ich *Peng*, fällt Mäxchen um und stellt sich tot.

Im Hallenbad

Seit Jahren war ich nicht mehr im Hallenbad. Heute wollte ich es mal wieder wagen. Ich wusste, dass das Bad inzwischen umgebaut wurde und anders aussah, als ich es in Erinnerung hatte. Die erste Änderung sah ich bereits an der Kasse. Eintrittspreis 6 Euro. Das wären 12 Mark gewesen. Für 12 Mark wäre ich nie ins Hallenbad gegangen. Das ist der Segen des Euro. Alles erscheint uns billiger, obwohl es teurer geworden ist.

Ich nahm mir ein Prospekt von der Theke und studierte es. Nun, es wird viel geboten. Ein großes Sportbecken, Ein Nichtschwimmerbecken, Ein Solebecken und ein Außenbecken. Außerdem 3 Whirlpools, einer davon mit Salzwasser. Im Solebereich und im Außenbereich standen Ruheliegen. Außerdem gab es auch Solarien, die waren aber nicht kostenlos. Dann war da noch die große Rutsche für die Kinder und im Babybecken eine *Teufelsrutsche,* 1 Meter hoch.

Widerwillig bezahlte ich an der Kasse und ging zu den Umkleidekabinen. Für die Kleiderschränke brauchte ich ein 2-Euro-Stück. Natürlich hatte ich keines dabei. Allerdings hatte ich in der Geldbörse ein altes 5-Rubel-Stück als Glücksbringer. Dieses passte sogar. Ich zog mich aus und ging durch den Duschraum. Ja, ohne abzuduschen durfte man nicht hinein. Darauf achten die Schwimmmeister besonders.

Ich band mir den Plastikbändel mit dem Schlüssel für meinen Schrank um den Arm und betrat den Innenraum. Da ich seit Jahren nicht mehr schwimmen war, ging ich die Sache vorsichtig an. Obwohl schwimmen vielleicht übertrieben war, im Wasser bewegte ich mich eher wie ein Flusspferd. Also ging ich ins Nichtschwimmerbecken. Natürlich kann ich schwimmen, aber warum sollte ich, wo man in diesem Becken doch stehen konnte. Außerdem bin ich faul und auch ziemlich verfroren. Im Nichtschwimmerbecken waren 32 Grad. Hier konnte ich mich so richtig entspannen.

Erst jetzt sah ich mich um und bemerkte, dass sich mein Becken in den letzten 5 Minuten gefüllt hatte. Um mich herum standen Damen und Herren, schön gleichmäßig verteilt, wie nach einem Gittermuster. Das war doch nicht normal?

Plötzlich betrat ein Bademeister die Halle und begrüßte uns: *einen wunderschönen guten Morgen die Herrschaften. Na, alle soweit fertig? Dann können wir ja loslegen.* Er schaltete einen Recorder ein und Schlager aus den 50er Jahren beschallten uns.

Plötzlich begann das Wasser zu toben, denn eine Horde wildgewordener Rentner fing an, wie blöde auf der Stelle zu trampeln und wie verrückt mit den Armen zu rudern. Und ich mittendrin. An einen Fluchtversuch war nicht zu denken, sicher hätte ich mir einen Tritt oder einen Haken eingefangen. Also schloß ich mich der Herde an. Ich fing ebenfalls an zu marschieren und dachte, dieses Gezappel dauert doch höchstens 15 Minuten und irgendwann würde der erste zusammenbrechen. Aber die Alten um mich herum hatten Kondition und waren zäh. Sie zeigten keine Ermüdungserscheinungen. Ich dagegen bekam Schwierigkeiten. Da ich mich seit Jahren nicht mehr im Wasser bewegt hatte, fingen meine Arschbacken nach zehn Minuten an zu brennen und ich bekam Wadenkrämpfe. Der Bademeister: *so ihr Lieben, hoch das Bein und eins und zwei und drei....., na die Jugend wird doch nicht schlapp machen?* Dabei schaute er zu mir herüber.

Tapfer machte ich die ganze Zeit mit, aber unter Wasser ist das alles viel schwerer. Die Dame neben mir schaute mitleidig herüber: *alles nur Übung, hier gibt es jeden Tag eine Stunde lang das gleiche Programm. Das hält jung und fit.*

Das glaube ich, meinte ich und dachte eine Stunde, das ist ja die Hölle. Irgendwie schaffte ich es durchzuhalten und überlebte diese Stunde. Zum Glück habe ich einige Pfunde auf den Rippen und Fett schwimmt ja immer oben. Sonst wäre ich wohl der einzige der Gruppe gewesen, der abgesoffen ist.

An einem Pfeiler entdeckte ich ein Hinweisschild: *jeden Tag von 10 bis 11 Uhr Wassergymnastik im Nichtschwimmerbecken.* Nun wusste ich auch, was ich da getan hatte und suchte mir eine Ruheliege. Ich war total fertig. Auf der Liege lag ein Faltblatt mit Tips für Fettarme Ernährung. Das hatten die sicher absichtlich wegen mir hingelegt. Ich verließ das Bad schon nach einer Stunde. Unter einem erholsamen Vormittag hatte ich mir etwas anderes vorgestellt.

Der Passbild-Automat

Ich brauchte mal wieder ein Paßfoto. Beim Fotografen kosteten 4 Paßbilder 10 Euro. Das ging doch am Paßbild-Automaten deutlich billiger. Aber wo war solch ein Automat? Ich versuchte es im Kaufhaus, dort gab es nur den Mister-Minit. Aber meine Schuhe waren noch in Ordnung und Ersatzschlüssel brauchte ich auch nicht.

Dann erinnerte ich mich, so eine Fotokabine schon mal gesehen zu haben. Im Hauptbahnhof. Auf Anhieb fand ich die Kabine und las: 4 Bilder nur 3 Euro. Na das war doch etwas.

Ich betrat die Kabine und setzte mich auf den Hocker. Der hatte auch schon bessere Tage gesehen. Wieviel Schwergewichte hatten wohl schon darauf gesessen. Na, mich würde er ja noch aushalten. Ich warf 3 Euro in den Schlitz und hielt mich zur Sicherheit an der Kabinenwand fest. Plötzlich kam der Blitz. Ich war noch nicht vorbereitet und der Blitz traf mich mitten in die Augen. Nach 30 Sekunden konnte ich wieder erste Umrisse erkennen, hatte aber noch einen Schleier vor den Augen. Hoffentlich hatte das keine bleibenden Schäden zur Folge. Ich blinzelte mehrmals, um wieder klar zu sehen, da kam der zweite Blitz. Na prima, das zweite Foto konnte ich auch vergessen. Meine Augen begannen zu tränen. Ich holte mein Taschentuch heraus und wischte über meine Augen, da kam der dritte Blitz. Die ersten drei Fotos waren also nicht zu gebrauchen. Jetzt kam alles auf das vierte Foto an. Ich konzentrierte mich, machte ein freundliches Gesicht und wartete. Plötzlich riss jemand den Vorhang zur Seite: *sind se schon fertig?* Ich schaute nach links zu der Dame, die mich aufgeschreckt hatte und wollte schon etwas blödes antworten, da kam der vierte Blitz. Ich tastete mich nach dem Ausgang, konnte zwar nicht viel sehen, war aber froh, dass nun alles vorbei war. Ich wartete und wartete, dann hörte ich ein Geräusch wie ein Föhn. Aha, jetzt werden die Bilder getrocknet. Wann kamen endlich die Bilder? Plötzlich rutschte ein Streifen mit vier Bildern in den Auffangkorb. Ich nahm sie heraus und betrachtete mein Werk. Ich sah auf den Fotos gar nicht so schlimm aus, weil nämlich gar nichts zu sehen war. Alle Bilder zeigten nur eine weiße Fläche.

Nun musste ich doch zum Fotografen. Dort erhielt ich einwandfreie Bilder, die mich nun insgesamt 13 Euro gekostet hatten. So ist es wenn man sparen will, am Ende wird alles noch teurer.

Schwebende Menschen

Neulich schlenderte ich durch die Innenstadt und da sah ich ihn, einen schwebenden Menschen. Der Künstler hatte eine lange Robe an und in der rechten Hand hielt er einen Wanderstab. Der Stab reichte bis zum Boden und um ihn herum war ein Teppich gelegt worden.

Der Künstler schwebte tatsächlich frei in der Luft. Das war doch nicht möglich, da war sicher ein Trick dabei. Hans Glock und David Copperfield würden jetzt sagen: *Kruzifix nochmal, wie macht der das bloß?*

Natürlich war es schon immer der Traum des Menschen, fliegen zu können. Hatte hier ein Yogi den Traum verwirklicht? Ich sah genauer hin, konnte aber nichts entdecken. Der Typ saß in der Luft. In den nächsten Tagen sah ich immer wieder solche schwebenden Menschen in der Fußgängerzone. Manchmal saßen sogar zwei in der Luft. Das gibts doch nicht. Ich informierte mich im Internet und hatte bald heraus, wie der Trick funktioniert.

Die Künstler sitzen immer und haben eine lange Robe oder einen Mantel an. Und sie haben eine Verbindung zum Boden, die ein Stab oder etwas ähnliches sein kann. Der Künstler hält eine Hand auf dem Stab und darin liegt der Trick. Es ist eigentlich keine Illusion, sondern eine handwerklich gut umgesetzte Konstruktion. Auf dem Boden liegt um den Stab eine Matte oder ein Teppich. Diese Matte verbirgt das Fundament der Konstruktion. Meistens eine schwere Eisenplatte, die am Boden festgemacht ist. Von diesem Fundament geht eine Eisenstange, getarnt als Wanderstab, nach oben. Der Künstler hält oft eine Hand an diesem Stab und verdeckt mit seiner Robe die Querstrebe, die den Stab mit einem Plateau verbindet, auf dem der Künstler sitzt. Es ist wie ein Stuhl, der auf einem Bein steht. Natürlich sollte der Künstler nicht zu schwer sein. Deshalb sieht man meistens schmächtige Gestalten.

Es ist zwar ein Trick, aber es sieht toll aus. Deshalb habe ich auch etwas gespendet.

Nochmal die Jugend von Heute

Die Jugend liebt heutzutage den Luxus. Sie hat schlechte Manieren, verachtet die Autorität, hat keinen Respekt vor den älteren Leuten und schwatzt, wo sie arbeiten sollte. Die jungen Leute stehen nicht mehr auf, wenn Ältere das Zimmer betreten. Sie widersprechen ihren Eltern, schwadronieren in der Gesellschaft, verschlingen bei Tisch die Süßspeisen, le-

gen die Beine übereinander und tyrannisieren ihre Lehrer. Sokrates 449 - 399 v. Chr.

Erstaunlich, was Sokrates damals über die Jugend geschrieben hatte. Doch ist die Jugend heute nicht doch etwas anders?

Saufen und sich dabei gegenseitig mit dem Handy fotografieren, mehr fällt der heutigen Jugend nicht mehr ein. Obwohl - meine Generation war genauso - nur das Fotografieren haben wir weggelassen.

Die heutige Jugend hat ein denkbar schlechtes Image. Sie ist egoistisch, konsumorientiert und bewegt sich geistig auf Ödland. Der durchschnittliche Jugendliche verbringt seine Freizeit damit, Autos zu knacken, alten Frauen Handtaschen zu klauen und als Mitglied einer Gang kleine Kinder zu verprügeln. Aber nur, wenn er nicht den ganzen Tag vor dem Computer verbringt und Killerspiele spielt oder sich im Internet die Anleitung für eine Autobombe besorgt.

Mit 11 Jahren ist er bereits Kettenraucher und mit 14 alkoholabhängig. Allein die Schallwellen der Metal- und Technomusik führen bei ihm schon zu kleinen Gehirnblutungen, Schwerhörigkeit und bleibenden Schäden. Wenn ihm langweilig ist, zertrümmert er willkürlich Sachen, eigene und fremde. Bücher braucht er nur als Anzündhilfe, wenn er irgendwo Feuer legt.

In die Schule geht er nur, wenn er dort etwas Wichtiges zu erledigen hat, zum Beispiel um Drogen zu verkaufen oder einem Mitschüler ein Messer in den Bauch zu rammen.

Kleidung ist Statussymbol. Dazu gehört auch, dass jeder sehen kann, welche Unterhosen man trägt.

Unabhängig davon, ob er in die Schule geht oder nicht, schläft der durchschnittliche Jugendliche bis vier Uhr Nachmittags, weil er sich nachts heimlich und mit gefälschtem Ausweis in die Disco schleicht. Von dort fährt er dann sich und seine Kumpels nach Hause, mit einem Blutalkohol, der höher ist als sein IQ. Aber nur, wenn er überhaupt noch ins Auto klettern kann und sich nicht vorher auf irgendeiner Flatrate-Party ins Koma gesoffen hat.

So sieht das Klischee aus, das im TV täglich breitgetreten und von einigen Extrembeispielen auf alle junge Leute ausgeweitet wird. Da kann man schon mal den Eindruck gewinnen, dass wir haufenweise Kriminelle, Terroristen und Vollidioten heranziehen. Aber stimmt das wirklich?

Im Fernsehen kam eine Dokumentation über hochbegabte Jungen. Diese fühlen sich im Unterricht unterfordert und nehmen deshalb nicht am Unterricht teil. Das Ergebnis sind schlechte Noten. Viele Mütter haben diese Dokumentation gesehen und glauben nun, dass ihr Sohn hochbegabt ist. Liebe Mütter, eines müsst ihr bedenken, wenn der Junge sich wie ein Depp benimmt, besteht die Möglichkeit, dass er auch ein Depp ist.

Rempler und Ausweicher

Neulich kam mir in der Fussgängerzone ein älterer Herr entgegen. Ich bin sicher, dass er mich gesehen hatte, aber er steuerte direkt auf mich zu, ohne sein Tempo zu verlangsamen. Er machte keine Anstalten zur Seite auszuweichen und ich konnte nur mit einem

Sprung zur Seite den Zusammenprall verhindern. Ich machte mir darüber noch keine Gedanken. Am nächsten Tag war ich im Supermarkt mit dem Einkaufswagen unterwegs. Da kam aus dem Seitengang eine Frau, ebenfalls mit Einkaufswagen und steuerte in meine Richtung. Der Gang war so schmal, dass eine Kollision unvermeidlich war. Im letzten Moment konnte ich hinter den Gemüsestand ausweichen. Zu Hause stellte ich mich vor den Spiegel und prüfte, ob ich leicht zu übersehen war. Ich war es nicht.

Am nächsten Tag ging ich mit zwei vollen Einkaufstaschen über den Zebrastreifen. Ein junges Pärchen kam mir entgegen. Ich konnte nicht mehr ausweichen und der Kerl rammte mich mit dem Ellbogen. Danach rief er etwas unflätiges über die Schulter.

Ich erzählte alles einem guten Freund. Der meinte: *du bist zu freundlich, zu wenig Rücksichtslos. Das passt nicht mehr in unsere heutige Zeit.* Später in der Fussgängerzone fiel mir auf, dass er vielleicht recht hatte. Obwohl ich ständig auswich wurde ich mehrmals angerempelt, von Leuten die unbeirrt ihren Weg gingen und überhaupt nicht daran dachten blöd im Zickzack zu laufen, so wie ich.

Wenig später traf ich wieder meinen alten Freund. *Es gibt zwei Arten von Fußgängern,* erklärte er, *Rempler und Ausweicher, Gewinner und Verlierer. Du bist ein Ausweicher*. Als er weiterging, sah ich ihm nach. Er schritt schnell und erhobenen Hauptes durch die Massen. Kein Zweifel, er war kein Ausweicher.

Ich wollte es ihm nachmachen, als mir eine gebrechliche Dame mit Rollator entgegenkam. Ich sprang schnell zur Seite. Schon kam der nächste auf mich zu, ein Jugendlicher. Er steuerte genau auf mich zu und im letzten Moment konnte ich zur Seite springen. Während ich mich von meinem Schreck erholte, rammten mich zwei Senioren von der Seite.

Am nächsten Tag traf ich wieder meinen Freund und erzählte ihm alles. Er meinte: *gebrechliche Damen mit Rollator gehören zu den raffiniertesten Remplern. Hier ein Tipp. Du darfst die Leute, die dir entgegenkommen nicht ansehen. Wenn du ihnen das Gefühl gibst, dass du sie gesehen hast, erwarten sie, dass du ausweichst. Sieh nach links oder rechts oder nach oben, aber sehe sie nicht an.* Nun fand ich heraus, dass es besser ist, wenn ich mit dem Handy telefoniere. Das führte dazu, dass die meisten Rempler einen Bogen um mich machten. Nun kam eine Frau mit einer großen Sonnenbrille auf mich zu. Ich telefonierte und gestikulierte und sah, dass sie unbeirrt Kurs hielt. Kurz vor dem Zusammenprall sprang ich zur Seite. Dann ärgerte ich mich. Ich musste mich zwingen immer weiter zu gehen, immer weiter, so lange bis der andere ausweicht. Nun kam mir ein riesiger Kerl entgegen. Ich rief über die Schulter zu einem vorbeigehenden Paar: *alles klar, wir sehen uns Morgen.* Und lief weiter. Der Riese machte einen Steppschritt zur Seite und wich mir aus. Ich war stolz auf mich. Ich war jetzt kein Ausweicher mehr.

Am nächsten Tag ging ich kreuz und quer durch die Fussgängerzone, ohne einen Zusammenstoß. Ich ging gezielt auf kleinere Gruppen zu, in der Hoffnung, einer würde sich stellen. Niemand wagte es. Schließlich ging ich ins Kaufhaus. Ich streifte an den Regalen entlang auf Käufer zu, die alle zur Seite traten. Selbst kleine Gruppen stoben auseinander, als sie mich sahen. Ein Tolles Gefühl. Endlich, in der Herrenmodeabteilung kam mir ein Kerl entgegen. Er hatte ein hartes Gesicht und einen unangenehmen Gang, der besagte, ich bin kein Ausweicher. Ich ließ mich nicht einschüchtern und ging gerade auf ihn zu. Als ich nur noch zwei Meter entfernt war stieß ich ein warnendes Grollen aus.

Haben sie keine Augen im Kopf?, meinte der Notarzt, als er mir die Spiegelscherben aus dem Gesicht klaubte.

Globalisierung

Angefangen hat es mit einem Frühstückstablett. Ich wollte mir ein kleines Frühstückstablett kaufen und besuchte alle Kaufhäuser in der Stadt. Nirgends fand ich das Gesuchte. Dann fiel mir das Internet ein. Dort fand ich eine große Auswahl des Gewünschten und bestellte es mir. Nach 3 Tagen kam es mit der Post.

Dann suchte ich ein kleines Regal für DVD's. Ich ging zuerst zu den Möbelmärkten. Dort gab es nur große Regale für Bücher. Dann ging ich zum Baumarkt. Vorsichtshalber nahm ich etwas zu essen und trinken mit. Man braucht nur einmal falsch abzubiegen und schon findet man den Ausgang nicht mehr. Ich hatte Glück, ich fand den Ausgang aber nicht das gewünschte Regal. Wieder gab es nur eine Lösung, das Internet. Dort hatte ich in der gesuchten Größe 50 verschiedene Regale zur Auswahl. Und ich Depp bin Stundenlang durch die Baumärkte gelatscht und habe dabei bestimmt 10 Kilometer gemacht.

Dann wollte ich mir eine Trucker-Cap zulegen, fand aber in den Modehäusern keine, die mir gefiel. Im Internet hatte ich ca. 500 Caps zur Auswahl. Darunter waren Cap's von Ililily, die man bei uns in der Stadt nicht erhielt. Ich bestellte eine und zwei Tage später wurde sie geliefert, aus *Großbritannien.*

Für den Sommer wollte ich schöne farbige Badepants. Im Modehaus gab es nur Schwarze. Die sind altmodisch. Im Internet fand ich die gesuchten Pants und bestellte sie. Zwei Tage später kam die Badepant an, aus *Wien.*

Ich interessierte mich für verschiedene CD's von Runrig, Isla Grant, Mary Black, Tommy Fleming und Jimmy LaFave. In den Musikgeschäften fand ich keine der gesuchten CD's. Also musste wieder das Internet herhalten. Die Runrig-CD bekam ich aus *Schottland* geliefert. Die CD's von Isla Grant, Mary Black und Tommy Fleming kamen aus *Irland.* Die CD von Jimmy LaFave kam aus *Florida.*

Dann wollte ich mir Biker-Ringe kaufen und fand welche im Internet. Die Lieferung kam dann aus *Hongkong.* Eine Sonnenbrille erhielt ich schliesslich aus *Oldenburg.*

Dann fand ich heraus, dass bestimmte Medikamente, die ich in der Apotheke kaufte, bei den Internet-Apotheken um 30 % billiger waren und stellte meinen Einkauf entsprechend um.

Gebrauchte Bücher und CD's werden zum Teil für 1 Cent angeboten. Dazu kommen 3 Euro Versandkosten. Von diesen Angeboten machte ich regen Gebrauch.

Für den Sommer suchte ich eine Sonnenliege mit hohen Beinen. In unseren Baumärkten gibt es nur flache Liegen. Die sind für mich ungeeignet. Ich fand eine Auswahl von passenden Liegen, habe mich aber noch nicht entschieden.

Die Vorteile von Internetkäufen sind offensichtlich. Ich hatte bisher keine Probleme mit der Lieferung und der Bezahlung. Allerdings gibt es einen Nachteil. Alles, was man sich angesehen hat, wird gespeichert. Das Internet vergisst nichts.

Ich wollte mir heute ein Buch im Internet ansehen. Auf der Bücherseite erschien plötzlich links unten ein kleines Fenster mit einer *Sonnenliege*. Rechts unten wurde mir eine *Brille* angeboten. Rechts oben sah ich eine *Badehose* von Bruno Banani und in der Mitte ein Fenster mit *Dr. Scholl's Warzenentferner*. Den hatte ich vor einem halben Jahr mal gekauft. Diese Fenster mit Angeboten nerven und ich weiß nicht, wie man sie abschalten kann. Zum Glück war ich auf keiner Pornoseite oder bei Beate Uhse-Angeboten. In Zukunft werde ich mir genau überlegen, was ich im Internet anschaue.

Burgundertrüffel

Neulich habe ich einen Artikel über Trüffel gelesen. Je nach Sorte kostet ein Kilo bis zu 9000 Euro. Trüffel wurden bisher mit besonderen Trüffelschweinen gesucht. Das hat sich inzwischen geändert. Nun setzt man speziell ausgebildete Trüffelhunde ein.

Es gibt keine Hunderasse, die man als Trüffelhund bezeichnet. Eigentlich eignet sich jeder Hund zum

Trüffelhund. Er muss nur entsprechend ausgebildet werden. Am besten eignet sich die Rasse *Lagotto Romagnolo* für die Trüffelsuche. Der Hund ist mittelgroß und im Gegensatz zu den Schweinen kann dem Hund der Trüffel einfacher weggenommen werden.

Ein solcher ausgebildeter Hund ist sehr teuer und man muß viele Trüffel finden, bis sich die Anschaffung rentiert.

Ich hatte eine andere Idee. Warum nicht Trüffel im Keller züchten? Bisher hieß es, man könne Trüffel nicht züchten. Diese Annahme wurde wohl von der Trüffelmafia erfunden. Inzwischen ist es doch möglich. Man braucht nur den geeigneten Boden und eine Trägerpflanze.

Ich besorgte mir einige Pflanzkästen, Blumenerde und Salatpflanzen. Nun fehlte nur noch ein Trüffel mit den richtigen Sporen.

Nach einigen Umfragen hatte ich Erfolg. Ein Spezialist wollte mir einen Burgundertrüffel für 500 Euro verkaufen. Ich traf mich mit ihm in der Bahnunterführung, nachts um 3 Uhr. Mir war schon etwas unheimlich in der leeren Unterführung. Ich sah mich um, konnte aber niemand entdecken. Plötzlich trat eine dunkle Gestalt hinter einem Pfeiler hervor. Die Gestalt hatte den Kragen hochgestellt und trug einen Schlapphut. Das Gesicht konnte man nicht erkennen.

Hast du das Geld, flüsterte er. Ich gab ihm einen Umschlag mit 500 Euro in kleinen Scheinen. Er übergab mir ein kleines Päckchen und verschwand genauso lautlos, wie er erschienen ist.

Als ich mit meinem Schatz zuhause war, ging ich sofort in den Keller. Ich hatte alles vorbereitet und brauchte den Trüffel nur in kleine Stücke zu schneiden und einzupflanzen. Nachdem ich alles erledigt hatte, überließ ich die Zucht der Natur.

Ich ging regelmäßig in den Keller und wässerte die Pflanzen. Der Salat gedieh prächtig, aber von Trüffeln war noch nichts zu sehen. Für die Zucht braucht man Geduld. Deshalb wartete ich vier Wochen. Inzwischen sollten unter der Erde ja mehrere Trüffel gewachsen sein. Vielleicht zusammen 1 Kilo? Ich rechnete mir schon aus, was ich mit dem Geld anfangen würde und begann mit der Ernte.

Ich grub in allen Kästen die Erde um, fand aber außer Wurzeln der Salatpflanze nichts. Doch, im letzten Kasten entdeckte ich ein kleines schwarzes Würstchen. Immerhin schon mal ein Anfang. Ich nahm das Würstchen und roch daran. Es war *Rattenscheiße.*

Vielleicht hatte mir der Typ in der Bahnunterführung keinen Trüffel sondern eine alte Kartoffel untergeschoben?

Die Trüffelzucht war ein Reinfall. Irgendetwas hatte ich falsch gemacht. Entweder war der Boden nicht der Richtige, oder die Trägerpflanzen waren die Falschen.

Inzwischen werden im Internet schon Trüffelbäumchen als Trägerpflanzen angeboten. Aber so ganz traue ich der Sache nicht.

Ich hakte die 500 Euro als Verlust ab. Immerhin, einen Versuch war es Wert.

Der Regenwald

Ich bekam abends einen Anruf. Den Namen des Anrufers verstand ich nicht. Jemand fragte ob ich ein paar Minuten Zeit hätte und an einer Umfrage teilnehmen möchte. Bei solchen Anrufen lege ich meistens sofort auf. Manchmal bin ich aber höflich und sage: *bestimmt nicht*, und lege dann auf.

Dann kam der Anruf einer Telefongesellschaft. Sie fragten mich, was ich bei Telekom bezahlen würde, ob ich Internetanschluss hätte und was mich der Kabelanschluss kostet. Ich war so dumm und beantwortete die Fragen. Nun kam das Angebot. Alles zusammen bei einer Gesellschaft würde mir 30 Euro im Monat ersparen. Ich müsste lediglich die einzelnen Verträge kündigen. Das war mir alles zu umständlich. Außerdem traute ich dem Anrufer nicht über den Weg. Ich verneinte und legte auf.

Ein Bekannter von mir hatte sich auf einen neuen Telefontarif eingelassen, mit dem er viel weniger bezahlen müsste. Als er die erste Rechnung erhielt, zahlte er 10 Euro mehr als beim alten Anbieter.

Wenig später kam erneut ein Anruf. Eine nette Frauenstimme sagte: *gratuliere, sie haben gewonnen. Unser Vertreter wird sie in den nächsten Tagen besuchen und eine kostenlose Bodenreinigung vornehmen.* Ich legte sofort auf. Mir ist mein Boden sauber genug. Außerdem putze ich ihn zweimal im Jahr, sogar nass.

Ich machte es mir vor dem Fernseher gemütlich, da läutete das Telefon erneut. Wer ruft denn um diese Zeit noch an? Ist es vielleicht jemand aus der Familie? Ist etwas passiert? Man macht sich da schon seine Gedanken.

Ich nahm den Hörer ab. *Spreche ich mit Herrn........?*, sagte eine Stimme. *Ja,* sagte ich, *was möchten sie?* Wir sind eine Organisation, die für den Schutz des Regenwaldes eintritt. Für eine Spende von 10 Euro gehören ihnen 1000 Quadratmeter Regenwald im Amazonasgebiet. Kein Interesse, sagte ich. Die Stimme blieb hartnäckig: *aber überlegen sie mal, soviel Land für nur 10 Euro, das ist doch fast geschenkt*. Ich blieb ablehnend. Der Anrufer fuhr fort: *wir machen ihnen ein letztes Angebot, 1000 Quadratmeter Regenwald und dazu noch die Affen*. Jetzt hatte ich genug und legte auf. Der Anrufer hatte mich ganz verrückt gemacht. In der Nacht träumte ich von meinem Regenwald und von einer Horde Brüllaffen, die sich durch die Bäume schwangen. In Zukunft würde ich solche Angebote ganz genau prüfen.

Das Erlebnisbad

Nach der anhaltenden Hitzewelle suchte ich nach Abkühlung. Ganz in der Nähe meiner Stadt hatte ein Spaß- und Erlebnisbad eröffnet. Das wollte ich mir mal unverbindlich ansehen. Der Eintritt von 20 Euro schockte mich zwar, aber da ich schon mal hier war blieb ich auch da.

Bereits am Eingang verströmte die defekte Klimaanlage den zarten Duft einer verwesenden Bisamratte, vermischt mit einer feinen Note Sakrotan.

Vor dem Umkleiden wollte ich noch erst zur Toilette gehen. Auf dem WC herrschte wohltuende Stille. Einige Fliegen summten mit dem klappernden Deckenventilator um die Wette. Plötzlich hatte ich keinen Drang mehr zum Wasserlassen. Das konnte ich ja dann im Schwimmbecken erledigen, wie die anderen Badegäste auch. Ich ging zur Umkleide.

Nachdem ich meine Kleidung in einem Schränkchen verstaut hatte betrat ich den Badebereich. Zunächst wollte ich mich erst mal umsehen.

Als erstes fiel mir ein Whirlpool auf. Leider war er von mindestens 10 Jugendlichen besetzt. Vielleicht konnte ich später mal vorbeischauen.

Nach wenigen Schritten kam ich an der Urinoase (Nichtschwimmerbecken) vorbei. Der Duft, der mir entgegenströmte, war unbeschreiblich. Offenbar hatten einige Spargel gegessen. Das Becken kam für mich nicht in Frage.

Dann sah ich das Sportbecken, meine Domäne. Auf der linken Seite waren 2 Bahnen abgesperrt. Darin tummelte sich eine Schulklasse. Auf der rechten Seite waren ebenfalls 2 Bahnen abgesperrt. Darin sah ich Aqua-Joggerinnen. Zwischen beiden Absperrungen waren noch 6 Meter frei. Darin drängten sich etwa 30 Bahnenschwimmer. Auch dieses Becken kam nicht in Frage.

Ich machte mich auf den Weg zum Aussenbecken. Plötzlich hörte ich einen schrillen Pfiff aus einer Trillerpfeife. Ich drehte mich um und schaute, was wohl passiert ist. Der Pfiff galt aber mir. Einer der Bademeister rief quer über das Becken: *erst duschen!* Widerwillig stellte ich mich 3 Sekunden unter die Dusche, dann ging ich durch die Schleuse ins Freie.

Im Aussenbereich sah ich mehr Menschen als im Innern des Bades. Die meisten standen an den Wasserdüsen am Beckenrand. Dazwischen spielten Kinder Wasserball oder etwas ähnliches. Hier konnte ich auch nicht schwimmen. Ich hatte umsonst geduscht.

Also ging ich wieder hinein und suchte den Solebereich auf. Das Becken war Kreisrund und hatte einen Durchmesser von 5 Metern. Hier konnte ich auch nicht schwimmen. Außerdem sprangen Jugendliche vom Beckenrand ins Wasser. Das Salzwasser spritzte durch den ganzen Raum bis an die Scheiben. Die Bademeister ignorierten das einfach.

Nun schaute ich nochmal nach dem Nichtschwimmerbecken. Dieses hatte sich inzwischen geleert und ich sprang gleich hinein. Sofort bekam ich vom Bademeister einen Anschiß: *nicht einspringen*.

Ich wollte gerade losschwimmen, da wurde das Becken in der Mitte abgeteilt mit diesen roten und weißen Kugeln. Was war jetzt los? In den abgeteilten Bereich stiegen nun 8 junge Mütter mit ihren Babys. Ich fragte eine Mutter: *lernen die Babys jetzt schon schwimmen? Quatsch,* sagte sie, *die sind doch noch zu klein. Die werden erst an das Wasser gewöhnt. Hoffentlich haben die auch Windeln an,* meinte ich und schwamm weiter.

Nun kam auch noch ein Bademeister dazu. Er hatte auch ein Baby in den Händen. Ich sah genauer hin, das war kein Baby, das war eine Puppe. Ich dachte, Männer die mit Puppen spielen, wohin bin ich denn da geraten. Da fing er auch noch an zu singen. Ein Kinderlied nach dem anderen.

Jetzt wurde es mir doch unheimlich und ich ging zur Umkleide. An der Seitenwand der Kabine war ein kleines Loch. Ich wurde neugierig und schaute durch und was sah ich - ein Auge.

Ich zog mich schnell an und stürmte aus dem Spassbad. Wofür hatte ich nun eigentlich 20 Euro bezahlt? Ich hatte keinen Spass. Aber vielleicht die Anderen?

Der neue Friseur

Es war mal wieder nötig, die Haare schneiden zu lassen. Sie wuchsen mir bald über die Ohren und das war unangenehm, da ich es gewohnt bin, die Haare sehr kurz zu tragen.

Mein alter Friseur hatte inzwischen das gesetzliche Rentenalter längst überschritten und seine Hände zitterten. Es war also an der Zeit, einen neuen, jüngeren Friseur zu suchen.

Inzwischen hatten in der Stadt mehrere Friseurketten eröffnet. Im Kaufland, im Einkaufszentrum, überall wo auch andere Läden sind, fand man einen Friseurshop. Von außen konnte man die Geschäfte gut einsehen und man sah nur junge Friseure und Friseurinnen. Die Shops machten sich gegenseitig mit Dumpingpreisen Konkurrenz. Bei dem einen kostete der Haarschnitt 8 Euro, bei dem anderen 9 Euro. Manche berechneten auch den Preis nach der Länge der Haare.

Diese Preise sind nur möglich, wenn auch Dumpinglöhne gezahlt werden. Alle Angestellten trugen dieselbe Kleidung, was aber nicht bei allen gleich gut aussah.

Es gab auch keine Voranmeldung und keine Wartezeiten. Angeblich. Das mit der Wartezeit stimmte nicht. Aber es gab Zeitungen und ein Getränk. Mineralwasser oder Kaffee.

Ich erinnerte mich an den Friseur aus meiner Jungendzeit. Damals ging ich jede Woche zum Friseur und bezahlte nur 60 Pfennig. Der Friseur hatte immer einen großen Stapel von Bilderheften (Comics) und diese waren eigentlich der Grund, warum ich regelmäßig dahin ging. Ich setzte mich auf das alte, zerschlissene Sofa und schmökerte. Als ich an der Reihe war ließ ich ältere Herren vor und die waren erstaunt über den gut erzogenen Jungen. Dabei wollte ich doch nur die Heftchen lesen. So verbrachte ich jeden Samstag (Friseurtag) 3 bis 4 Stunden beim Friseur.

Ich wurde jäh aus den Gedanken gerissen, als mich eine junge Friseurin auf den Stuhl bat. Sie fragte mich: *wie hätten sie es gern?* Bei meinem alten Friseur hätte ich gesagt: *wie immer,* aber das ging hier nicht.

Ich meinte scherzhaft: *schneiden sie nur die grauen Haare heraus, die anderen lassen sie stehen.* Sie antwortete schlagfertig: *welche anderen?*

Das war doch nur ein Scherz, meinte ich, *stellen sie ihre Maschine auf 4 Millimeter ein und dann runter damit. Oder können sie auch auf 2 Millimeter einstellen? Das geht,* meinte Sabrina. Der Name stand auf einem Namensschild an ihrem Busen. *Aber dann haben sie eine Glatze. Dann lassen wir es bei 4 Millimeter,* meinte ich.

Nun sah ich sie genauer an. Ihre blond gefärbten Haare umrahmten ein blasses Gesicht. Die Augenpartie war tiefschwarz gefärbt, ebenfalls die Lippen. Diese waren dazu noch 3-fach gepierct. In der Nase trug sie einen Nasenring und an den Ohren das übliche Altmetall. Als sie kurz ihre Zunge zeigte, sah ich darauf einen silbernen Knubbel. Ich fragte sie, wo sie sonst noch Piercing hat. Das verriet sie mir aber nicht.

In Gedanken sah ich sie schon mit einer Flex ankommen. Aber sie hatte nur ein winziges Maschinchen, mit dem man doch nur die Nasenhaare schneiden konnte. Aber es ging. Sie fuhr mit der Maschine von hinten nach vorn, von rechts nach links und kreuz und quer über den Schädel. Fertig. Das ganze hatte nur 5 Minuten gedauert.

Dann nahm sie einen Fidibus, zündete ihn an und flammte die dünnen Haare auf den Ohrmuscheln ab. So etwas hatte ich noch nicht gesehen.

Wenn man älter wird, wachsen die Haare auf dem Kopf nicht mehr so üppig, dafür wachsen sie immer mehr aus der Nase und aus den Ohren. Diese ließ sie aber stehen. Das war wohl eine extra Leistung und im Grundpreis nicht inbegriffen.

Nun brachte sie den obligatorischen Spiegel und meinte: *na, ist es gut so. Perfekt*, sagte ich und dachte: ich habe schon besser ausgesehen.

Alles ging so schnell, da war noch nicht mal Zeit für die übliche Unterhaltung. Mit meinem alten Friseur konnte ich über alles reden und erfuhr auch den neuesten Klatsch aus unserem Stadtteil. Aber hier war nichts mit Smalltalk. Vielleicht war das auch besser so.

Sie bürstete mir den Rücken ab und sprühte irgendwas aus einer Sprühflasche auf meine Haare. Empört rief ich: *sie sollen mich doch nicht waschen.*

Dann stand ich auf und ging zur Kasse. Ich zahlte meine 8 Euro und gab Sabrina 2 Euro Trinkgeld. Sie sagte: *kommen sie bald wieder.* Ganz sicher nicht, dachte ich, und ging hinaus. Nächstes Mal gehe ich in den 9-Euro-Salon.

Baustellen

Im Sommer, in den großen Schulferien, tauchen sie überall wieder auf. Die Baustellen. Nun wird das, was das ganze Jahr versäumt wurde, in 6 Wochen nachgeholt.

Dabei gibt es drei verschiedene Arbeitsgruppen. Die Aufmacher, die Anschliesser und die Zumacher. Die Aufmacher reissen die Straßen auf, dürfen sie aber nicht mehr zumachen. Und auf keinen Fall anschliessen.

Die Zumacher, die eigentlich nach den Anschliessern kommen (nicht immer), dürfen nur zumachen.

Die Anschliesser machen weder das eine noch das andere, sie schliessen an, sonst nichts.

Manchmal vergehen zwischen Aufmachen und Zumachen mehrere Wochen, wenn nicht gar Monate, besonders wenn der Winter dazwischen kommt. Als Betrachter steht man also vor einem großen Loch.

Manchmal stehen die Zumacher mit ihren Gerätschaften vor einem Loch, das noch gar nicht da ist, weil die Aufmacher noch nicht da waren.

Manchmal kommen die Anschliesser erst dann, wenn die Zumacher bereits wieder zugemacht haben. Das liegt daran, dass die Zumacher manchmal an der falschen Stelle arbeiten.

Manchmal klappt es auch hervorragend. Die Aufmacher machen auf, die Anschliesser schliessen an und die Zumacher machen wieder zu. Bis am nächsten Tag andere Aufmacher anrücken und wieder aufmachen, um neuen Anschliessern die Wege zu öffnen.

Das will alles aufeinander abgestimmt sein. Deshalb hat man sogenannte Zeitfenster. Aber kein Mensch und schon gar nicht die Betroffenen selbst, wissen genau, wo der sitzt, der alles organisiert und koordiniert. Und der, der alles koordiniert und organisiert ist im Urlaub.

Mein erstes Buch

Endlich hatte ich es fertiggestellt, das Manuskript für mein erstes Buch mit einer Sammlung von kleinen satirischen Kurzgeschichten. Zugegeben, es hatte nur 120 Seiten und würde sicher nicht in die Literaturgeschichte eingehen, aber es war ein Anfang.

Dann fiel mir jäh ein, dass es auch eine Seite 13 gab. Abergläubige Menschen würden diese Seite nicht lesen. Und was war mit Seite 113? Ich änderte das Manuskript und wollte zuerst auf beiden Seiten mein Foto abdrucken. Dann verzichtete ich jedoch darauf und ließ beide Seiten frei.

Nun versuchte ich es bei den großen Verlagen unterzubringen. Nach einigen Versuchen stellte ich fest, dass diese Verlage nicht interessiert waren.

Von einem Verlag erhielt ich sogar genauere Informationen. Der Verlag erhält jährlich etwa 1200 Manuskripte und davon wird vielleicht eines ausgewählt.

Die Verlage kaufen lieber ausländische Bestseller und lassen sie ins Deutsche übersetzen. Das Risiko, einen unbekannten Autor mit einer Startauflage von 5.000 oder 10.000 Exemplaren zu verlegen ist einfach zu groß.

Man riet mir, es mit einem kleinen Verlag zu versuchen. Damit hatte ich schliesslich Erfolg. Ein Verlag erklärte sich bereit, mein Buch mit einer Startauflage von 1000 Exemplaren zu verlegen. Bedingung dafür war jedoch, dass ich mich an den Druckkosten mit 5000 DM beteilige.

Ich wollte schon einen Rückzieher machen, da griff eine höhere Macht ein. Ich hatte bei der staatlichen Lotterie einen Fünfer und die Quote lag in der Woche bei 8000 DM. Ich konnte also meinen Traum verwirklichen und mein Buch starten.

Nach einigen Wochen erhielt ich Bescheid, dass mein Buch fertiggestellt wurde und nun über die Buchhandlungen zu beziehen war. In den folgenden Tagen ging ich öfter in die Buchhandlung und schaute nach meinem Buch. Wo konnte es bloß eingeordnet sein? Unter Humor, Satire? Nichts zu finden. Ich irrte durch die Buchhandlung vielleicht war es unter Kandidaten für den Nobelpreis oder den Pulitzerpreis eingeordnet? Auch dort war nichts.

Schliesslich schleppte ich mich zur Kasse und fragte: *wo ist es? Ihr Name?* fragte die Dame. Ich nannte meinen Namen und sie sah im Computer nach: *haben wir nicht da. Wurde auch nicht bestellt.*

Nun wand ich mich an die Geschäftsführung und bat sie, einige Exemplare beim Verlag zu bestellen und ins Regal zu stellen. Ich begründete meine Bitte damit, dass ich das Buch in der örtlichen Presse in den nächsten Tagen vorstelle und dann sollte es verfügbar sein, wenn der Ansturm losgeht. Der Buchhändler bestellte tatsächlich 8 Exemplare, die nach einer Woche ins Regal kamen.

Nun besuchte ich regelmäßig mein Buch in der Buchhandlung um festzustellen, ob Exemplare bereits verkauft waren. Nach einigen Wochen standen immer noch die 8 Exemplare im Regal. Inzwischen war ich auch beim Personal bekannt und beim zehnten Kontrollgang pflaumte mich eine Verkäuferin an: *was wollen sie denn schon wieder hier? Sie kaufen doch nie etwas. Wollen sie wieder nach ihren Büchern schauen? Es sind noch alle da. Mann, wenn das alle Autoren so machen würden, ständig ihre Bücher zählen. Gehen sie nach Hause und schreiben sie ein Zweites.*

Inzwischen war meine Begeisterung über das Buch einer gewissen Ernüchterung gewichen. Als ich nach Hause kam erwartete mich eine weitere Überraschung. Mit der Post war eine Rechnung des Verlages gekommen. Nach dem Gesetz musste der Verlag von jedem neuen Buch zwei Exemplare an die Landesbibliothek schicken. In meinem Fall sogar an die Landesbibliotheken in Karlsruhe und in Stuttgart. Die Kosten dafür musste ich übernehmen.

Erbost griff ich zum Telefon und rief den Verleger an. Er beruhigte mich: *sehen sie, lieber Freund, nach dem Gesetz müssen wir von jedem gedruckten Buch ein Pflichtexemplar an die Landesbibliothek schicken, dort wird es archiviert, um es für die Nachwelt zu erhalten.* Nun war ich doch stolz, mein Werk wurde für die Nachwelt archiviert.

Inzwischen wurde das Buch auch im Internet angeboten. Von allen großen Internet-Buchhändlern. Ja sogar in Österreich und der Schweiz und in den USA war es nun verfügbar. Dann fand ich im Internet sogar eine Seite aus Japan, voller japanischer Schriftzeichen, aber es war eindeutig mein Buch, das auch in Japan angeboten wurde.

Komisch, nach einigen Monaten war noch immer kein Exemplar verkauft. Nun musste ich etwas unternehmen. Ich musste für mein Buch Werbung machen. Ich bestellte beim Verlag 300 Exemplare zum Vorzugspreis und stapelte sie zu Hause.

Nun druckte ich mir Handzettel mit dem Bild meines Buches, mit dem Preis und mit meiner Adresse. Dann verteilte ich die Zettel vor Weihnachten im Ort. Zuerst wollte ich in jeden Briefkasten einen Zettel werfen. Bei meinem Rundgang stellte ich aber fest, dass fast auf jedem zweiten Briefkasten ein ausländischer Name stand. Diese habe ich von der Verteilung ausgeschlossen.

Und es funktionierte. Zwischen Weihnachten und Neujahr verkaufte ich über 200 Bücher. Auch die Verwandten zeigten Interesse an meinem Buch, wollten es aber geschenkt haben. Übers Internet verkaufte ich kein einziges Exemplar.

Trotzdem liess ich micht entmutigen. Inzwischen schreibe ich jedes Jahr ein Buch und verlege es selbst. Irgendwann, da bin ich sicher, kommt der Durchbruch.

Der Rauchmelder

Die meisten Menschen sterben bei einem Wohnungsbrand nicht durch das Feuer, sondern durch den Rauch. Nun wurde ein Gesetz verabschiedet, dass in jedem Zimmer ein Rauchmelder sein muss. Also habe ich mir so ein Gerät gekauft.

Die Montage war einfach, zwei kleine Schrauben über dem Türstock und der runde Rauchmelder hängt nun da oben. Aber ganz sicher war ich mir nicht, ob das Gerät im Ernstfall auch funktioniert.

Eines Tages hatte ich etwas zu lange in der Mikrowelle, die neben der Tür stand. Ich öffnete die Tür der Mikrowelle und heraus kam ein Qualm und ein Gestank nach Verbranntem. Und sofort legte der Rauchmelder los und piepte laut und grell. Es war nicht zu überhören. Ich schaltete ihn aus und war nun sicher, dass er auch funktioniert. Die Mikrowelle musste ich entsorgen, der Innenraum war verbrannt und stank fürchterlich.

Die Monate vergingen und ich dachte nicht mehr an den Rauchmelder. Eines Tages hörte ich ein leises piepen. Alle zehn Minuten. Ich dachte, ist da ein Vogel im Zimmer? Überall suchte ich nach dem Vögelchen, unter dem Tisch, unter der Eckbank, unter dem Bett. Nirgends war der Vogel zu finden. Aber ich hörte ihn doch ständig piepen. Und das piepen wurde immer kläglicher. Der arme Vogel.

Dann hatte ich einen Verdacht. Es war vielleicht gar kein Vogel, sondern der Rauchmelder. Ich stellte mich unter den Türstock und wartete. Beim nächsten piepen hatte ich den Übeltäter erwischt und auch die Erklärung. Wenn die Batterie in dem Gerät schwächer wird, gibt der Rauchmelder ein Signal. Das war das piepen. Damit wollte er mir sagen, wechsle endlich die Batterie aus, du Trottel.

Ich gehorchte und siehe da, es piepte nicht mehr.

Vor der Wahl

Inzwischen war es Herbst geworden und es war nur noch ein Tag vor der Wahl. An jeder Laterne hing ein Politiker, leider nur als Plakat. An diesem Samstag gaben die Parteien in der Fussgängerzone nocheinmal alles, um die letzten Wähler für sich zu gewinnen. An einem Stand waren JuSos in dicken Winterjacken. Es war auch saukalt. Ein JuSo stellte sich mir in den Weg und fragte: *hätten sie vielleicht kurz Zeit?* Ich antwortete ungehalten: *eigentlich nicht, außerdem friere ich.* Der JuSo ließ nicht locker: *nur zwei Minuten.* Genervt antwortete ich: *na schön, wenn es sein muss.* Nun fing der JuSo an zu labern. Er erzählte mir etwas über soziale Gerechtigkeit und solche Dinge. Ich schaute auf die Uhr. Das Gespräch dauerte bereits über 10 Minuten. Endlich kam er zur Sache: *kann die SPD also auf ihre Stimme zählen?* Ich sagte schroff: *nein.* Er war aber hartnäckig: *bedeutet ihnen soziale Gerechtigkeit überhaupt nichts?* Ich wandte mich zum Gehen: *das verspricht mir doch jede Partei.* Nun fuhr der JuSo sein schwerstes Geschütz auf: *also, ich habe auch Gummibärchen und Lutscher. Oder wollen sie einen Luftballon?* Ich rannte schreiend davon.

Beim Tierarzt

Ich habe ja schon von Mäxchen erzählt, dem Dackel meiner Nachbarin. Mäxchen musste dringend zum Tierarzt. Aber meine Nachbarin war erkrankt und bat mich deshalb: *sie verstehen sich doch gut mit Mäxchen, könnten sie nicht mit ihm zum Tierarzt gehen? Kein Problem*, meinte ich, *soll er kastriert werden? Nein*, schrie die aufgebrachte Nachbarin, *er soll nur entwurmt werden. Hoffentlich verwechsle ich das nicht*, meinte ich, *schnappte mir Mäxchen und machte mich auf den Weg.* Die Nachbarin schaute mir sorgenvoll hinterher.

Ich komme also in die Praxis und es ist rappelvoll. Ich ergatterte mir sofort den letzten freien Platz und setzte Mäxchen unter meinen Stuhl. Bis wir dran kommen wird es sicher ziemlich langweilig werden. Ich schaute meinen Nebenmann an. Er war ziemlich dick und hatte einen Vogelbauer mit einem Kakadu auf dem Schoss. Ich wollte nett zu dem Vogel sein und steckte den Finger in den Käfig um ihn zu streicheln. Der Dicke sagte sofort: *lassen sie das, Coco beißt.* Also zog ich meinen Finger zurück und sprach zu dem Vogel: *na du kleiner Kacker du*. Schon stellte der seine Federn auf dem Kopf in die Höhe und fing an zu kreischen. Unglaublich, was so ein kleiner Kerl für eine Lautstärke hat. Jetzt hüpfte er auch noch aufgeregt im Käfig herum. Das gefiel wohl nicht allen Leuten. Eine Arzthelferin kam herbei und bat den Dicken, mit seinem Megafon draußen zu warten. Als er rausging sagte er zu mir: *schönen Dank, sie Idiot.*

Nun schaute ich nach links. Da saß eine Dame mit einem kleinen Plastikkäfig. Alle paar Sekunden schaute sie durch das Gitter. Das machte mich verrückt und ich sagte: *machen sie mal Pause, ich schaue für sie in den Käfig*. Dann schaute ich in den Käfig und erschrak. *Ist das arme Tier vor einen Bus gelaufen?* fragte ich die Dame, *der sieht ja fürchterlich aus. Was reden sie denn da*, sagte sie, *das ist Putzi mein Kater. Er muß nur geimpft werden.* Dann wurde sie auch schon zum Arzt gerufen.

Inzwischen wurde die Luft immer stickiger und es roch ziemlich streng. Ich stand auf und öffnete ein Fenster. Sofort kamen Proteste von allen Seiten. Das kümmerte mich aber nicht. In der Ecke entdeckte ich eine hübsche junge Frau. Vielleicht könnte ich mit der anbandeln? *Weshalb sind sie hier*, fragte ich? *Mein Hoppel bekommt die Zähne abgeschliffen und die Krallen gestutzt.* Sie hielt mir die Transportbox hin, damit ich besser sehen konnte. Drinnen saß ein unglaublich fettes Kaninchen. Ich sagte: *der ist viel zu dick, den können sie nicht mehr essen. Sind sie verrückt?* meinte sie, *ich will meinen Hoppel doch nicht essen, sie Idiot.* Irgendwie hatte ich das anbandeln falsch angefangen. Ich wollte mich entschuldigen, da wurde sie schon zum Arzt gerufen.

Dann entdeckte ich eine Frau mit zwei Möpsen. Einer davon war ziemlich dick. Ich fragte nach den Namen der Beiden und die Frau meinte: *der Dicke ist Engelbert und der kleine ist Seppl. Aha*, sagte ich, *der Dicke ist also der Vater und der Kleine der Sohn? Nein,* meinte sie, *es ist umgekehrt.* Ich dachte: wie im richtigen Leben.

Gegenüber saß ein Mann mit einer riesigen Dogge und daneben ein Mädchen mit einem winzigen Hündchen. Das sah aus wie David und Goliath.

Das Wartezimmer hatte sich inzwischen geleert. Nur ein Mann mit einem Terrarium blieb noch übrig. *Was haben sie denn schönes da drin?* fragte ich. *Eine Smaragdeidechse,* meinte er voller Stolz. Ich ging zu ihm hinüber und schaute mir das Viech an: *der sieht ja aus wie ein kleiner Godzilla, aber der hat ja keinen Schwanz. Deshalb bin ich hier,* meinte der Herr, *den habe ich aus Versehen abgerissen. Mäxchen, geh weg von dem Herrn*, meinte ich, *der Mann ist gefährlich.* Dann wurden wir hereingerufen. Mäxchen bekam eine Spritze und das war auch schon alles. Das dauerte nur eine Minute und dafür bin ich 3 Stunden im Wartezimmer gesessen.

Im Safari-Club

An einem Sonntagabend traf ich zufällig einen alten Kumpel. Wir hatten uns viel zu erzählen und zogen von Kneipe zu Kneipe. Irgendwann am Abend landeten wir im FKK-Safari-Club. Ich bin zwar schon an dem Club vorbeigefahren, aber drin war ich noch nie.

Im Club sahen wir leicht bekleidete junge Damen, vorwiegend aus dem Osten Europas. Mein Kumpel raunte mir ins Ohr: *das sind alles Prostituierte*. Ich antwortete: *na, wenn da nicht auch ein paar Nutten dabei sind?*

Wir verbrachten den Abend im Club und es wurde ziemlich spät. Wie ich nach Hause kam, wusste ich nicht mehr. Am nächsten Morgen, als ich wieder klar denken konnte, erinnerte ich mich, dass ich gestern noch 500 Euro im Geldbeutel hatte. Als ich nachschaute, war der Geldbeutel leer. Irgendwo muss ich das Geld verloren haben.

Plötzlich rief mein Kumpel an. Dazu muss ich sagen, mein Kumpel wohnt in einer Gemeinde in der Nähe der Stadt. Dort sind die Menschen vorwiegend katholisch und erzkonservativ. Mein Kumpel war ganz aufgeregt und sagte: *stell dir vor, als ich die Zeitung holen wollte standen auf der Haustür mit roter Farbe solche Wörter wie* **Hurenbock, Nuttenficker** *und* **besoffene Drecksau**. Und das waren noch die drei Harmlosen. Ich beruhigte ihn: *in deiner Wohnanlage gibt es über 30 Wohnungen. Niemand weiß also, wer gemeint ist. Außerdem bist du verheiratet.* Meine Worte beruhigten ihn aber in keiner Weise. Ich verabschiedete mich und ging schnell runter zur Haustür um nachzusehen. Darauf waren aber nur die üblichen Nazi-Schmierereien, schon war ich beruhigt.

Hundekot

Angeblich bringt es Glück, wenn man in einen Hundehaufen tritt. Mir ist das schon mal passiert, aber Glück hatte ich nicht. Doch wenn man es genau nimmt, hatte ich schon Glück. Ich bin nur mit einem Schuh hineingetreten. Es hätten ja auch beide sein können.

Heute fuhr ich mal wieder mit dem Bus in die Stadt. Ich ging durch den Mittelgang bis nach Hinten. Die Fahrgäste links und rechts rümpften die Nasen. Einer schaute mich angewidert an. Ich verstand überhaupt nicht. Ich hatte mich heute Morgen gewaschen und rasiert. Auch mein Hemd war sauber. Meine Hose war zwar nicht mehr neu, aber noch tragbar. Dann fiel mein Blick auf meine Schuhe. Ich spürte etwas unter der Sohle. Etwas weiches und klebriges. Dann fiel mir ein mein Nachbar von gegenüber hatte heute Morgen seinen Köter ausgeführt und direkt vor mein Haus scheißen lassen. Der Kerl ist zu faul, ein paar Meter weiter zum Uferweg zu gehen. Dort ist eine Wiese bis zum Flussufer. Da stören die Hundehaufen nicht.

Es ist schon erstaunlich, dass der Nachbar wenigstens über die Straße geht und seinen Hund nicht vor die eigene Tür scheißen lässt.

Bin ich etwa heute morgen in eine Tretmine getreten? Ich beugte den Kopf hinunter und schnüffelte. Tatsächlich, da war ein ekelhafter Gestank. Bei der nächsten Haltestelle stieg ich aus. Der Gestank begleitete mich.

Ich versuchte unter den Schuh zu schauen, aber so gelenkig war ich nicht mehr und konnte nichts erkennen. Dann betrat ich den Drogerie-Markt. Hier waren viele Leute und ich fiel nicht auf. Aber der Gestank verfolgte mich durch den ganzen Markt. Einige Leute wandten sich angeekelt ab. Ich verließ den Markt und ging durch die Fussgängerzone. Hier an der frischen Luft war es nicht so schlimm, dachte ich. Ich kam an einem Dönerstand vorbei und der Gestank wurde immer heftiger. Kam das vielleicht von dem Dönerstand? Die Leute die mir begegneten, machten mir bereitwillig Platz. Das passiert mir selten. Nun geriet ich leicht in Panik und ging ins nächste Kaufhaus. Der Gestank verfolgte mich. Ich ging in die Schuhabteilung und wollte die Schuhe austauschen. So habe ich das früher immer gemacht. Man zieht ein neues Paar Schuhe an und lässt die alten im Karton zurück. Dann verlässt man fröhlich den Laden, ohne zu bezahlen.

Inzwischen war ich aber älter und fürchtete die Konsequenzen. Also kein Umtausch. Wenn ich sonst einen Schuhladen betrete, stürzt gleich eine Verkäuferin auf mich zu und will mir ein Paar andrehen. Heute war das anderst. Ich sah keine Verkäuferin. hatten die sich versteckt?

So ging es nicht weiter. Ich musste etwas unternehmen. Ich ging in die öffentliche Toilette, schloss die Tür hinter mir und legte auf dem Boden Papier aus. Dann zog ich meinen Schuh aus, holte tief Luft und drehte ihn um. Unter der Sohle klebte ein Kaugummi. Der war so festgetreten, dass ich ihn nicht entfernen konnte. Keine Ahnung, woher der Gestank kam, der mich den ganzen Tag verfolgte?

Kundenkarten

Inzwischen gibt es fast überall eine Kundenkarte. Angefangen hat es mit Payback. Diese Karte war aber nur in einigen Geschäften gültig. Dann kam die Pforzheim-Karte. Die war in fast allen Geschäften gültig. Inzwischen gibt es auch eine Deutschlandkarte. Die Apotheken in der Innenstadt haben es vorgemacht. Weil in der Stadtmitte an jeder Ecke und in jedem Einkaufszentrum eine Apotheke ist, müssen die um jeden Kunden werben und sich was einfallen lassen. Da gibt es Treuepunkte, oder Treueherzen, oder Goldtaler, oder Kundenkarten mit denen man Sterne sammeln kann. Wenn die Karten voll sind bekommt man eine Prämie, oder 20 Euro, die man mit dem nächsten Kauf verrechnen kann. Bei den Treupunkten hat man die Wahl zwischen mehreren Prämien, je nach Anzahl der gesammelten Punkte. Die angebotenen Prämien sind jedoch Dinge, die man sich nie kaufen würde.

Beim Bäcker bekommt man inzwischen auch ein Kärtchen. Für jedes Brot das man kauft bekommt man einen Stempel. Wenn das Kärtchen vollgestempelt ist bekommt man ein Brot gratis.

Fast alle Kundenkarten haben Scheckkartenformat. Wenn man alle in den Geldbeutel steckt, passt er nicht mehr in die Hose. Ich nehme nur noch die Karten mit, die ich eventuell brauche, aber meistens sind es die falschen. Werde ich in der Drogerie gefragt: *haben sie eine Kundenkarte?*, antworte ich: *ja, zu Hause*. Auch der Führerschein hat inzwischen dieses Format. Mit Wehmut denke ich noch an meinen alten grauen Lappen. Auch die Gesundheitskarte hat dasselbe Format. Das gilt auch für den Personalausweis und die Karte für das Freibad und Hallenbad. Fast hätte ich die Bankkarte und die Kreditkarte vergessen. Trotzdem habe ich sicher einige übersehen.

Es gibt spezielle Plastikbüchlein, in die alle Karten passen. Wenn man die auseinanderzieht, hat man eine Ziehharmonika. Und wenn man die verliert, hat man auf einen Schlag alle Ausweise verloren. Das ist äußerst praktisch. Ich habe jetzt alle Kundenkarten weggeworfen und nur die wichtigsten Karten behalten. Das sind immer noch genug. Selbst meinen Organspenderausweis habe ich abgeschafft. Ich habe ihn ja nie gebraucht.

Bobby

Nach meinen Erlebnissen mit Mäxchen kam ich auf den Geschmack, also auf den Hund. Ich wollte mir nun auch einen Hund anschaffen. Kaufen kam für mich nicht in Frage. So ein Hund kostet viel Geld und man kann ihn nicht mehr zurück geben.

Also blieb nur das Tierheim. Dort hatten sie eine große Auswahl. Die meisten Hunde waren mir aber zu groß und die kleineren hatten alle eine Macke. Kein Wunder, dass sie immer wieder zurückgebracht wurden. Wer glaubt, sein Hund hätte keine Macke, der hat selbst die Größte.

Dazu fiel mir ein Spruch von Loriot ein: *der Hund sollte nicht größer als ein Sofa sein, aber auch nicht kleiner als ein Rasierpinsel.*

Da entdeckte ich einen mittelgroßen Hund, der mich ganz traurig ansah. Sein Gesicht und sein Fell waren voller Falten. Sein Gesicht passte sogar zu mir. Ich hatte auch schon einige Falten.

Die Dame vom Tierheim klärte mich auf: *das ist Bobby. Bobby ist ein chinesischer Faltenhund, ein Shar Pei. Nehmen sie ihn doch mal für ein paar Tage mit. Wenn es nicht funktioniert, bringen sie einfach wieder.*

Ich wollte schon immer einen Hund der Bobby heißt und das Rückgaberecht überzeugte mich. Ich nahm Bobby mit nach Hause. Die Dame gab mir noch eine Hundedecke und ein Körbchen, sowie einige Ratschläge mit auf den Weg.

Zuhause stellte ich den Korb in eine Ecke meines Wohnzimmers, legte die Decke hinein und sagte:

Bobby, das ist nun dein Platz. Er ging tatsächlich in die Ecke, legte sich in den Korb und schlief ein.

Am nächsten Morgen klingelte der Wecker. Bobby kämpfte sich einen Weg durch Pizzaschachteln, Bierflaschen, Dreck, Staub und Müll und stupste mich mit seiner großen Nase an. Ich überlegte, wie kommt ein Hund in meine Wohnung? Dann fiel mir ein, ich hatte ihn ja selbst mitgebracht. Als ich noch am überlegen war und nicht gleich aufstand, stupste mich Bobby erneut. Und wieder und wieder. Bis ich rief: *lass mich in Ruhe*. Beleidigt ging er weg und ließ sich auf einem Stapel ungewaschener Unterhosen und Socken nieder. Danach schaute er ständig zu mir herüber. So langsam wurde mir das peinlich.

Nun tat er mir doch leid und ich entschuldigte mich bei ihm. Ich schälte mich aus meinem Bett und nahm vom Haufen meiner noch tragbaren Wäsche Anziehsachen und ging unter die Dusche.

Als ich mich anziehen wollte hatte ich eine alte Jogginghose in der Hand. Damit konnnte ich nicht mit dem Hund rausgehen. Ich dachte, noch habe ich nicht die Kontrolle über mein Leben verloren und entschied mich für eine Jeans und ein T-Shirt. Bobby wartete schon an der Tür und hob die rechte Pfote. Irgendjemand hatte ihm wohl den Hitler-Gruß beigebracht. Ich schnappte mir die Leine und ging mit ihm auf die Straße.

Vor dem Haus stand der Müllwagen und die Müllmänner machten mit den Mülltonnen einen Mordslärm. Der Fahrer war ein griesgrämiger, unzufriedener Mann mit einem Bierbauch. In seinem Führerhaus hatte er eine Sammlung von Kuscheltieren. Wozu das gut sein sollte, ist mir ein Rätsel. Vielleicht war er ein perverser Phädophiler.

Während ich dem Fahrer den Mittelfinger zeigte, begattete Bobby bereits den Hund der Nachbarin. Ich lobte Bobby und wurde darauf von der Nachbarin mit einem gefüllten Hundekotbeutel beworfen. Zum Glück traf sie nicht mich, sondern ihre eigenen Schuhe.

Fassungslos über soviel Dummheit ging ich mit Bobby zum nächsten Spielplatz und lies ihn braune Tretminen verteilen. Das macht doch heute Jeder.

Der Rückweg wurde aber schwierig. Am Ausgang stand ein Rentner und schimpfte auf mich ein: *denken sie auch mal an die Kinder. Sie waren doch auch mal ein Kind.* Dabei schwenkte er seinen Spazierstock. Todesmutig quetschte ich mich an ihm vorbei und es passierte nichts. Er hatte wohl Respekt vor meinem Bobby. Ich ging schnell nach Hause zum Kaffee.

Am Nachmittag wollte Bobby schon wieder raus. Also ging ich mit ihm durch den Stadtgarten. Am Eingang zum Stadtgarten war ein Schild: *Hunde an die Leine*. Ich sah mich um, keiner hielt sich daran. Also lies ich Bobby ebenfalls frei laufen. Prompt setzte er sich auf die Wiese und machte sein großes Geschäft. Inzwischen hatte ich dazugelernt und einen Plastikbeutel dabei. Den hatte ich an einer **Dog-Station** rausgezogen.

Ich stülpte den Beutel über den Haufen, knotete ihn zu und warf ihn in den Abfallkübel. Plötzlich hörte ich von hinten eine männliche Stimme: *des hemmer abr net so gern.* Es war der Rentner vom Vormittag. *Wieso nicht?* fragte ich. *Des ghört do net nei,* meinte er. *Soll ich es etwa auf dem Rasen liegen lassen?* fragte ich. *Noi, abr do nei g'herts net,* meinte der Rentner. Ich lief zum Abfallkübel, holte den Haufen wieder raus, ging zu dem Mann und sagte: *Bitte,* und überreichte ihm den Beutel. Verdutzt streckte er den Arm aus, öffnete die Hand und bekam das noch warme Übel hineingelegt. Nun stand er verdattert da und schaute mich ungläubig an. Ich sagte: *machen sie damit was sie wollen* und ging einfach weiter. Nach 20 Metern schaute ich zurück und sah, dass der Rentner den Hundehaufen in den Abfallkübel warf. Na also, es geht doch.

Dann passierte mir ein Missgeschick. Ich wollte morgens auf den Stadtbus. Als ich vor das Haus trat, sah ich den Bus bereits heranfahren, er war mal wieder zu früh dran. Ich rannte zur Bushaltestelle und stoppte vor dem haltenden Bus abrupt ab. Dabei übertrat ich mir meinen Fuß so sehr, dass ich erst mal stehenblieb und vor Schmerz nach Luft schnappte. Der Busfahrer öffnete die Tür und als ich nicht einstieg schloss er sie wieder und fuhr ab. Ich schleppte mich mühsam nach Hause. Inzwischen war das Fußgelenk stark angeschwollen.

Nachdem ich wieder klar denken konnte, bestellte ich ein Taxi und fuhr zum Arzt. Der diagnostizierte eine Bänderdehnung und meinte: *das ist schlimmer als ein Bruch. Das dauert 6 Wochen, bis sie wieder richtig laufen können.* Er gab mir ein Rezept für zwei Krücken und noch ein paar gute Ratschläge.

Mit den beiden Krücken kam ich humpelnd nach Hause. Bobby knurrte mich drohend an. Dann erkannte er seinen Herrn und überwand seine Agression über meine zusätzlichen zwei Beine.

Am nächsten Tag rappelte ich mich auf, um mit Bobby humpelnd Gassi zu gehen. Ich traute meinen Augen nicht, er humpelte, auf der rechten Pfote lahmend, hinter mir her. Diese Gangart behielt er konsequent bei, obwohl ich bei ihm keine Verletzung feststellen konnte.

Nach einigen Tagen fiel mir auf, dass Bobby auch noch andere Macken hatte. Er kaute mit Vorliebe auf meinen neuen Turnschuhen herum und nagte an den Tisch- und Stuhlbeinen. Die Zeitung brachte er mir immer erst, nachdem er sie vorher sorgfältig zerfetzt hatte. Beim Gassigehen besprang er jeden Hund, egal ob Hündin oder Rüde. Das brachte mir ständig Ärger ein. Wenn ich morgens nicht sofort mit ihm rausging, machte er sein Geschäft auf den Wohnzimmerteppich. Das galt nicht nur für den Morgen, sondern auch für den Abend und die Nacht.

Unsere Beziehung wurde auf eine ernsthafte Probe gestellt und schliesslich resignierte ich. Ich brachte Bobby ins Tierheim zurück und entschuldigte mich bei der Dame: *Bobby ist so ein lieber Hund, aber ich muss dringend verreisen und habe Niemand, der sich um ihn kümmert.* Ich gab auch das Körbchen und die Decke zurück. Ich brauchte beides nicht mehr, denn ein Hund würde mir nicht mehr ins Haus kommen.

Joggen und Hunde

Heute wollte ich mal wieder Joggen. Da ich in einem Vorort wohne bot sich mir der große Kreis an. Auf dem *Schwarzen Wegle* (Habermehlpfad) bis zur

Kallhardbrücke, durch den Stadtgarten, dann zurück über den Radweg durch die Davoswiesen. Das Ganze waren etwa 5 Kilometer, für einen Anfänger weit genug.

Ich lief los und schreckte ein paar Krähen auf, die wütend davonflatterten. Davon wurden einige Enten auf dem Fluss aufgeschreckt und schlugen wild mit den Flügeln. Über mir hämmerte ein Specht wie verrückt gegen einen Baumstamm. Ein Eichhörnchen rannte über den Weg und sauste einen Baum hoch. Dort blieb es auf der Rückseite des Baumes, mit dem Kopf nach unten, dabei schimpfte es auf mich herab. Manchmal bleiben die Eichhörnchen auch mitten auf dem Weg sitzen und betteln. Die alten Omas haben die Viecher wohl so abgerichtet.

Ich lief weiter und begegnete bald dem ersten Hundehalter. Zu dieser Zeit waren die meisten mit ihren Hunden unterwegs. Der Mann hatte einen Dackel, der mich eine ganze Zeit kläffend verfolgte. Aber mit seinen kurzen krummen Beinen hatte er keine Chance. Dackel sind eigentlich immer Machos. Wenn sie nicht Machos sind, sind sie versaut.

Während ich weiterlief machte ich mir über Hunde Gedanken. Der Hund stammt ja vom Wolf ab. Aber, wie hat man erreicht, dass Bernhardiner so groß und Pinscher so klein sind? Hat man den Ersteren mit einer Kuh gekreuzt und den anderen mit einer Ratte? Und mit was wurde der Pitbull gekreuzt? Mit einem Krokodil?

Plötzlich stand ein großer Hund mitten auf dem Weg. Ich glaube es war ein ungarischer Hirtenhund oder ein Karelischer Bärenhund. *Hexchen, geh aus dem Wegt da bitte,* hörte ich eine dicke Frau rufen, die etwa 20 Meter entfernt war. Hexchen verstand nichts und blieb einfach stehen. Vielleicht hatte er auch verstanden und konnte sich nicht entscheiden.

Ich blieb vorsichtshalber stehen und sagte zu Hexchen *Guten Morgen*. Hexchen rührte sich nicht. Inzwischen hatte uns die Besitzerin erreicht und meinte: *Hexchen, jetzt kommst du mal bitte her, da will jemand vorbei.* Hexchen blieb einfach stehen.

Nun ergriff ich die Initiative und machte einen Bogen um Hexchen. Hexchen bedankte sich mit einem Schwanzwedeln und ich lief gutgelaunt weiter. Bald verging jedoch meine gute Laune. Ein Hund kam auf mich zu gelaufen. Er war klein, massig, mit X-Beinen und einem mächtigen Gebiss. Der Unterkiefer stand mindestens einen halben Meter weit vor. Oh, Scheisse, dachte ich, ein Pitbull. Man liest ja in der Zeitung immer wieder, was einem passiert, wenn einem ein Pitbull begegnet.

Was mache ich jetzt? Wo ist sein Herrchen? Ist der auch versichert? Wie schmerzhaft sind kosmetische Operationen? Kann ich auch mit einer Hand noch Autofahren oder aufs Klo gehen? All diese Gedanken gingen mir durch den Kopf. Da teilte sich plötzlich ein Gebüsch und ein junger Mann trat hervor, lächelte und grüßte freundlich: *Guten Morgen, der tut nischt. Hierher, du Knallkopf.* Knallkopf hörte aufs Wort, machte kehrt und setzte sich artig neben sein Herrchen. Ich nickte beiden zu und lief weiter. Sprechen konnte ich noch nicht.

Weiter vorne kam eine Kurve, die ich nicht einsehen konnte. Dichte Büsche versperrten die Sicht. Ich hörte eine Frau, wie sie ihr Kind zurecht wies: *Petra, du bist ein ganz böser Junge, kommst du jetzt her oder nicht?* Seit wann ist Petra ein Junge? Wieder rief sie ins Gebüsch: *ich gehe jetzt, wenn du nicht sofort kommst.*

Wer auch immer Petra war, Mädchen oder Junge, mit zwei oder vier Beinen, Petra hatte sich längst entschieden - nicht zu kommen. Ich lief weiter auf meiner Strecke und schon kam der nächste Hund in Sicht. Sein Herr rief laut: *Timo, kommst du jetzt her, oder soll ich hinkommen?* Timo ignorierte die Aufforderung einfach. Sein Herr war nun sauer, setzte sich auf ein Bank und zündete sich eine Zigarette an.

Ein alter Herr mit einem Gehstock bestand auf Erziehung und gute Manieren. Seine Promenadenmischung sah ein wenig zerrupft aus. Er hatte gerade auf der Wiese einen Haufen gesetzt und wollte sich weitertrollen. Der alte Herr schwang drohend seinen Gehstock und rief: *du kommst sofort her.* Der Hund gehorchte. Der Herr nahm seinen Vierbeiner am Halsband und schleppte ihn zu dem frischen Haufen. Dann fragte er laut den Sünder: *was ist denn das?* Der Hunde blickte seinen Herrn an und wedelte mit dem Schwanz. *Nun, sag schon,* bohrte sein Herr weiter. Jetzt senkte sich die Rute und er wedelte nur noch vorsichtig. *Ich habe dir schon oft gesagt, dort*, er zeigte mit dem Gehstock auf die Büsche, *nicht hier*, er zeigte auf den Haufen. Der Hund hatte begriffen und wedelte nun heftig mit dem Schwanz. Sein Herrchen ließ in laufen und er trollte sich in die Büsche. Dann griff er in seine Jackentasche, holte eine Plastiktüte heraus, zog sie über die Hand und griff nach der Hinterlassenschaft im Gras. *Pfui Deifel,* stieß er angewidert hervor und ging mit seinem Beutel davon.

Inzwischen war ich auf dem Rückweg. Ich lief auf dem Radweg, der mitten durch große Wiesen führte. Hier sieht man im Sommer viele junge Leute beim Sonnenbaden. Ob die wohl wissen, dass die Wiesen voller Hundekot sind?

Vor mir sah ich einen Mann der seinem Hund das Apportieren beibringen wollte. Er stand auf der linken Seite und warf einen Stock über den Radweg auf die rechte Seite. Dann erteilte er seinem Hund, der neben ihm saß, einen Befehl. Der Hund setzte sich langsam und lustlos in Bewegung, schaute mich an und überquerte den Radweg. Auf der anderen Seite nahm er den Stock auf und setzte sich hin. Nach mehrmaligem Rufen seines Herrn setzte er sich langsam in Bewegung, trottete zurück und ließ den Stock neben seinem Herrn fallen. Der Mann nahm den Stock auf und warf ihn wieder über den Radweg. Der Hund sah ihn fragend an und trabte schliesslich los. Als ich auf gleicher Höhe ankam, war er gerade mit dem Stock auf dem Rückweg. Und - kaum zu glauben - er setzte sich an den Rand des Weges und wartete, bis ich vorbeigelaufen war. Ich lobte ihn: *braver Hund* und lief weiter.

Der nächste Hund, der meinen Weg kreuzte, war ein Dobermann. Vor denen hatte ich Respekt. Er schaute mich auch ganz komisch an. Sein Herr pfiff kurz durch die Zähne und der Dobermann kam sofort zu ihm zurück. Das beeindruckte mich.

Dann kam mir eine Dame mit einem Mops entgegen. Sie hatte ihn an der Leine und der arme Kerl zottelte hinterher auf seinen kurzen Beinen. Dabei hing seine kleine rote Zunge heraus. Die Dame rief *Rocky, pass auf, da kommt einer.* Aber das war Rocky egal.

Er schaute mich nicht mal an, als er vorbeiging. Er war sicher froh, dass ich ihm nichts tat.

Bis zu meiner Wohnung gab es keine Zwischenfälle mehr. Allerdings lag direkt vor dem Haus ein riesiger Hundehaufen. Auf dem Platz, auf dem unsere Mülltonne steht, lagen sogar zwei. Was für eine Sauerei. Bis zum Fluss sind es nur 30 Meter, aber für manche Hundehalter ist das schon zu weit. Wenn ich den erwische, der dafür verantwortlich ist, schmeiße ich den Hundehaufen in seinen Briefkasten. Und das noch nicht mal eingewickelt. Es ist ja kein Geschenk.

Durch die vielen Hunde, die unterwegs waren, brauchte ich für meinen Joggingkurs doppelt so lange. Vielleicht sollte ich in Zukunft nachts joggen?

Gute alte Zeit

Die guten alten Zeiten der 60er und 70er Jahre mit Fahrverbot, Radikalenerlaß, RAF, Vietnamkrieg und Ölkrise waren auch nicht immer gut, aber sie waren anders.

Ich bin einer von denen, die unsere Politiker immer den Durchschnittsbürger oder Normalbürger nennen. Ich bin Jahrgang 1945 und in dem Alter, das höfliche Menschen als *in den besten Jahren* bezeichnen. Die Jugend dagegen nennt uns *Grufti, Komposti* oder respektlos *alter Sack*. Ich freue mich schon, wenn mich die Dame am Kiosk mit einem freudigen *Junger Mann, was darf es sein?* begrüßt.

Ich stamme aus einer Zeit, als Lehrer noch Autoritätspersonen und Polizisten Respektspersonen waren. Die Geschäfte schlossen um 18.30 Uhr und Geiz war noch nicht geil. AIDS war noch völlig unbekannt und überall standen gelbe Telefonhäuschen, in denen man für 20 Pfennig telefonieren konnte. Mein erstes Fahrrad war ein altes Herrenrad ohne Sattel. Ich träumte immer von einem Bonanza-Rad mit Fuchsschwanz und Rennfahrersattel, bekam es aber nie.

Das Wort geil war streng verboten und wenn meine Mutter das hörte, gab es sofort eine Maulschelle.

Am Flussufer stand das Schafhaus. Dort wurden die Schafe zum Bock gebracht. Wir Kinder waren neugierig und fragten: *was machen die dort mit den Schafen*. Als Antwort bekamen wir: *die bekommen dort die Zähne geschliffen*. So war unsere Aufklärung.

An der Wand meines Zimmers war ein Poster von Che Guevara und keine nackte Frau. Als ich in die Lehre ging hatte ich endlich ein eigenes Fahrrad, mit fünf Gängen. Das war damals spitze. Meine Kumpels dagegen besaßen schon ein *Kreidler Florett* oder eine *Zündapp*.

Jeans waren noch bezahlbar und hauteng. Sie wurden gleich nach dem Kauf sofort in der Badewanne mit Persil und Wurzelbürste bearbeitet und gebleicht. Turnschuhe hießen damals tatsächlich noch Turnschuhe.

Im Fernsehen gab es nur drei Programme und alle waren mies. Heute haben wir mehr als 100 Programme und alle sind schei....., mies. Die Sänger der bekanntesten Pop- und Rockbands konnten noch richtig singen, sogar live. Und der Gitarrist beherrschte mehr als drei Griffe an seinem Instrument. Stars wurden noch entdeckt und nicht in miesen Fernsehshows gecastet.

Von meiner ersten Zigarette wurde mir schlecht und mein erstes Bier brachte ich gleich wieder zur Toilette. Im Bus stand ich noch auf, um alten Leuten einen Sitzplatz anzubieten und ich half sogar Müttern ihren Kinderwagen in den Bus zu bekommen.

Nach der Schule gab es kein Problem, eine Lehrstelle zu bekommen. Das Problem war, welche Lehrstelle ich wählen sollte. Die Zukunft war noch ungewiß, aber eines wusste ich mit Sicherheit, sie würde toll, phantastisch und aufregend werden.

Heute muss ich feststellen, alles ist anders gekommen als ich mir das vorgestellt hatte.

Schriftsteller

Als ich mein erstes Buch schrieb, machte ich die klassischen Fehler. Erstens bekam ich kein Honorar, sondern musste mich mit einer großen Summe an den Druckkosten beteiligen. Zweitens interessierte sich kein Mensch für mein Werk. Zwar wollten die Verwandten mein Buch, aber geschenkt. Drittens, ohne Werbung läuft nichts. Ich durfte zwar mein Buch in der Örtlichen Presse vorstellen, aber am nächsten Tag war es schon wieder vergessen. Ich machte mir Gedanken, was ich bisher falsch gemacht hatte und fand die Lösung. Es lag gar nicht an dem Buch, es lag an meinem Outfit. Ich informierte mich über die bekannten Schriftsteller und fand Erstaunliches heraus.

Ich musste mein Outfit ändern und zwar systematisch von unten nach oben.

1. Sandalen tragen, auch im Winter. Dann allerdings mit alten Socken.

2. Eine Cordhose, dreckfarben und abgetragen.

3. Strickjacke, Weste oder Pullover. Aber ohne Löcher, das ist das Vorrecht der Sozialarbeiter.

4. Die Uhr. Auf keinen Fall eine Golduhr. Am Besten eine alte, laut tickende Taschenuhr.

5. Der Bart. Schriftsteller haben immer einen Bart. Entweder einen Dreitagebart oder einen Faulheitsbart, den man einfach wachsen lässt. Als durchgeistiger Schriftsteller kann man sich nicht mit so profanen Dingen wie der täglichen Rasur beschäftigen.

6. Die Pfeife. Schriftsteller rauchen Pfeife mit stark abgekautem Mundstück oder selbstgedrehte Zigaretten. Niemals Filterzigaretten, oder solche, die es im Automaten gibt.

7. Die Brille. Alle Schriftsteller haben mindestens eine normale Brille und eine Lesebrille. Warum weiß ich auch nicht. Die normale Brille hat runde Gläser.

8. Die Frisur. Auf keinen Fall eine Modefrisur. Wenn der Schriftsteller nicht sowieso vom vielen Denken eine Halbglatze hat. Die Haare etwas kürzer (Kahlkopf) oder etwas länger (Pferdeschwanz).

9. Der Bleistift. Er muß kurz und stumpf sein. Im Notfall tut es auch ein Billiger.

10. Das Notizbuch. Ein kleines Buch mit Karopapier, um geniale Gedanken festzuhalten. Das Buch passt in die Gesäßtasche, wo es auch meistens bleibt. Die ersten 10 Seiten müssen beschrieben sein, womit ist egal.

11. Das Auto. Schriftsteller fahren meistens ein altes Damenfahrrad. Wenn doch ein Auto, dann ist es alt, ungepflegt und hat überzogenen TÜV. Ein kaput-

ter Scheinwerfer gehört auch dazu. Leere Rotweinflaschen auf dem Rücksitz gehören ebenfalls zum Image.

12. Nichts. Absolut nichts. Der wahre Schriftsteller hat weder Geld, noch Kreditkarten, keinen Terminkalender, kein Smartphone und kein Notebook.

13. Gedankengut ist von Vorteil, aber nicht das Wichtigste. Was der Schriftsteller braucht klaut er sich aus dem Internet.

Noch ein wichtiger Tipp. Der Schriftsteller hat immer zufällig sein neuestes Buch dabei. Egal wohin er geht.

Nachdem ich all diese Punkte abgearbeitet habe, steht meiner Karriere nichts mehr im Wege und ich schließe mit einem Zitat von John Osborne: *Auch das schlechteste Buch hat eine gute Seite - die Letzte.*

Winters Tale

Es war Ende Januar und vom Winter noch keine Spur. Trotzdem begannen die Geschäfte mit dem Winterschlussverkauf. Es gibt ihn zwar offiziell nicht mehr, aber die Geschäfte räumen ihre Lager für die Frühjahrskollektion, deshalb nennen sie es nun Saisonverkauf oder Räumungsverkauf.

Überall sieht man Schilder SALE, damit die Kunden auch wissen, hier wird etwas verkauft.

Vor dem größten Kaufhaus der Stadt hatten sich schon Stunden vor der Eröffnung zahlreiche Kundinnen eingefunden.

Je näher der Zeiger auf die Zehn rückte, um so größer wurde die Angst der Angestellten. Einer musste die Tür aufschliessen. Weil keiner sein Leben leichtfertig aufs Spiel setzen wollte, wurde ausgelost, wer dieses Jahr dran glauben müsste. Das Los fiel auf den Geschäftsführer. Alle gingen in Deckung, während der Geschäftsführer zitternd zur Tür ging. Kreidebleich steckte er den Schlüssel ins Schloß und drehte ihn um. Dann machte er einen Sprung zur Seite und rannte, was das Zeug hielt.

Die Kundinnen drängelten und schubsten, jede wollte die Erste sein, die hereinkam. Schon kam es zu ersten Schlägereien. Nun warf die Menge sich gegen die Tür, sie sprang auf und knallte so gegen die Wand, dass beinahe eine Scheibe zerbrach.

Die Meute stürmte das Kaufhaus und belagerte sämtliche Regale und Wühltische im Erdgeschoß. Blitzschnell waren auch die oberen Etagen mit kaufwütigen Kundinnen vollgestopft.

Die Verkäuferinnen versteckten sich hinter den Kassen und weigerten sich, Kundinnen anzusprechen, aus Angst, man würde sie zusammenschlagen.

Bei der Oberbekleidung kam es zu ersten Schlägerein. Türkische Männer räumten ganze Regale leer und kauften alle Kleider.

In der Buchabteilung sah es schlimm aus. Bücher, um die sich zwei Frauen gestritten hatten, lagen zerrissen am Boden. Auch in der Porzellanabteilung sah es wüst aus. Überall zerbrochenes Geschirr.

In der Parfümerieabteilung hatte sich ein Verkäufer todesmutig zwischen zwei streitende Frauen gestellt, um sie miteinander zu versöhnen. Die beiden hatten sich aber kurzfristig verbündet und den Verkäufer verprügelt.

Inzwischen waren bereits Polizei und mehrere Krankenwagen eingetroffen. Den Verkäufer nahmen sie gleich mit. Weitere Verletzungsopfer, Männer mit Kratz- und Beißspuren, warteten auf erste ärztliche Versorgung.

Im ganzen Kaufhaus herrschte inzwischen Chaos. Das Personal hatte sich in die Personalräume zurückgezogen und weigerte sich, wieder die Ladenflächen zu betreten.

Gegen 18 Uhr wurde das Kaufhaus geschlossen und die Angestellten trauten sich wieder hervor. Die Bilanz des Winterschlussverkaufes war: 50.000 Euro Verlust für das Kaufhaus, 50 Verletzte und 20 Festnahmen.

Einige Kundinnen wurden vor dem Kaufhaus von Reportern zu den Ereignissen befragt und sagten einstimmig: *wir freuen uns schon auf den Sommerschlussverkauf.*

Ich werde alt

Neulich suchte ich meine Brille. Sie war verschwunden. Abends hatte ich sie noch auf. Am Morgen konnte ich sie nicht mehr finden. Überall habe ich gesucht, das könnt ihr mir glauben, denn ohne Brille bin ich blind wie ein Maulwurf.

Ganz methodisch bin ich bei der Suche vorgegangen. Zuerst sah ich am PC nach, wo ich abends immer sitze. Nichts. Keine Brille auf dem Tisch, auf dem Sessel und schon gar nicht auf dem Schrank. Blieb nur noch der Fußboden. Auf allen Vieren krabbelte ich herum aber außer Staubmäusen fand ich nichts. Ich musste mal wieder dringend saugen. Als ich wieder aufstand hatte ich Rückenschmerzen. *Ich glaube, ich werde alt.*

Von der Sucherei hatte ich Durst bekommen und ging zum Kühlschrank. Als ich die Tür öffnete sah ich ins Eiswürfelfach. Da lag meine Brille. Wie sie dahin gekommen ist? Keine Ahnung? *Ich glaube, ich werde alt.*

Endlich, wieder mit Brille, konnte ich einkaufen gehen. Ich stieg die Treppen vom 3. Stock herunter und ging zur Haustür. Dann fiel mir ein, habe ich wirklich die Wohnungstür abgeschlossen. Ich war mir ziemlich sicher, trotzdem stieg ich wieder hinauf. Natürlich war abgeschlossen. *Ich glaube, ich werde alt.*

Unterwegs begegnete mir eine Frau, mit der ich jahrelang im selben Büro zusammen gearbeitete hatte, Ich konnte mich nicht an ihren Namen erinnern. Das war vielleicht peinlich. *Ich glaube, ich werde alt.*

Am Abend musste ich verschiedene Tabletten einnehmen. Bevor ich schlafen ging fragte ich mich, habe ich die Tabletten wirklich genommen? Sollte ich sie zur Sicherheit nochmal nehmen? *Ich glaube, ich werde alt.*

Am nächsten Morgen sah ich in der Zeitung ein Bild vom Bundespräsidenten. Wie hieß der nochmal? Keine Ahnung. An Goethe und Schiller kann ich mich erinnern. Sogar an den alten Fritz. Aber wie heißt der jetzige Bundespräsident? Keine Ahnung. *Ich glaube, ich werde alt.*

Nach dem Frühstück musste ich eine Aspirin nehmen. Die Tablette fiel mir aus der Hand auf den Teppich. Ich sah sie deutlich daliegen. Das wunderte mich. Wenn mir sonst eine Tablette runterfällt finde ich sie nicht mehr. Ich hob die Tablette auf und schluckte sie hinunter. Nach zwei Stunden entdeckte ich auf dem Teppich die Aspirin. Nun fragte ich mich, was ich vor zwei Stunden geschluckt hatte. *Ich glaube, ich werde alt.*

Fällt mir eine Münze runter, rollt sie garantiert unter die Eckbank und bleibt ganz hinten liegen, da wo ich nicht rankomme. Inzwischen liegt dort bestimmt schon ein kleines Vermögen. Ich lasse es liegen. *Ich glaube ich werde alt.*

Zwischendurch ging ich an den Kleiderschrank und wollte etwas holen. Kaum hatte ich die Tür geöffnet fragte ich mich, was wollte ich eigentlich hier? Dasselbe passierte mir im Bad. Kaum stand ich im Bad, wusste ich nicht mehr, was ich dort wollte. *Ich glaube, ich werde alt.*

Als ich von den vielen Wohnungseinbrüchen in der Zeitung gelesen hatte, versteckte ich meine Sparbücher und etliches Bargeld so gut, dass es kein Einbrecher finden würde. Jetzt finde ich es selbst nicht mehr. *Ich glaube, ich werde alt.*

Dann fiel mir auf, morgens um 6 Uhr stand ich immer auf, anstatt ins Bett zu gehen. *Ich glaube, ich werde alt.*

Früher nahm ich drei Treppen auf einmal. Heute drei Tabletten. Inzwischen gebe ich in der Apotheke mehr Geld aus, als im Supermarkt. *Ich glaube, ich werde alt.*

Vom liegen auf dem Sofa bekomme ich Rückenschmerzen. Beim Treppensteigen bleibe ich an jedem Stockwerk stehen und schaue aus dem Fenster. *Ich glaube, ich werde alt.*

Schliesslich lässt es mir keine Ruhe mehr. Ich schaue in meinen Ausweis. Tatsächlich, im Oktober wurde ich 70. *Ich werde nicht alt, ich bin alt.*

Arbeit macht frei

Mit 53 Jahren wurde ich arbeitslos. Bei meinem ersten Besuch im Arbeitsamt (Heute Job-Center) begrüßte mich der Arbeitsberater mit den Worten: *Arbeit macht frei.* Komisch, diese Worte hatte ich doch schon mal gehört und das ging nicht gut aus.

Nach einigen Monaten und hunderten von Bewerbungen war mir klar, niemand stellt mich mehr ein. An der Qualifikation lag es nicht. Es lag am Alter. Nur noch 25-jährige mit 20 Jahren Berufserfahrung hatten eine Chance. Inzwischen weiß ich, Arbeit macht alles andere als frei.

Arbeit macht hässlich. Vom dauernden buckeln bekommt man einen krummen Rücken. Die Arme werden vom ständigen Aktenschleppen immer länger, bis man aussieht wie ein Orang Utan. Und das ständige Grinsen (Tag Chef) hinterlässt irreparable Schäden.

Arbeit macht fett. Vom ständigen Sitzen am Schreibtisch bekommt man einen fetten Arsch. Ständig hat man Hunger, entweder aus Langeweile oder aus Stress. Deshalb isst man zuviel und wird langsam immer fetter.

Arbeit macht dumm. Jeden Tag dieselbe Arbeit, bei der man nicht mehr selber denken darf. Das ist etwas für Ameisen. Für einen kreativen Menschen ist es die Hölle. Man verblödet zusehends.

Arbeit macht arm. Wir bekommen zwar Lohn, aber immer zu wenig. Ständig geben wir mehr aus, als wir einnehmen. Bekommen wir mal eine Lohnerhöhung, erhöht die Krankenkasse sofort die Beiträge. Den Rest frisst das Finanzamt durch höhere Steuern.

Arbeit macht einsam. Selbst auf einer kleinen Insel in der Südsee ist es nicht annähernd so einsam, wie in einem Grossraumbüro. Jeden Abend geht man mit seinen eigenen Problemen nach Hause und am nächsten Morgen bringt man sie wieder mit. Der Arbeitsplatz ist mit Stellwänden so abgeschottet, dass man sich nicht näher kommen kann. Hat man dann doch ein Date mit der hübschen Sekretärin des Buchhalters auf der Cheftoilette, kommt dies, dank der Videoüberwachung, sofort raus. Es folgt der sofortige Hinausschmiss von Beiden.

Arbeit macht abhängig. Ein einzelner Streber zwingt uns alle soviel zu arbeiten wie er. Und wir dürfen nicht mal *Arschloch* zu ihm sagen, er könnte ja schon Morgen der Vorgesetzte sein. Wir arbeiten bis zum Umfallen, nehmen Aufputschmittel, Literweise Kaffee und Schachteln von Zigaretten und steuern mit Vollgas auf den Herzinfarkt zu.

Arbeit macht krank. Es gibt kaum noch eine Möglichkeit, sich ausserhalb der Arbeit eine ernsthafte Krankheit einzufangen. Alles, vom Schnupfen bis zur Grippe, vom Kreislaufversagen bis zum Hirnschlag holen wir uns wo? Bei der Arbeit.

Arbeit macht kriminell. Nur noch mit den fiesesten Tricks ist den neidischen Kollegen beizukommen. Von der einfachen Denunzierung bis zum in-den-Kaffee-pissen, vom Meineid bis zum Rufmord, reicht die Liste der täglichen Straftaten. Dazu kommt noch Nepp, Betrug, Bauernfängerei und Übervorteilung gegenüber dem Kunden. Ein einfacher Griff in die Portokasse ist dagegen schon eine gute Tat.

Arbeit macht impotent. Aufgemotzte Büro-Tussis, plumpe Anmache in der Kaffeepause, Arschreiben im überfüllten Lift haben die Libido bis Feierabend auf den Gefrierpunkt gebracht. Wenn einem dann zuhause nicht gerade Pamela Anderson, nackt bis auf ein weißes Schürzchen erwartet, helfen weder Viagra noch Schweineseiten im Internet.

Arbeit macht alt. Wir werden heute zwar älter als früher. Aber dafür sieht der Arbeitstätige mit Dreissig aus wie Sechzig. Und wenn eine Sechzigjährige aussieht wie Dreissig, dann hat sie noch nie gearbeitet.

Wollen wir wirklich hässlich, fett, dumm, arm, einsam, abhängig, krank, kriminell, impotent und alt sein? Nein? Dann hören wir doch einfach auf zu arbeiten. Ich arbeite schon seit 15 Jahren nicht mehr und mir geht es gut.

Früher und Heute

Früher war alles besser, hört man immer wieder. Stimmt das? Nein. Früher war einiges besser aber vieles auch schlechter.

Unser Stadtteil war früher nicht so schön, aber überall auf den Straßen sah man Menschen. Heute ist der Stadtteil herausgeputzt und manche Häuser sind sogar farbig angestrichen. Aber man sieht keine Menschen mehr auf den Straßen.

Wenn ich früher in einen Tante-Emma-Laden ging war ich neugierig, was es alles gibt. Wenn ich heute in den Supermarkt gehe, bin ich misstrauisch.

Die Menschen gingen früher zur Arbeit und waren pünktlich. Heute kommen sie mit dem Auto und meistens zu spät.

Früher haben die Menschen miteinander mehr unternommen. Heute sitzen sie vor der Glotze.

Die Jugend hatte mehr Allgemeinbildung. Wenn sie heute einen Jugendlichen fragen: *was ist das für ein Vogel?* Dann ist die Antwort: *Hä.* Manche kennen noch Spatzen oder Amseln, aber andere Vögel sind unbekannt.

Die Kinder mussten früher zur Schule laufen. Die Eltern hatte keine Zeit, sie abzuholen. Außerdem hatte fast keiner ein Auto. Auf dem Heimweg gab es manche Prügelei, aber alles blieb im Rahmen. Heute gibt es auch noch Prügeleien, aber mit Karateschlägen und -tritten. Vorbilder sind die Kung-Fu- und Actionfilme. Heute werden die Kinder von den Eltern oder Großeltern in die Schule gefahren und auch wieder abgeholt. Damit sie sich nicht mit frischer Luft kontaminieren.

Natürlich gab es früher auch kleinere Verletzungen. Da ging man einfach zum alten Doktor und wurde behandelt. Ganz ohne Krankenkasse. Die Eltern durften ja nichts erfahren. Sonst gab es Prügel.

Wenn sich heute ein Kind verletzt, kommen Polizei, Rettungswagen und Hubschrauber.

Wenn wir früher zu einem Erwachsenen frech waren, gab es eine Maulschelle und die Sache war erledigt. Zuhause erzählten wir nichts davon. Heute werden in solch einem Fall Polizei und Anwälte mobilisiert.

Wenn früher etwas kaputt war, wurde es repariert. Heute lohnt sich die Reparatur nicht mehr. Heute wird alles ausgetauscht.

Das Essen war früher viel einfacher. Bei einer Familienfeier gab es gemischten Braten mit Gemüse und Salat und alle haben gegessen. Heute muss man erst mal nachfragen. Einer ist Vegetarier, der andere ist Veganer. Einer hat Laktoseintoleranz, der andere ist gegen Pilze allergisch. Einer verträgt kein Gluten, der andere bekommt vom Schwefel im Wein Kopfschmerzen. Die Wörter Laktose, Gluten und Vegan waren damals noch unbekannt.

Früher ging man zum Einkaufen ins Kaufhaus. Heute wird alles online bestellt und mit der Post geliefert. Der arme Zusteller muss manchmal bis abends um 19.00 Uhr arbeiten.

Und dann die Ärzte. Beim praktischen Arzt kam man ins Wartezimmer, dort saßen 10 Leute und man musste 2 Stunden warten, bis man dran kam. Es gab früher keine Termine. Heute gibt es bei jedem Arzt Termine, trotzdem sitzt man 1 Stunde im Wartezimmer, denn da sind ja noch die Notfälle, die alle ohne Termin kommen.

Beim Augenarzt musste man 4 bis 5 Stunden warten. Damals machte der Augenarzt noch alles selbst. Heute hat er Assistentinnen, die die Vorarbeiten machen. Zum Arzt kommt man erst am Ende. Er schaut kurz in die Augen und meint: *alles Okay.* Bei meinem letzten Termin konnte ich schon nach 20 Minuten die Praxis wieder verlassen. Heute ist es also eindeutig besser.

Beim Facharzt musste man auch nicht länger als 30 Minuten warten. Heute haben die Fachärzte mehrere Behandlungszimmer. Erst sitzt man 30 Minuten im Wartezimmer, wie früher. Dann wird man aufgerufen und kommt in das Besprechungszimmer. Dort sitzt man wieder 30 Minuten bis der Arzt kommt. Dann geht es ins Behandlungszimmer. Auch dort dauert es wieder 30 Minuten, bis jemand kommt. Nach zwei Stunden kann man die Praxis endlich verlassen. Das war früher eindeutig besser.

Auch beim Orthopäden gab es früher keine Wartezeiten. Heute bekommt man einen Termin erst in 4 bis 5 Monaten und dann geschieht dasselbe wie beim Facharzt. Das war früher eindeutig besser.

Was war früher nicht besser? Der Zahnarzt. Ich erinnere mich noch an meinen Zahnarzt. Ein großer, dicker Mann in einem weißen Kittel. Wenn er auf mich zukam und eine Hand hinter dem Rücken versteckte, wusste ich, in der Hand hat er die Zange. Bevor er den Zahn zog gab es keine Spritze. Der Zahn wurde kurz vereist und dann gezogen. Der Bohrer wurde noch mit einem Fußpedal betrieben und war riesengroß. Wir Kinder hatten damals vor dem Zahnarzt Angst. Heute sind die Bohrer winzig und werden elektrisch angetrieben mit 250.000 bis 300.000 Umdrehungen in der Minute. Man hört nur ein leichtes Surren. Vor jeder Behandlung wird in das Zahnfleisch Betäubungsmittel gespritzt und man spürt nichts mehr. Heute ist der Zahnarzt keine Horrorgestalt mehr. Heute ist es viel besser als früher.

Früher schmeckten die Äpfel noch nach Apfel und die Frauen sahen aus wie Frauen. Im Fernsehen gab es nur zwei Programme, aber die waren besser als die

200 Programme, die wir heute empfangen. Wir hatten sogar noch vier Jahreszeiten. Die Menschen waren netter zueinander und den Begriff Soziale Kälte gab es nicht.

Tätowierungen waren früher die Ausnahme. Tätowierte waren entweder bei der Marine oder im Knast. Den Unterschied sah man in der Qualität der Tätowierung. Tattoo-Studios gab es nur in den Hafenstädten. Frauen waren nicht tätowiert. Heute sind vorwiegend Frauen tätowiert und Fussballspieler. Fussballer lassen sich vorwiegend einen Arm tätowieren, diesen aber von oben bis unten. Inzwischen sieht man das auch vereinzelt bei den Fussballerinnen.

Halloween war noch unbekannt. Dies wurde viel später vom amerikanischen übernommen. Eine Unsitte mehr, die wir vom Amerikaner übernommen haben. Vielleicht feiern wir auch bald Thanksgiving. Die polnischen Gänsezüchter stehen schon bereit, um sich auf Putenzucht umzustellen.

Dies sind nur einige Beispiele. Manches war früher anders, aber vieles ist heute doch besser.

Die Maus

Ich mag Mäuse. Mit ihren kleinen schwarzen Knopfaugen und dem spitzen Näschen sehen sie drollig aus. Aber ich mag sie nicht in meiner Wohnung.

Eines Tages entdeckte ich auf meinem Sofa Mauskegel. Irgendwann hatte ich wohl die Wohnungstür kurz offengelassen und eine Maus muss hereingeschlüpft sein.

Zuerst versuchte ich es mit Gift. Das Mistvieh futterte Käse, Speck und meine Socken, aber der Giftköder blieb unberührt.

Nun versuchte ich es mit Fallen. Ich hatte die Fallen mit leckeren Ködern bestückt und an verschiedenen Stellen aufgestellt. Am nächsten Morgen waren die Fallen ausgelöst und die Köder verschwunden. Die Maus auch.

Dann machte ich mir erstmal Kaffee. Als ich die Tasse aus dem Schrank holte sah ich darin ein rundes Fellbündel. Es war die Maus. Sie war hineingerutscht und kam an den glatten Innenwänden nicht mehr hoch.

Jetzt hatte ich sie. Aber was sollte ich nun mit ihr machen? Sollte ich sie erschlagen, ihr den Hals durchschneiden oder sie ertränken? Die Maus sah mich mit einem Dackelblick an und ich vergass alle guten Vorsätze. Ich holte aus dem Keller einen alten Vogelkäfig, füllte ihn mit Holzwolle und setzte die Maus hinein. Von nun an war sie mein Haustier. Als Kind wollte ich immer einen Hamster, nun hatte ich wenigstens eine Maus.

Der Abfluss

Der Abfluss in meiner Küchenspüle funktionierte einwandfrei, bis heute. Als ich mein Teller abspülte blieb das Wasser in der Spüle stehen. Dann machte es Gluck, Gluck, Gluck und das Wasser lief langsam ab.

Ich ließ nochmal Wasser in die Spüle und wartete. Es passierte dasselbe und so langsam wurde mir klar, dass der Abfluss verstopft sein muss.

Bei meiner Nachbarin passierte das vor einigen Tagen auch und sie wusste sich nicht zu helfen. Sie rief den Installateur. Noch am selben Tag kamen drei Männer mit schwerem Gerät. Zuerst jagten sie eine Spirale durch den Abfluss, dann schlossen sie einen Schlauch an den Wasserhahn und drehten voll auf. Das Wasser schoss mit ganzer Kraft durch den Abfluss, eine halbe Stunde lang. Dann war das Problem beseitigt und die Männer rückten ab. Am nächsten Tag kam eine Rechnung der Firma über 900 Euro. Und bei der nächsten Wasserrechnung bekam sie Augen, so groß wie Suppentassen.

Das konnte ich mir nicht leisten. Deshalb versuchte ich das Problem selbst zu lösen. Vielleicht war nur der Syphon verstopft. Ich schraubte die Plastikrohre unter der Spüle ab. Das ging ziemlich einfach. Vorsichtshalber machte ich eine Zeichnung, wie die Rohre wieder zusammengeschraubt werden. Dann machte ich die Rohre mit einer Bürste sauber. Was da herauskam war schwarz und stank fürchterlich. Aus dem gekrümmten Syphon drückte ich eine schwarze Wurst mit einem Durchmesser von 5 cm. Das war der Übeltäter.

Nachdem ich alles gesäubert hatte schraubte ich die Rohre wieder zusammen. Dabei hatte ich die Gummidichtungen nicht richtig eingesetzt. Als ich den Wasserhahn aufdrehte spritzte das Wasser aus allen Verbindungen. Gut, dass ich einen Eimer darunter gestellt hatte. Also schraubte ich alles wieder ab und korrigierte die Dichtungen. Dann befestigte ich die Rohre wieder und diesmal lief das Wasser einwandfrei durch.

Für die ganze Arbeit hatte ich eine Stunde gebraucht. Ich hatte 900 Euro gespart. Die Arbeit war zwar ekelhaft, aber ich war stolz, dass ich das geschafft hatte.

Ich habe gehört, dass man das alle 3 bis 4 Monate machen soll, sonst wächst der Abfluss wieder langsam zu. Wenn der Durchfluss nur noch so groß ist wie einen Stecknadel, macht es Gluck, Gluck, Gluck. Beim nächsten Mal ziehe ich aber Gummihandschuhe an.

Der Schlüsseldienst

Meine Nachbarin hatte wirklich Pech. Sie ging morgens zur Haustür um die Zeitung heraufzuholen. Dabei ließ sie die Wohnungstür offen, sie war nur angelehnt. Als sie die Haustür öffnete gab es einen Luftzug und die Wohnungstür schnappte zu. Die Schlüssel waren in der Wohnung.

Die Nachbarin wusste sich nicht zu helfen und läutete bei mir. Natürlich half ich ihr. Ich nahm eine alte Plastikkarte und machte es so, wie ich es in den Filmen gesehen hatte. Ich steckte die Karte in den Spalt an der Türkante und fuhr auf und ab. Die Karte zerbrach und die Tür blieb zu. Dann suchte ich nach etwas stärkerem. Ich fand in meiner Werkzeugkiste ein dünnes Blech. Das müsste doch gehen. Fehlanzeige, ich bekam die Tür nicht auf. Nun war auch ich ratlos.

Inzwischen wurde meine Nachbarin immer aufgeregter. Sie hatte wohl etwas auf dem Herd stehen und den Herd eingeschaltet. Schliesslich blieb ihr nichts anderes übrig, sie rief einen Schlüsseldienst. Der kam auch schon nach einer halben Stunde. Der Mann versuchte die Tür gar nicht zu öffnen. Er nahm einen Akkubohrer und bohrte in den Zylinder. Dann drehte er den Zylinder mit einer Zange heraus und öffnete die Tür. Er setzte einen neuen Schliesszylinder ein und präsentierte die Rechnung. Mit Anfahrt, Arbeitszeit und neuem Schloss machte das 180 Euro.

Über diese Sache musste ich noch eine Weile nachdenken. Auch mein Schloss schien defekt zu sein. Ich musste den Schlüssel mehrmals hin und her bewegen, bis ich aufschliessen konnte.

Kurz entschlossen ging ich zum Baumarkt und kaufte einen neuen Zylinder mit drei Schlüsseln. Die Zylinder gab es von 5 Euro bis 25 Euro. Ich nahm natürlich den Billigsten.

Zuhause schraubte ich an der Türkante die lange Schraube auf. Nun konnte ich den alten Zylinder entfernen und den neuen einsetzen. Ich befestigte die Feststellschraube wieder und probierte das Schloss aus. Es funktionierte einwandfrei. Meine Kosten für diese Reparatur waren also nur 5 Euro. Mann bin ich gut.

Das Schnäppchen

Ich brauchte dringend eine neue Unterhose, Mit der alten konnte ich mich nirgends mehr sehen lassen. Ich ging ins Kaufhaus, vorbei an den Schnäppchenständen mit minus 50% und mehr Plakaten. Ich ging bis zum hinteren Ende des Verkaufsraumes, wo es keine Reduziert-Schilder gab und fingerdicker Staub auf den Waren lag. An einem Verkaufstisch fand ich die geeignete Unterhose. Plötzlich stand ein Verkäufer vor mir und meinte: *es handelt sich sicher um ein Versehen, aber leider sind diese Unterhosen zur Zeit nicht verbilligt zu haben. Das macht nichts,* meinte ich, *ich will keinen Rabatt, ich zahle den vollen Preis.* Verständnislos schaute er mich an. Andere Verkäufer, die nichts zu tun hatten, kamen hinzu. Einer zwinkerte mit den Augen und meinte: *wir könnten ihnen zu der Unterhose noch ein passendes Paar Socken dazugeben, natürlich kostenlos. Nein,* wiederholte ich mein Ansinnen, *ich möchte einfach den vollen Preis zahlen.* Das Lächeln der anderen Verkäufer verschwand. Ich ging mit meiner Unterhose zur Kasse. Bevor ich sie erreichte, trat mir ein Herr in den Weg. Er stellte sich als Abteilungsleiter vor und bot mir zwei Unterhosen zum Preis von einer. Ich lehnte ab und meinte: *nein Danke, mir genügt eine Unterhose.* Der Abteilungsleiter starrte mich an, als ob ich nicht ganz bei Trost wäre und zerrte mich vor ein Regal mit Sportsocken: *darf ich ihnen als Gratiszugabe zwei Paar Sportsocken geben?* Ich blieb hart und sagte: *nein.* Fassungslos meinte er: *was ist nur mit ihnen los? Was wollen sie von uns?* Dann unternahm er den Versuch, mir ein Paar Socken in die Jackentaschen zu stopfen. Er scheiterte kläglich, denn dort befanden sich meine Hände. Er stammelte: *so was ist mir noch nie passiert,* und rief den Geschäftsführer. Der bat mich in sein Büro, bot mir Kaffee an und fragte: *fühlen sie sich als Kunde nicht ordentlich behandelt?* Dann meinte er: *sie können die Unterhose gerne zu*

Hause einige Monate in aller Ruhe testen und dann wiederkommen, um zu bezahlen. Als ich immer noch den Kopf schüttelte griff er zum Telefon und rief eine psychologische Beratungsstelle an. Er schilderte meinen Fall, aber die wussten auch keinen Rat. Dann drückte er einen Knopf unter seiner Schreibtischplatte. Umgehend erschien ein bulliger Hausdetektiv und filzte mich auf versteckte Mikrofone oder Kameras. Nachdem er wieder gegangen war meinte der Geschäftsführer flehend: *sagen sie doch endlich die Wahrheit.* Ich sagte: *ich möchte doch einfach nur für die Unterhose den vollen Preis zahlen.* Der Geschäftsführer sah mich an und packte die Unterhose in eine Tüte: *meinetwegen,* flüsterte er gebrochen, *nehmen sie die Unterhose umsonst mit.*

Die Grippewelle

Es war mal wieder soweit. Im TV wurde der Winter angekündigt. Als ob ich das nicht auch so wüsste. Immerhin hatten wir schon Januar. Und schon warnen die Experten. Durch die ständigen Wetterumschwünge kommt es zu einem gewaltigen Anstieg von Erkältungskrankheiten. Uns steht eine Pandemie bevor, die alles bisher gekannte an Infektionen in den Schatten stellen soll. Die Medien verbreiten Panik und nun darf auch der Virologe in seinem verstaubten Labor zu Wort kommen. Schließlich will ja die Pharmaindustrie ihre Grippemittel verkaufen. Kein Zweifel, die Grippe kommt auf allen Viren. Ich bevorzuge zur Prophylaxe seit Jahren den bekannten Sonnenhutextrakt. In Tropfen- oder Tablettenform dargereicht, bekommt er gut, beeinträchtigt weder das Bewusstsein, noch die Vitalfunktionen und schon gar nicht meinen Geldbeutel.

Jedes Jahr das gleiche Schauspiel. Die Menschen haben die Köpfe tief zwischen die Schultern gezogen und drehen sich auf der Straße ängstlich um, ob nicht irgend ein wild gewordenen Virus um die nächste Ecke kommt. Die Menschen werden schon krank, wenn sie im TV täglich von Influenza hören und bekommen Fieber. Ich dagegen laufe in der frischen und eiskalten Luft Hemdsärmelig durch die Gegend. Das ist Vorbeugung. Sauerstoff, das lehrte uns schon Dr. Eisenbart, ist die beste Medizin und sie ist kostenlos.

Mein Nachbar flüsterte ganz heiser: *mein Kühlschrank ist inzwischen leer und der Medizinschrank platzt aus allen Nähten. Penicillin hilft auch nicht und den Zitronensaft kann ich nicht mehr riechen. Meine Kinder wollen nur den teuren Hustensaft, weil der so gut schmeckt. Aber der ist viel zu teuer und außerdem haben sie schon den Husten, wozu dann eigentlich noch Hustensaft.* Und so weiter und so weiter.

Die Russlanddeutschen in der Nachbarschaft kurieren sich mit heißem Wodka und laufen singend in der Gegend herum. Sie luden mich zu einem kräftigen russischen Umtrunk ein. Auch das ist Medizin. Allerdings trinken sie die Medizin nicht aus Stamperln sondern aus Wassergläsern. Weil ich solche Hausmittel nicht gewohnt bin, schlief ich bis zum Nachmittag des nächsten Tages. Als ich wieder einigermaßen klar war, sagte ich mir, Alkohol desinfiziert und die nächsten drei Wochen würden mich keine Viren mehr erreichen.

Ständig wird angeraten, sich impfen zu lassen. In den Praxen der Ärzte hängen extra große Plakate. Aber mit der Impfung ist das so eine Sache. Sie hilft nicht gegen alle Grippeviren. Man kann sich also, trotz Impfung, infizieren.

Einmal gab es nicht genügend Impfstoff. Die Menschen gerieten in Panik und hofften auf das Mittel Tamiflu, dessen Wirkung umstritten war. Die Dummen kauften sich das Mittel und die Cleveren kauften sich die Aktien des Herstellers.

Dann gab es Impfstoff, der zuerst in der Praxis aus zwei verschiedenen Komponenten zusammengemixt werden musste.

Einmal wurde von den Pharmazeuten eine riesige Pandemie angekündigt. Alle europäischen Staaten kauften rechtzeitig genügend Impfstoff, um das Aussterben der Bevölkerung zu verhindern. Es kam keine Pandemie und keine Grippewelle. Alle anderen Staaten konnten die Impfdosen an den Hersteller zurückgeben, weil sie das vertraglich vereinbart hatten. Mit einer Ausnahme, Deutschland blieb auf dem Grippeserum sitzen und musste es vernichten lassen. Schon hatten die Pharmazeuten die nächste Horrorvision. Zecken, so groß wie Elefanten. Unbedingt gegen Zecken impfen lassen. Was passierte, in dem verregneten Sommer sind die Zecken alle ersoffen.

Ich jedenfalls beuge vor und kaufe Berge von Zitronen und Apfelsinen, außerdem Multivitamine in Tablettenform. Ich bin clever. Die Grippewelle kann kommen.

Erst heute war ich wieder einkaufen. Irgendwie muss es trotzdem einem ganz gewöhnlichen winzigen Virus gelungen sein, mein Immunsystem zu überwinden. Meine Nase läuft und ein kratzen im Hals macht mir Sorgen. Der herbeigerufene Hausarzt diagnostizierte: eine Grippale Infektion, da hilft nur Antibiotika.

Die große Inspektion

Das kennen wir vom Auto, alle 5 Jahre muss es zur großen Inspektion. Wir legen großen Wert darauf, dass unser Kundendienstheft lückenlos geführt wird. Was unseren eigenen Körper angeht, sind wir großzügiger.

Mein Hausarzt lag mir ständig in den Ohren, ich sollte mich endlich mal gründlich untersuchen lassen. Damit er endlich Ruhe gibt, stimmte ich endlich zu.

Ich kenne meinen Hausarzt schon viele Jahre. Wir sind miteinander aufgewachsen, deshalb duzen wir uns. Das macht den Umgang leichter. Außerdem war er über meinen Gesundheitszustand permanent anderer Meinung als ich.

Heute war es nun so weit. Ich betrat das Wartezimmer und sah jede Menge Patienten. Macht nichts, dachte ich, ich hatte ja einen Termin. Da hatte ich falsch gedacht. Alle kamen vor mir dran. Ich beschwerte mich bei der Rezeption und bekam die Antwort: *das sind alles Notfälle*. Wofür vergeben die eigentlich Termine, wenn jeder der gerade reinlatscht zuerst drankommt.

Verärgert setzte ich mich wieder hin. Irgend jemand hustete ständig und verteilte seine Viren überall. Um keine fette Grippe einzufangen nahm ich mein Taschentuch vor den Mund. Den konnten sie ruhig vor mir drannehmen.

Endlich wurde ich aufgerufen. Der Arzt erklärte mir das Programm für die nächsten Stunden. Zuerst wird mir Blut abgenommen, dann kommt ein Belastungs-EKG auf dem Fahrrad, danach eine Ultraschalluntersuchung und abschliessend ein Lungenvolumentest. Ich fragte: *warum machst du nicht auch gleich eine Darmspiegelung und eine Magenspiegelung, wenn ich schon mal hier bin?* Er lachte und meinte: *dafür habe ich keine Geräte und außerdem darf ich das nicht.*

Nun wurde ich von einer hübschen jungen Assistentin in den Raum mit dem Fahrrad geführt. Schon gefiel mir die Sache besser. Bevor ich auf das Fahrrad stieg, wurde ich verkabelt und an den relevanten Stellen für die Messinstrumente mit glitschigem Gel eingeschmiert. Als ich mich nicht mehr wehren konnte, wurde mir Blut abgezapft. Raffiniert, dachte ich, das hätten die doch auch vorher machen können.

Endlich saß ich auf dem Fahrrad und strampelte ohne große Anstrengung, weil ich in meiner Freizeit gerne auf dem Rad sitze. Die Assistentin erhöhte den Widerstand auf Knopfdruck, konnte bei mir aber keinen Leistungsabfall feststellen. Sie wirkte ein wenig ratlos. Dann ging sie auf Stufe 5. Nun wurde mir doch ein wenig mulmig und ich musste mit aller Kraft treten. Der Schweiß brach mir aus allen Poren und im Spiegel gegenüber sah ich ein altes und gemartertes Gesicht. Das konnte doch nicht ich sein.

Ihr Puls rast aber ganz schön, hörte ich die junge Frau sagen, *lassen wir es gut sein.*

Was heißt denn wir? Ich wurde doch gequält und fühlte mich total elend. Als ich vom Rad stieg fiel ich fast um. Als ich von den Kabeln befreit war, ging ich schwitzend, aber hoch erhobenen Hauptes mit Sternchen vor den Augen zur nächsten Untersuchung, dem Ultraschall.

In dem abgedunkelten Raum stand ein kleiner Monitor. Ich konnte auch im Liegen den Bildschirm sehen. Nun kam der Arzt herein und schmierte mich mit einem glitschigen Gel zu. Dann begann er mit einer art Elektrorasierer über meinen Körper zu fahren.

Er starrte auf den Monitor und meinte, *aha, die Leber ist zu groß.* Dann musste ich mich auf den Bauch legen und er fuhr mit dem Gerät über meinen Rücken. *Aha*, sagte er, *auf einer Niere ist eine Zyste, das ist aber nicht schlimm, erst wenn sie größer wird, müssen wir danach schauen.*

Ich weiß nicht, ich sah auf dem Monitor nur graue und schwarze Flecken. Der Arzt sah doch auch nicht mehr. Vielleicht sagt er das nur, um mich weiter zu behandeln. Endlich war er mit seiner Untersuchung fertig, riss von einer Küchenrolle Papier ab und gab es mir, damit ich das Gel abwischen konnte. Klar, wir müssen alle sparen, aber ich hätte zumindest ein Handtuch erwartet.

Nun kam der Lungentest. Ich pustete wie verrückt und lief schon violett an. Als die Assistentin das Protokoll aus dem Drucker zog murmelte sie irgendwas wie: *dass der überhaupt nocht lebt.*

Nun kam das Abschlussgespräch. Der Arzt meinte: *du bist zu dick, du bewegst dich zuwenig, du er-*

nährst dich falsch. Verzichte auf Alkohol und Zigaretten und esse nur noch Tomaten, Gurken und Salat. Dann kannst du hundert Jahre alt werden.

Dann verabschiedete er mich mit Handschlag und ich konnte mir nicht verkneifen zu sagen: *wenn ich auf alles verzichten soll, wozu soll ich dann Hundert werden?*

Lotto

Eines Nachts erschien mir mein verstorbener Onkel Otto im Traum. *Hallo*, sagte ich, *ich dachte du bist tot? Bin ich auch*, sagte er. Wir saßen in einem Strassencafe, in dem ich noch nie gewesen bin. *Wie kommst du denn hierher,* fragte ich? *Das ist ein Traum, du Depp, im Traum kann alles vorkommen.*

Also, was willst du, fragte ich. *Hast du mir irgendwas Wichtiges mitzuteilen? Natürlich*, meinte er, *in der ganzen Verwandschaft bist du der Einzige, den ich nicht hasse. Danke*, sagte ich, *ich fühle mich geehrt, was wolltest du mir sagen?*

Also, sagte er, *da wo ich jetzt bin gibt es keinen Unterschied zwischen Vergangenheit und Zukunft. Deshalb habe ich Zugang zu gewissen Informationen. Na sag schon*, meinte ich, *machs nicht so spannend, welche Informationen. Die Lottozahlen,* sagte er, *ich kann dir im Voraus die Lottozahlen geben.*

Ich wurde misstrauisch: *dann wache ich auf und kann mich an nichts mehr erinnern. Nein, nein*, meinte mein Onkel, *du lernst sie auswendig und wenn du aufwachst schreibst du sie gleich auf.*

Er sagte mir die sechs Zahlen und ich merkte sie mir. Ich fragte: *was ist mir der Superzahl? Stimmt,* meinte er, *habe ich vergessen.* Er sagte mir die Superzahl. Ich ließ nicht locker: *und was ist mit Spiel 77? Nun werde nicht unverschämt,* sagte Onkel Otto, *ich muss jetzt los. Viel Glück.* Dann war er weg.

Als ich am Morgen aufwachte hatte ich die Zahlen tatsächlich noch im Kopf und schrieb sie sofort auf. Dann ging ich zur Annahmestelle, suchte einen Schein mit der richtigen Superzahl und kreuzte Onkel Ottos Zahlen gleich viermal auf dem Schein an. Sicher ist sicher.

Voller Spannung wartete ich am Samstagabend auf die Ziehung. Ich vertrieb mir die Zeit damit, was ich mit den Millionen anfangen würde. Im Jackpot waren immerhin 20 Millionen. Die Ziehung kam und die Zahlen stimmten hinten und vorne nicht, nur eine Zahl war richtig. Natürlich war ich enttäuscht, aber ich hatte auch nicht ernsthaft damit gerechnet. Es heißt doch so schön: *Träume sind Schäume.*

Ein paar Nächte später ging ich im Traum durch die Innenstadt. Ich kam an dem Straßencafe vorbei und tatsächlich, Onkel Otto saß am gleichen Tisch. Ich setzte mich zu ihm und motzte: *du hast mir die falschen Zahlen gegeben, du hast mich reingelegt. Nein*, protestierte er, *die Zahlen sind richtig, ich habe nur nicht gesagt, wann sie gezogen werden. Und warum nicht,* fragte ich? *Du hast nicht danach gefragt*, antwortete er. Dann sagte er: *ich muss jetzt weg, sie suchen schon nach mir.* Schon war er verschwunden.

Ich habe nie mehr von Onkel Otto geträumt, so sehr ich mich auch bemühte. Jedenfalls spiele ich weiterhin seine Zahlen. Irgendwann wird es schon klappen.

Wellness

Eigentlich war ich noch nie in einer Sauna. Und Wellness, dachte ich, ist doch nur für Frauen. Inzwischen spürte ich jedoch mein Alter und hatte den Wunsch, meinen Körper in solch einem speziellen Programm zu regenerieren.

Im Thermalbad in Wildbad gab es einen Tag der offenen Tür und man konnte mit dem einfachen Eintrittspreis auch die Wellnessangebote nutzen. Also fuhr ich morgens um 9.00 Uhr mit der Bahn nach Wildbad.

Da ich das erste mal in diesem Thermalbad war, orientierte ich mich einfach an den dahinwackelnden Rentnern, die sich in dem Labyrinth der Gänge wohl auskannten.

Bei der Wahl der Anwendungen konnte ich zwischen Rosenölbad, Kleopatrabad und einem Bad mit Heilerde wählen. Ich entschied mich für die Heilerde.

Meine Anwendung war jedoch erst um 14.00 Uhr. Ich hatte also noch mehrere Stunden Zeit, die Vorzüge verschiedener Becken mit Thermalwasser kennenzulernen. Das tat ich auch und benutzte die Massagedüsen und Luftsprudeleinrichtungen, sobald eine frei war.

Beim Anblick der dampfenden Wassermassen und den dichtgedrängten daraus herausschauenden Köpfen musste ich an einen Fernsehbericht über japanische Affen (Schneeaffen) denken, die im Winter das warme Wasser einer heißen Quelle aufsuchten.

Ich ging auf das Becken mit der Aufschrift 36°C zu und zog sämtliche Blicke der darin Badenden auf mich. Dabei war mir etwas unwohl und ich schaute nach, ob ich auch tatsächlich eine Badehose anhatte. Das war jedoch der Fall und ich fragte mich, ob sonst irgendwas an mir nicht in Ordnung war. Als ich mich umdrehte, sah ich hinter mir an der Wand die große Uhr. Darauf hatten alle geblickt. Ich war beruhigt.

Nach einer Weile im warmen Wasser wechselte ich zu einem Strömungskanal, in dem das Wasser durch starke Düsen bewegt wurde. Die im Kanal befindlichen Personen schossen in vollem Tempo an mir vorbei. Ich wechselte auf eine Art Parkspur und sah dem Treiben zu. Als ich genug gesehen hatte wechselte ich vom heißen Becken in das kalte und danach wieder in ein heißes Becken. Das wurde mit der Zeit anstrengend und ich suchte mir eine Liege und machte ein kleines Schläfchen.

Als ich aufwachte war es schon Zeit für meine Anwendung. Ich ging zum Saunabereich und war überrascht, dass 5 Frauen den Vorraum zum Dampfbad besetzt hatten. Da es sich um eine gemischte Sauna handelte, dachte ich mir nichts dabei und hängte meinen Bademantel an den Haken. Die Damen blickten mich schockiert an. Ich lächelte sie an, konnte sie aber nicht von meiner Harmlosigkeit überzeugen.

Schliesslich kam der Bademeister herein und forderte die Damen auf, ihr Bademäntel abzulegen, was diese auch unverzüglich taten. In einer kurzen Ansprache erklärte er uns die Anwendung der verschiedenfarbigen Heilerden. Nun sollten wir uns gegenseitig die nicht zugänglichen Bereiche des Rückens damit einschmieren. Die weiße Erde ins Gesicht, die braune auf Brust und Bauch und die schwarze auf

Beine und Rücken. Eingeschmiert wird aber erst im Dampfbad, meinte er, zwängte sich zwischen mittlerweile nackter Damen hindurch und öffnete die Tür zum Dampfbad.

Mit je einer Schale verschiedener Heilerden verschwanden wir in einem kleinen, völlig vernebelten Saunaraum. Man konnte kaum die Hand vor den Augen sehen, was mancher Frau eine gewisse Erleichterung brachte. Die Hitze sorgte für das öffnen der Poren und machte das Einschmieren leichter.

Inzwischen sah ich aus wie ein Massai in seiner Kriegsbemalung. Nun setzten wir uns auf die Bänke und ließen Dampf, Hitze und Heilerden auf uns wirken. Nach 15 Minuten kam der Bademeister mit einem Eimer Meersalz und wir mussten uns gegenseitig den Rücken damit einreiben. Nach 30 Minuten wurden wir gebeten, das Dampfbad zu verlassen und in der Dusche die Pampe vom Körper zu spülen. Auf das Einölen der Haut mit duftenden Ölen habe ich dann großzügig verzichtet.

Als ich nach Hause kam, war ich fix und fertig. Ich hätte nicht gedacht, dass Wellness so anstrengend ist.

Ausgedaddelt

In jedem Stadtteil gibt es inzwischen eine Spielothek. Ich bin zwar kein Zocker, aber neugierig. Von einem Bekannten hatte ich schon gehört, dass er immer gewinnt. Das glaubte ich nicht. Keiner gewinnt immer, es sei denn er bescheißt.

Trotzdem wollte ich es mal versuchen. Die Spielothek war in einer ehemaligen Gaststätte, die ich früher öfter besucht hatte. Deshalb waren mir die Räumlichkeiten vertraut. Ich betrat die Spielothek, schaute mich aber um, ob mich jemand beobachtet hatte. Wahrscheinlich nicht, es war ja schon dunkel.

Zuerst sah ich einen Billardtisch und einen Tischfußball. In der Ecke war ein Fernseher mit dem man Premiere empfangen konnte. An den Wänden hingen die bekannten Daddel-Automaten. Ich zählte kurz durch, es waren 20 Automaten.

An der Theke saß eine Frau, die wie ein Teenager gekleidet war. In dem Halbdunkel konnte man kaum sehen, dass sie die sechzig schon weit überschritten hatte. Ich gab ihr einen Zwanziger und ließ mir dafür Münzen geben.

Dann schaute ich mich um. An einigen Automaten wurde gespielt. Ich setzte mich vor einen freien Automaten und beobachtete die anderen. Bei einigen Männern lief es nicht gut. Sie fluchten und mussten ständig Münzen nachwerfen.

Der Automat vor mir konnte in verschiedenen Einsätzen gespielt werden. Angefangen bei 10 Cent, dann 25 Cent, 50 Cent, 1 Euro und 2 Euro. Wenn man mit dem höchsten Einsatz drei Sonnen in einer Reihe hatte, gewann man den Jackpot von 1000 Euro. Mit 1 Euro Einsatz waren es immer noch 500 Euro.

Wer nicht wagt, der nicht gewinnt, dachte ich und wählte 1 Euro Einsatz. Ich bekam Kirschen, Bananen und Ananas, kreuz und quer. Mist, kein Gewinn. Dann ging ich auf volles Risiko und spielte mit 2 Euro Einsatz. Es kam eine Sonne, die zweite Sonne und ich betete: Sonne, Sonne, Sonne. Was kam? Kirschen.

Einer der anderen Spieler drehte sich um und meinte: *das wäre ja noch schöner, das erste Mal hier und gleich den Jackpot, das geht nun wirklich nicht.* Einen Versuch war es wert, meinte ich und griff nach meinem Taschentuch. Meine Nase juckte fürchterlich. War das ein gutes Zeichen? In meiner Hosentasche fand ich noch eine 2 Euro Münze. Ich warf sie in den Schlitz. Was dann passierte, bekam ich erst gar nicht richtig mit, weil ich mir die Nase schnäuzte. Ein lautes Klingeln und eine Sirene ertönte. Der Typ, der mich gerade noch ausgelacht hatte, wurde blass und schimpfte: *das darf nicht war sein, das erste Mal hier und schon der Jackpot.*

Auch die Anderen hatten sich umgedreht und schauten neidisch. Der Typ schimpfte weiter: *Andere stecken Unmengen Geld in die Kiste und dann kommt einer mit 2 Euro und sahnt ab.* Er war sichtlich angefressen.

Nun erst schaute ich auf den Automaten. Er zeigte mir drei Sonnen. Im Gewinnspeicher standen 1000 Euro. Ich bekam so langsam ein schlechtes Gewissen. Trotzdem drückte ich auf Auszahlung und ein endloser Schwall Münzen fiel in das Ausgabefach. Ich nahm meinen Baseballmütze und füllte sie mit den Münzen. Ich ging zur Theke und fragte: *bekomme ich das gewechselt? Ungern,* meinte die Tussi, wechselte dann aber doch und gab mir 20 Fünfzig-Euro-Scheine.

Ich verließ die Spielothek und konnte mein Glück kaum fassen. Unter jeder Straßenlaterne schaute ich in meinen Geldbeutel und zählte meinen Gewinn.

Der letzte Teil meines Weges führte am Fluss entlang. Im Dunkeln trat mir plötzlich ein Kerl in den Weg und fragte: *haste mal Feuer?* Aus Erfahrung wusste ich, wenn dich nachts einer nach Feuer fragt, will er bestimmt nicht rauchen. Der Kerl war doch auf mein Geld aus. Bevor er reagieren konnte, hatte ich ihm eine reingesemmelt und rannte davon. Schwer atmend kam ich zu Hause an und schwor mir, nie mehr in so eine Spielhalle zu gehen.

Am nächsten Morgen traf ich einen Bekannten mit einem Veilchen. Ich fragte ihn: *was ist denn dir passiert.* Er meinte: *stell dir vor, gestern Abend wollte ich eine rauchen und hatte kein Feuer. Ich bat einen Typ um Feuer und der Idiot hat mir eine geknallt. Wenn ich den erwische.* Pech gehabt, dachte ich, zur falschen Zeit am falschen Ort.

Inzwischen gehe ich doch wieder regelmäßig in die Spielothek. Aber ich spiele nicht, sondern beobachte nur die anderen Spieler. Das ist interessanter. Ausserdem bekomme ich dort den Kaffee umsonst.

Ich bin ein Pechvogel

Der Begriff kommt aus dem Wilden Westen. Wenn dort ein Halunke geschnappt wurde, hat man ihn mit Pech übergossen und dann mit Federn. Er war also ein Pechvogel.

Auch ich bin ein Pechvogel. Aber daran bin ich selber schuld. Ich rede mir ständig ein, dass ich vom Pech verfolgt bin.

Wenn ich ein Los kaufe, denke ich, ich habe ja doch kein Glück. Was passiert? Ich ziehe einen Niete. Auch wenn ich Lotto spiele, denke ich, das wird ja doch nichts. Dann wird es nichts und ich hatte recht. Ich bin ein Pechvogel.

Als ich arbeitslos war, bewarb ich mich häufig um eine Stelle. Dabei dachte ich, da habe ich sicher keine Chance. Und was passierte, ich bekam eine Absage. Ich bin ein Pechvogel.

Im Kaufhaus entdeckte ich eine tolle Lederjacke, die im Preis reduziert war. Die wollte ich unbedingt haben. Als ich hineinging dachte ich noch, die ist bestimmt in meiner Größe nicht da. Ich hatte recht. Ich bin ein Pechvogel.

Als ich das Kaufhaus verließ, kam ich an einem Zigarettenautomaten vorbei. Ich warf Geld hinein, aber heraus kam nichts. Und das Geld kam auch nicht zurück. Ich bin ein Pechvogel.

Ich ging zu meinem geparkten Auto und dachte, die Vögel haben bestimmt wieder nur auf mein Auto geschissen. So war es auch, die anderen Autos blieben verschont. Ich bin ein Pechvogel.

Nun habe ich mich einem Psychologen anvertraut und der meinte: *wenn du dir ständig einredest, dass du Pech hast, dann hast du auch Pech. Du erwartest es ja förmlich. Aber für dein Problem gibt es eine Lösung. Du musst dir einreden, dass du ein Glückspilz bist. Du wirst sehen, nun hast du immer Glück.*

Ich befolgte seinen Rat. Auf dem Heimweg kam ich an zwei Hundehaufen vorbei. Ich sagte mir: *ich habe Glück*, und ging flott weiter. Tatsächlich es wirkte. Ich trat nur in einen Haufen. Früher wäre ich in beide getreten. Ich bin ein Glückspilz.

Ich bin kein Messie

Menschen sammeln, horten und tauschen die seltsamsten Dinge. Die Klassiker, Briefmarken und Bierdeckel kann man ja noch verstehen. Manche sammeln auch Zigarrenkisten voller 500-Euro-Scheine. Diese Sammler findet man aber selten.

Inzwischen gibt es aber ein Heer von Sammlern, die Plastikfiguren aus Überraschungseiern sammeln. Einige dieser Figuren sind sehr selten und erzielen inzwischen Preise von 100 bis 1000 Euro. Was mit den Schokoeiern passiert, ist nicht bekannt. Essen die Sammler die Eier selbst oder verschenken sie die Eier an Kinder?

Die nächste Klasse von Sammlern erfreuen sich an größeren Objekten. Bierkrüge, Teddybären, Käthe-Kruse-Puppen oder alte Nähmaschinen. Spielzeugautos, Sammeltassen, Bierdosen, es gibt nichts, was nicht gesammelt wird. Inzwischen gibt es für all diese Dinge sogar einen Sammlerkatalog und Tauschbörsen.

Ich, zum Beispiel, sammle Taschenuhren, Armbanduhren, Taschenbücher, CD's, DVD's und Videokassetten. Außerdem Stoffhunde und Wandbilder. Ich habe schon Bilder von Van Gogh, Wassily Kandinsky, August Macke, Franz Marc, Friedensreich Hundertwasser und Anderen. Leider sind es nur Drucke und keine Originale. Die Wände in meiner Wohnung hängen voller Bilder. Auf den Regalen ist kein Platz mehr. Selbst im Keller habe ich Regale, in denen die Taschenbücher gestapelt werden. Außerdem stehen überall Faltboxen, natürlich gefüllt. Meine Bekannten meinen, ich sei ein Messie. Kann das sein?

Was ist ein Messie? Ein Messie wirft nichts weg, noch nicht einmal den Müll. Die Wohnungen sind voll mit blauen Säcken und Kartons. Dazwischen sind schmale Tunnel, in denen man von Zimmer zu Zimmer kommt. Soziale Kontakte gibt es so gut wie keine.

Man könnte sagen, der Schwabe ist ein Messie. Der Schwabe wirft auch nichts weg. Er sagt immer: *des kann ma no brauche.*

Nachdem man mir wiederholt vorgeworfen hatte, ich sei ein Messie, habe ich nun eine schwere Entscheidung getroffen.

Seit einiger Zeit gibt es in deutschen Städten Büchertauschbörsen. Oft sind es Regale, die in öffentlichen Gebäuden stehen. Der Bürger kann dort Bücher hineinstellen oder welche herausnehmen.

Einst standen überall Telefonzellen. Aber zuletzt wurden sie nur noch als Toiletten benutzt. Nun hat man für die alten Telefonzellen eine neue Verwendung gefunden.

In einigen Städten stehen nun vereinzelt Telefonzellen, die als Tauschbörse für Bücher benutzt werden. Darin ist ein Regal für die Bücher. So auch in Pforzheim. Hinter der Galeria Kaufhof steht die besagte Telefonzelle.

Anfangs waren darin nur Bücher und diese Tauschbörse wurde kaum beachtet. Viele wussten auch nicht davon. Das hat sich nun durch meine Initiative geändert.

In der Fussgängerzone wäre die Tauschbörse doch besser angekommen. Da laufen täglich Tausende von Menschen vorbei. Aber da hatte sicher die Buchhandlung Thalia etwas dagegen.

In meinem Keller lagern Hunderte von Taschenbüchern, die ich eigentlich nicht mehr lese. Aber zum wegwerfen sind sie zu schade. Also sortierte ich die aus, die ich auf keinen Fall mehr lesen würde und brachte jeden Tag eine Tasche voll zur Tauschbörse.

Eines Tages dachte ich, warum eigentlich nur Bücher? Ich habe doch alte Videofilme, die nur herumstehen und verstauben. Also suchte ich welche heraus und brachte sie auch zur Tauschbörse. Am nächsten Tag waren die Filme alle weg.

Dann dachte ich, ich habe ja noch Kistenweise CD's, die ich auch nicht mehr anhöre. Also sortierte ich alle aus, die ich nicht mehr brauchte und brachte jeden Tag einen Stapel zur Tauschbörse. Die waren schon nach einer Stunde weg.

Inzwischen hatte sich herumgesprochen, dass es in der Telefonzelle nicht nur Bücher gab und immer mehr Bürger kamen vorbei.

Dann nahm ich mir meine DVD-Sammlung vor und fand auch dort welche, die ich nicht mehr brauchte. Also weg damit in die Tauschbörse.

Nach einigen Wochen stand in der ehemaligen Büchertauschbörse plötzlich auch Kinderspielzeug. Warum nicht? Irgendwer konnte das auch gebrauchen.

Inzwischen kommen Leute regelmäßig und schauen in die Telefonzelle. Manche kenne ich schon.

Ich bin mal gespannt, wann die ersten Haustiere, Hamster und Meerschweinchen darin stehen. Neulich sah ich sogar einen Hund vor der Zelle sitzen. Jetzt reichts aber, dachte ich, da kam der Hundebesitzer und nahm ihn mit.

Diese Tauschbörse ist eine gute Idee und bald soll in der Nordstadt eine zweite errichtet werden. Ich fürchte jedoch, dass irgendwann Missbrauch getrieben wird und nachts einer reinpinkelt oder reinkackt. Das wäre wirklich schade.

Inzwischen bringe ich jeden Tag eine Tasche voll in die Tauschbörse. In meinem Keller hat es plötzlich wieder Platz und auch in der Wohnung kann ich mich nun freier bewegen.

Natürlich ist es schwierig, etwas wegzugeben, was man jahrelang in Besitz hatte. Bei jedem Stück, das ich in die Hand nehme, sage ich mir, das könnte ich noch gebrauchen. Es fällt mir schwer, so etwas wegzugeben. Am Besten, ich schließe die Augen und fülle die Tasche. Dann bringe ich den Inhalt zur Tauschbörse und schaue nicht mehr hin, wenn ich die Sachen ins Regal stelle. Meine Bekannten sagen nun nicht mehr Messie zu mir. Jetzt nennen sie mich Trottel.

Bettelbriefe

Kaum stehen die ersten Lebkuchen und Weihnachtsmänner in den Geschäften kommen auch schon die ersten Bettelbriefe ins Haus geflattert.

Die ersten sind die SOS-Kinderdörfer. Neben einem freundlichen Brief erhalte ich Aufkleber mit meiner Adresse. Dazu einen Zahlschein für eine Spende. Die Aufkleber erwecken eine Bringschuld, also etwas zu spenden.

Als nächstes kommt der Brief von Behindertenwerkstätten. Darin sind Weihnachtskarten mit den passenden Umschlägen und ein Zahlschein für die

Spende. Auch hier wird der Eindruck erweckt, ich müsste etwas spenden.

Dann kommt ein Brief der Kirchengemeinde, mit Zahlschein. Vielleicht hat es sich dort noch nicht herumgesprochen, dass ich in keiner Kirche bin.

Auch örtliche soziale Vereine lassen von sich hören, entweder mit Briefen, Flugblättern oder Zeitungsinseraten.

Das Rote Kreuz, die Bergwacht und die Rettungshundestaffel schicken sogar ihre Vertreter persönlich vorbei.

Einmal habe ich mit meinen Arbeitskollegen für einen neuen Notarztwagen gespendet. Diese Spendenaktion wurde in fast allen Betrieben durchgeführt. Sicher ist da eine große Summe zusammengekommen. Ob der Notarztwagen letztendlich angeschafft wurde ist mir nicht bekannt. In der Zeitung habe ich davon nichts gelesen. Vielleicht habe ich es ja auch übersehen.

Doch nun kommen auch noch Bettelbriefe aus Kambodscha, der Ukraine und Uganda. Und das nicht nur vor Weihnachten.

In einem Brief schreibt einen 14-jährige, sie wurde von den Eltern verlassen und leidet an Blutkrebs. Mit einer Behandlung würde sie wieder gesund, doch für teure Medikamente fehlt das Geld.

Eine Mutter schreibt, ihr Sohn hat einen Gehirntumor, der dringend entfernt werden müsste. Sie kann aber die Operation nicht bezahlen und besitzt kaum genug Geld, um die Familie vor dem Hungertod zu retten.

Eine andere Mutter schickt ein Foto von ihrem schwerkranken Kind und bittet um eine Spende. Sie wolle auch für mich beten.

Bereits im September habe ich einen Brief aus Uganda erhalten. Hier schreibt die 17-jährige Dorothy, sie sei ein Waisenkind und ihre Eltern seien von Rebellen umgebracht worden und sie muss ständig weinen, wenn sie daran denkt. Sie lebt nun bei der Großmutter und möchte eine Schule für Catering besuchen. Sie kann aber den Kurs nicht bezahlen und bittet um Hilfe.

Der Brief ist in fehlerlosem englisch geschrieben und ist im Aufbau nahezu perfekt gestaltet. Besser könnte ich es auch nicht machen. Er schliesst mit den Worten May God bless you (Möge Gott sie schützen).

Es ist durchaus möglich, dass mir eine 17-jährige geschrieben hat. Es ist aber auch möglich, dass sich jemand dafür ausgibt und nur an mein Geld kommen möchte.

Dorothy hat bestimmt kein eigenes Konto und für einen Geldtransfer bleibt nur Western Union, die aber ziemlich teuer sind. Außerdem habe ich keine Kontrolle darüber, ob mein Geld auch sachgemäß verwendet wird.

Eine Frage bleibt noch offen. Woher hat Dorothy meine Adresse?

Vor kurzem sah ich einen Fernsehbericht. In einem afrikanischen Land wurde mit Spendengeldern eine Schule gebaut. Nach einem Jahr waren sämtliche Fensterscheiben eingeschlagen und die Türen zertrümmert. Die Schule war nur noch eine Ruine.

Sicher gibt es Ausnahmen und man muss ja nicht Geld spenden. Auch Sachspenden wie Kleidung und Lebensmittel sind erwünscht. Aber oft landen diese Sachspenden auf dem schwarzen Markt und kommen bei den Bedürftigen gar nicht an. Es fehlen Kontrollen und gezielte Verteilungsmaßnahmen.

Passiert irgendwo auf der Welt eine Katastrophe kommen die Fernsehsender sofort mit einer Spendenhotline. Sie schrecken auch nicht davor zurück, das Bild eines kleinen schwarzen Jungen mit großen Augen einzublenden, der halb verhungert in die Kamera blickt. Es ist immer derselbe Junge, den sie zeigen. Sie machen sich nicht einmal die Mühe, die Bilder auszuwechseln. So wird an unser Mitleid appelliert.

Wenn ich das Gefühl habe, ich müsste etwas spenden, dann finde ich in der eigenen Verwandschaft genügend Bedürftige.

Als ich diese Geschichte schrieb kam gerade der Briefträger. Ich stand auf und streckte meinen Arme. Es tut gut, mal eine Pause zu machen. Ich ging zum Briefkasten, da war nur 1 Brief - von den SOS-Kinderdörfern.

Bettlertricks

Früher gab es in der Fußgängerzone ein oder zwei Bettler. Die kannte man schon. Es waren Obdachlose und da spendete man gerne ein paar Münzen. Inzwischen wird die Fussgängerzone von Bettlern aus dem Osten beherrscht. Die meisten kommen aus Rumänien. Sie haben die einheimischen Obdachlosen rücksichtslos verdrängt.

Diese Gruppen sind gut strukturiert. Ein Fahrer mit einem Kleinbus bringt die Bettler in die Fussgängerzone und holt sie nach einer gewissen Zeit wieder ab. Kaum ist das Geld eingesammelt, geht es weiter zur nächsten Ortschaft.

Am Samstag saßen alle 20 Meter Frauen auf dem Gehweg und bettelten. Dem Aussehen nach kamen sie auch aus Rumänien. Ich beobachtete einen Mann mit einem Rucksack. Er ging von Frau zu Frau und kontrollierte, was sie in ihrem Sammelbecher an Münzen hatte. Diese Männer nehmen bei der Rückfahrt den Frauen alles erbettelte Geld ab. Die Frauen werden wie Sklavinnen gehalten.

Aber diese Männer sind nicht die Spitze. Über Ihnen stehen noch andere die den Kleinbus stellen und alles finanzieren. Das ganze hat mafiöse Strukturen.

Aber diese Bettler bleiben nicht immer zurückhaltend. Sie benutzen verschiedene Tricks um an unser Geld zu kommen.

Ich spreche aus eigener Erfahrung. Ich stand vor der Jahnhalle und wartete auf den Bus. Plötzlich bückte sich neben mir ein Ausländer und hob freudig überrascht einen dicken goldfarbenen Ring auf. Dann wandte er sich an mich und fragte freundlich, ob der Ring wohl echt ist. Als Pforzheimer kenne ich mich mit Goldsachen aus. Ich sah den Ring genau an und entdeckte einen Stempel. Der Ring hatte also eine Punzierung. Da stand 18 Kt. Das sollte wohl 18 Karat heißen. Aber die richtige Bezeichnung für 18-karätiges Gold ist 750. Also war der Ring falsch.

Ich sagte zu dem Ausländer: *ich glaube der Ring ist echt.* Er freute sich und meinte: *leider passt mir der Ring nicht, wollen sie ihn haben? Sie können mir ja einen kleinen Finderlohn geben.* Nun war mir klar, dass die ganze Sache konstruiert war. Außerdem hätte ich den Ring doch gesehen, wenn er da gelegen hätte. Ich lehnte ab und der Kerl ging enttäuscht weiter. Er suchte wohl ein neues Opfer.

Die Geschichte mit dem Ring war noch harmlos und ich konnte darüber lachen. Aber was ich dann sah, ärgerte mich. Ein junger Ausländer schleppte sich an Krücken durch die Fussgängerzone und bettelte die Leute an. Seine Beine hatten augenscheinlich eine Fehlstellung. Armer Teufel dachte ich. Wenig später sah ich den selben Mann in einer Nebenstrasse. Plötzlich konnte er gehen und hatte die Krücken unter dem Arm. Auch die Beine hatten keine Fehlstellung mehr. Er ging zu einem neuen Passat, stieg ein und fuhr weg. Das Kennzeichen konnte ich nicht lesen, aber es war auf keinen Fall deutsch.

In der Fussgängerzone waren mittlerweile Blumenmädchen unterwegs. Auch so eine neue Masche. Sie strecken den Leuten eine Rose entgegen und sagen 10 Cent. Ich gab einem Mädchen 10 Cent, bekam aber dafür noch lange keine Rose. *Einen Euro,* sagte sie in gebrochenem deutsch, *dann kriegst du sie.* Ich verzichtete auf die Rose.

Inzwischen haben die Bettler auch Karten in der Hand mit verschiedene Texten. *Habe Hunger* oder *Bin Taubstumm,* sind die häufigsten Botschaften. Die Zettel sind laminiert, also in Folie eingeschweisst, damit sie länger halten und nicht nass werden.

Inzwischen kommen sie auch mit dem Hochwassertrick. Sicher gab es in den vergangenen Jahren ab und zu ein Hochwasser im Osten. Aber inzwischen wurde das zur Dauerkatastrophe. Es gibt immer mehr

Menschen, die durch das Hochwasser obdachlos geworden sind und deshalb betteln müssen. Natürlich haben sie auch Bilder von den Hochwassergebieten dabei.

Dann werden auch noch verwahrlost ausehende Kinder an die Front geschickt. Die Bettlerbanden schrecken vor nichts zurück.

Einmal kam ich an der Bushaltestelle vorbei. Ein junger Ausländer sprach mich an. Er streckte mir die Hand hin in der ein paar 5 und 10 Cent-Stücke waren und bat mich um einen Euro, damit er mit dem Bus fahren konnte. Ich lehnte ab und ging einkaufen. Nach etwa 1 Stunde kam ich an der gleichen Haltestelle vorbei und der Typ stand immer noch mit ausgestreckter Hand da. Aha, dachte ich, wieder eine neue Masche.

Eines ist klar, wenn man von südländisch aussehenden Kindern angesprochen wird, werden diese von Erwachsenen im Hintergrund geführt, die den Tageserlös später einkassieren und an Hintermänner im Ausland weiterleiten. Das ist alles klar strukturiert.

Fazit: wenn man diesen Bettlern Geld gibt, kann man es gleich in den Gully werfen.

Gesundheitsmesse Vital

Am Wochenende war die Gesundheitsmesse im Congress-Centrum (Stadthalle). Da ich am Samstag sowieso nichts vorhatte konnte ich ja auch mal zu solch einer Messe gehen.

Beim Stand der Anonymen Alkoholiker blieb ich stehen, sah aber kein bekanntes Gesicht. Dann ging ich weiter zu einem Stand mit Ernährungsberatung. Hier konnte man Fragen stellen. Ich suchte mir die hübscheste Dame aus und fragte: *stimmt es, dass eine Flasche Cola gegen Durchfall hilft? Ja,* meinte die Dame, *wenn die Flasche steckenbleibt.* Hoppla, dachte ich, die Dame hat Humor.

Ich ging weiter zum Yoga-Stand, auch *Raum der Stille* genannt. Hier führten schlanke Frauen Yoga-Übungen vor. Einige Übungen kannte ich schon. Den Albatros, den Kranich, den Salamander und den Schornsteinfeger. Bei einer Gruppe von Interessierten blieb ich stehen. Im Hintergrund war ein großes Schild: *Handy bitte ausschalten.* Nicht alle hielten sich daran. Bei einem Herrn klingelte das Telefon. Als Klingelton hörte man im ganzen Raum das blöken eines Schafes. Der Herr nahm den Anruf entgegen und meldete sich..... *Schäfer?* Ich musste lachen und ging weiter.

Vor einem größeren Stand blieb ich stehen. Es war der Stand der AOK und hier konnte man sich untersuchen lassen. Das ließ ich mir nicht entgehen.

Als erstes wurde ich von einer Dame mit einem Stethoskop abgehört. Sie sagte: *einatmen und die Luft anhalten.* Ich tat, was sie verlangte und hielt die Luft an. Manchmal schaffe ich sogar 15 Sekunden. Dann meinte die Dame: *gut so, bis hierher übernimmt die Kasse die Untersuchung. Auf eigene Kosten dürfen sie jetzt ausatmen.*

Mit rotem Kopf ging ich zum nächsten Tisch. Dort saß eine junge Frau, die mir den Puls messen sollte. Sie nahm meine linke Hand am Gelenk und meinte: *so, nun schauen wir mal, was der Puls sagt. Ja,* sagte ich, *schauen sie mal, ob sie ihn finden.*

Nach 5 Minuten erfolgloser Suche meinte die Frau: *tut mir leid, aber sie sind tot.*

Das war wohl nichts, also ging ich zur nächsten Station. Zum Blutzucker messen. Auch hier war eine junge Helferin. Sie nahm meinen kleinen Finger, wischte ihn mit einem feuchten Tuch ab und stach mit einem spitzen Gegenstand in die Fingerkuppe. Es kam kein Blut. Nun probierte sie es am Ringfinger. Der Einstich war noch schmerzhafter. Wieder kam kein Blut. Auch der Stinkefinger war blutleer. Inzwischen taten mir alle Finger weh, auch die, in die sie nicht reingestochen hatte. Nun meinte sie: *wir können es ja mal am Ohr versuchen. Nein* sagte ich, *sie haben mich genug gequält* und ging zum nächsten Tisch.

Hier sollte mir eine junge Frau Blut abnehmen. Das würde gleich in einem mobilen Labor untersucht werden und schon in 10 Minuten hätte ich mein Blutbild. Warum nicht, dachte ich und setzte mich. Die junge Dame begann in meiner Armbeuge nach der Vene zu suchen. Das wurde schwierig. Sie stach mit einer langen Nadel in meinen Arm, es kam kein Blut. Nun zog sie die Nadel wieder heraus und machte einen neuen Versuch. Wieder ohne Erfolg. Bevor nun mein ganzer Arm zerstochen wurde meinte ich: *wie oft haben sie das schon gemacht? Haben sie geübt, die Ader zu treffen?* Sie meinte: *das ist das erste Mal. Ich bin hier nur Aushilfe, eigentlich arbeite ich bei LIDL an der Kasse.* Ich riss mir das Gummiband vom Oberarm und flüchtete.

Ich kam am Eigenbetrieb Goldstadtbäder vorbei. Wofür die einen Stand hatten, war mir ein Rätsel, da die meisten Bäder ja geschlossen wurden.

Beim nächsten Stand - Matratzentraum - gefiel es mir schon besser. da konnte man probeliegen. Ich legte mich auf eine Matratze und schlief sofort ein . Nach 30 Sekunden wurde ich unsanft geweckt und verließ verärgert den Stand.

Der nächste Stand, der mich interessierte, war vom Helios-Klinikum. Hier ging es um Schönheitsoperationen. Ich fragte einen der Ärzte: *was würde es kosten, meiner Nase eine neue Form zu geben?* Der Chirurg sah meinen Zinken genau an und meinte: *3000 Euro. So viel?* fragte ich. *Es geht auch billiger,* meinte der Chirurg, *laufen sie gegen eine Wand, dann haben sie es umsonst.*

Nun kam ich am Vorwerk-Stand vorbei und wunderte mich. Was sollten Staubsauger auf einer Gesundheitsmesse?

Der nächste Stand war wieder von einer Krankenkasse. Hier konnte man seinen Urin untersuchen lassen. An der Wand stand ein Dixie-Klo und davor eine Schlange von Leuten, jeder mit einem Plastikbecher in der Hand. Es sah aus wie bei einem Stehempfang mit Prosecco. Nur dass in den Bechern etwas anderes war.

Ich nahm mir auch einen Becher und stellte mich hinten an. Vor mir stand ein älterer Herr. Weil mir langweilig war, nahm ich den leeren Becher an den Mund, blies hinein und imitierte Darth Vader. Da drehte sich der Herr vor mir um und schaute mich betroffen an. Er hatte an der Stelle des Adamsapfels ein Ventil. Er war wohl an Kehlkopfkrebs operiert worden. Das war mir peinlich und ich verzichtete auf die Urinprobe.

Am nächsten Stand wurde für einen Brottrunk geworben. Ich versuchte ein Glas davon. Das Zeug schmeckte scheußlich. *Hervorragend* , sagte ich und stellte das Glas zurück.

Nun kam ein größerer Messestand von einem Sanitätshaus. Da waren Rollatoren und Elektrorollstühle ausgestellt. Gottseidank brauchte ich so etwas noch nicht und ging weiter.

Der nächste Stand war vom Arbeiter-Samariter-Bund. Die warben um Mitglieder und Spenden. Ich ging weiter, vorbei an der Orthopädie, der Augenoptik und der Hörakustik und stand vor einem Tisch mit einer Diätberaterin. Hier standen schon mehrere Leute. Das wurde sicher interessant.

Die Beraterin sprach mit jedem Einzelnen und gab jedem einen persönlichen Diätplan mit. Mir verordnete sie Rohkost. Ich war schon einige Schritte weggegangen, da kehrte ich nochmal um: *soll ich nun die Rohkost vor oder nach dem Essen nehmen. Anstatt*, sagte sie, *anstatt*.

Nun hatte ich genug von der Messe und ging hinaus. Inzwischen hatte ich zwei Tragetaschen voll mit Prospekten von jedem Stand.

Im Außenbereich wurden Fahrräder für Senioren und Seniorinnen präsentiert. Räder mit Elektroantrieb und Pedelec s. Inzwischen gab es da eine Riesenauswahl. Ich interessierte mich für ein Fat-Bike. Ein Fahrrad mit dicken Reifen, vorne und hinten. Ich wollte nicht nur wegen der Gesundheit Radfahren, ich wollte auch damit angeben. Der Preis begann bei 3000 Euro und ging von Rad zu Rad immer höher. Darüber musste ich erstmal nachdenken.

Ich ging ins nächste Straßencafe und bestellte einen Kaffee. Dann bemerkte ich, ich hatte ja nur noch 2 Euro in der Tasche und in der Zigarettenpackung war auch nur noch eine Zigarette. Na ja, das musste genügen. Der Kaffe wurde serviert, ich zündete mir die Zigarette an und sie fiel in die Kaffeetasse. Was für ein beschissener Tag.

Als ich nach Hause kam klingelte das Telefon: *hier ist der SWR. Wir werden Morgen die Schönheiten ihrer Stadt filmen. Deshalb bitten wir sie, morgen den ganzen Tag im Haus zu bleiben.*

Nun setzte ich mich frustriert an den Computer und schrieb diese Geschichte. Als ich nach zwei Stunden fertig war klickte ich anstatt auf Speichern auf Abbrechen. Das passte zu dem ganzen Tag. Morgen würde ich zu Hause bleiben.

Markthorror

Wir kennen sie alle, die Supermärkte, die Discounter und die Vollsortimenter. Beim Supermarkt gibt es, mit wenigen Ausnahmen nur Lebensmittel. Diese Supermärkte kennen wir als Edeka, Spar und Treff. Beim Discounter haben wir einen größeren Nonfood-Bereich. Das sind die Märkte von Aldi, Lidl, Norma und Netto. Zu den Vollsortimentern zählen wir Kaufland und Rewe. Was ich bei dem Vollsortimenter erlebt habe möchte ich hier - etwas übertrieben - schildern. Es fing schon außerhalb bei den Einkaufswagen an. Es waren keine da. Ich wartete vor dem Eingang, da kam auch schon ein Rentner mit einem leeren Wagen. Ich fragte ihn: *Euro oder Chip.*

Er antwortete: *Euro*. Ich gab ihm den Euro und schob meinen Wagen in den Markt.

Schon bei der mittleren Reihe fing der Ärger an. Dort lagen die Nonfood-Artikel. Also Wäsche, T-Shirts, Hartwaren usw. Bei der Wäsche sah es furchtbar aus. Manche Leute können es einfach nicht lassen, die Verpackung aufzureißen, den Artikel rauszuholen und ihn dann einfach wieder ins Fach zu schmeissen. Ich kann ja verstehen, dass man etwas ansehen oder anfassen will, aber dann kann man es doch auch wieder einpacken. Jedesmal muss man sich durch die Einzelteile durchwurschteln, bis man etwas findet. Die Einzelteile bleiben so lange liegen, bis sie entsorgt werden.

Vor lauter Ärger hatte ich vergessen, was ich kaufen wollte. Der Einkaufszettel lag mal wieder zu Hause auf dem Tisch. Da sah ich schon wieder eine Kundin die Verpackung aufreissen. Jetzt fiel mir wieder ein, was ich brauchte. Rattengift.

In der Nähe war eine Verkäuferin beim Einräumen und ich fragte sie: *wo finde ich hier Rattengift?* Sie ging zu einem Regal und meinte: *hier, bei der Tiernahrung. Soll ich es ihnen einpacken? Nein*, sagte ich, *ich schicke die Ratten vorbei.* Sie schüttelte den Kopf und ging weg.

Nachdem ich meinen Wagen gefüllt hatte ging ich zur Kasse. Es war nur eine Kasse offen und die Leute standen bis zur Wand. Es war also ein ganz normaler Tag. Ich reihte mich geduldig ein und hinter mir machte die Schlange einen großen Bogen.

Hinter mir stand ein Student mit einer Stange Lauch und einem Biojoghurt. Er zappelte unruhig vor sich hin. Ich drehte mich um und fragte: *ist das alles was sie haben?* Der Student, in der Hoffnung ich würde ihn vorlassen, nickte eifrig und sagte: *jaaaaa.* Ich sagte: *na, da haben sie ja Zeit um darüber nachzudenken, ob sie was vergessen haben.* Nun schaute er dumm aus der Wäsche.

Inzwischen hatte sich eine vollbusige Frau mit ihrem Wagen zwischen uns gedrängt. Der Student wagte nicht zu protestieren. Und schon rammte sie mir ihren Wagen in die Hacken. Nicht nur einmal, sondern gleich dreimal. Das kann ich überhaupt nicht leiden. Wenn ich dann noch protestiere ist sie beleidigt. In dem Moment drehte sich mein Vordermann um und meckerte mich an, daß ich ihm schon dreimal mit dem Wagen in die Hacken gefahren sei. Als ob ich das mit Absicht getan hätte. Der soll doch aufpassen, wo er seine Füße hinstellt.

Inzwischen wollte weiter vorn ein Jugendlicher eine Flasche Wodka bezahlen. Da gab es keine Probleme. Die Kassiererin verlangte noch nicht mal seinen Ausweis. Dann kam eine junge Frau an die Reihe, mit einem Sechserpack alkoholfreies Bier. Nun verlangte die Kassiererin ihren Ausweis. Die junge Frau protestierte: *aber das ist doch alkoholfrei.* Die Kassiererin deutet auf ihr Display: *hier steht aber, dass ich den Ausweis verlangen muss.* Damit es endlich weiterging zeigte die junge Frau endlich ihren Ausweis.

Da wurde ich schon wieder abgelenkt. Weiter vorn stand eine Frau mit einem quengelnden kleinen Mädchen. Vor den beiden stand eine elegante Frau, die einen Mantel mit einem großen Pelzkragen trug. Das Mädchen zur Mutter: *was hat die Frau da am Hals?* Die Mutter: *ein Pelzkragen.* Das Mädchen:

Pelz? So wie das Fell bei Mäusen? Die Mutter: *ja*. Das Mädchen: *igitt, die hat Mäuse um den Hals*. Die Dame drehte sich um und schaute verärgert auf das Mädchen. Die Mutter beruhigte: *nein, Kleine, das sind keine Mäuse*. Die Dame wandte sich pikiert ab. Nun rief ich von hinten: *das sieht eher wie billiges Kaninchenimitat aus*. Die ganze Schlange lachte und die Dame bekam einen roten Kopf.

Endlich war ich an der Reihe, bezahlte meine Waren und schob den Wagen hinaus auf den Parkplatz. Als ich den leeren Wagen einparkte öffnete sich das Münzfach und was flog mir entgegen, ein gelber Plastikchip. Der Rentner hatte mich beschissen.

Hier, am Stadtrand geht es ja noch, aber in der Innenstadt sind die kleineren Märkte. Dort nehmen manche Leute den vollen Einkaufswagen mit nach Hause. Dort bleibt er dann im Hauseingang stehen, bis zum nächsten Einkauf. Manche Wagen landen auch im Fluss. So gesehen im Flößerviertel. Früher war das Einkaufen viel billiger. Ich ging zum Markt mit 5 Mark in der Tasche und kaufte ein: Brot, Milch, Zucker, Mehl, Eier, Gemüse, Obst, Kaffee und Zigaretten. Aber heute ist das nicht mehr möglich, überall gibt es Überwachungskameras.

Hier ein kleines Gedicht (Autor unbekannt):
Draußen vom ALDI komm☐ich her,
ich muss euch sagen, die Regale sind leer.
Überall auf Stufen und Kanten,
sitzen Polen, Ossis und Asylanten.
Und draußen vor dem Eingangstor
schaut verschüchtert ein Wessie hervor.
Und fragt mit leiser Stimme,

ist für mich auch noch was drinne?
Und geh ich so brav an den Kassen vorbei,
seh ich noch Leute aus der Türkei,
sie haben gekauft und gefüllt ihre Taschen,
die Wessies gucken dumm, die Flaschen.
Wollt ich noch kaufen ein Stück Käse,
schnappt sich das letzte ein Libanese.
Ich flüchte zur Tür hinaus, ich Armer
und stoße zusammen mit einem aus Ghana.
Jetzt wollt ich noch zum Wohnungsamt,
kamen mir fünf Iraker entgegen gerannt.
Völlig genervt fuhr ich heim mit dem Busse,
wer sitzt mir gegenüber? Ein Russe.
Alle Migranten haben Kohle und Kredit
und für die Asylanten zahlen wir gleich mit.
Der Türke hat Häuser in der Türkei,
der Wessie keine Wohnung, das arme Ei.

Lästige Anrufer

Ich bin noch stolzer Besitzer eines Festnetzanschlusses. Ich brauche normal kein Telefon, habe mir aber den Anschluss legen lassen, damit mich Verwandte erreichen können. Aber diese rufen selten an.

Die meisten Anrufe die ich erhalte fallen unter die Rubrik: *Lästige Anrufer.*

Fast jede Woche kam ein Anruf von Tele2. Immer dasselbe Muster. Zuerst fragten sie, was ich für das Internet bezahle und was die Telekom kostet. Dann erklärten sie, dass ich viel zu viel bezahle und bei einem Vertrag mit Tele2 mindestens 10 Euro im Monat sparen würde. Ich bin ein misstrauischer Mensch und habe deshalb immer abgelehnt. Inzwischen wurde diese Firma so oft verurteilt, dass sie die Anrufe eingestellt hat.

Nun kommen andere Anrufe. Da heißt es, ich hätte eine Reise gewonnen. Obwohl ich nirgends mitgespielt hatte. Dann wollen sie noch persönliche Daten haben. Am Besten gleich auflegen.

Ein anderer Anrufer wollte mir italienische Lebensmittel aufschwatzen. Der Anruf kam aus Italien.

Dann kam ein Anruf: *sie haben ein Handy gewonnen. Ich brauche nur noch ihre Ausweisnummer und die Bankverbindung.* Ich legte sofort auf.

Dann rief ein Versandhaus an, bei dem ich Kunde bin: *sie haben einen Gutschein von 5 Euro, den können sie gleich bei einer Bestellung verrechnen.* Meine Antwort: *was nützen mir 5 Euro, wenn ich 5.95 Euro Versandkostenanteil bezahlen muss. Ausserdem, brauche ich nichts.*

Sobald der neue Katalog zugeschickt wurde, kommt auch schon ein Anruf: *haben sie schon mal reingeschaut? Nein*, antworte ich, *ich habe ihn gleich weggeworfen.*

Schon einige Tage vor meinem Geburtstag kommt wieder ein Anruf: *wir haben für sie einen Geburtstagsgutschein über 10 Euro.* Ich sagte: *ich brauche nichts* und legte auf.

Dann gibt es noch diese hinterhältigen Anrufe: *haben sie ein paar Minuten Zeit, für eine Umfrage.* Dann kommen ein paar belanglose Fragen und schliesslich geht es doch nur um einen neuen Telefonvertrag.

Um Vertrauen zu erwecken, geben sich die Anrufer auch als Marktforschungsinstitut aus. Am Besten gleich auflegen.

Es gibt Umfragen zum Thema Allergien, zum Thema Hausstaubmilben, dann von Lottogesellschaften und von Lotteriegesellschaften.

Wenn der Anrufer mit dem Satz beginnt: *spreche ich mit Herrn .... persönlich?* Gleich auflegen.

Oder er beginnt mit: *einen wunderschönen guten Abend, gut dass sie zu sprechen sind.* Gleich auflegen. Kein Verwandter oder Bekannter würde mich so ansprechen.

Wie kann ich mich gegen solche Anrufe wehren? Am einfachsten gleich auflegen. Manchmal werden die Anrufe auch von einem Computer gemacht. Gleich auflegen, niemand ist beleidigt.

Oder man lässt den Anrufer sprechen, legt den Hörer zur Seite und schaut sich was im Fernsehen an. Irgendwann hat der Anrufer genug. Man kann ihm auch ein Liedchen vorsingen, das wirkt auch.

Heute kamen schon wieder zwei Anrufe. Einmal von der GfK (Gesellschaft für Konsumforschung). Ich legte sofort auf. Der zweite Anruf kam von Vorwerk. Auch hier legte ich sofort auf.

Eine Zeit lang hatte ich neben dem Telefon eine Trillerpfeife liegen. Damit konnte man lästige Anrufer abschrecken. Dann las ich von einer Frau, die sich ebenfalls über die Anrufe ärgerte und die Trillerpfeife einsetzte. Die Mitarbeiterin des Call-Centers erlitt ein Lärmtrauma und verklagte die Frau. Diese wurde verurteilt und musste 800 Euro bezahlen. Ich entfernte sofort die Pfeife von meinem Telefon.

Aber ich muss auch an die Mitarbeiter in den Call-Centern denken. Diesen armen Schweine machen einen Scheißjob und können nichts dafür, dass sie uns mit ihren Anrufen nerven. Die meisten haben einen 400 Euro Job, von dem sie nicht leben können. Deshalb ist die Fluktuation in den Call-Centern auch sehr hoch. Keiner hält den Job längere Zeit aus.

Aber was mache ich nun mit meiner Trillerpfeife? Vielleicht könnte ich sie in der Öffentlichkeit einsetzen. Ich ärgere mich ständig darüber, daß ich vor der roten Fussgängerampel warte und links und rechts von mir laufen die Leute ständig bei Rot hinüber. Manchmal bin ich der einzige, der stehen bleibt. Dabei komme ich mir dämlich vor. Es gibt doch Regeln. Ausländer halten sich sowieso nicht daran. Alte Omas können auch nicht auf Grün warten. Und die Jugend geht sowieso aus Protest bei Rot.

Ich versuchte es an einer stark befahrenen Kreuzung. Als wieder mal einige Fussgänger bei Rot über die Strasse gingen, pfiff ich kräftig in die Trillerpfeife. Keiner blieb stehen. Im Gegenteil, nun liefen auch noch die anderen, die stehengeblieben waren über die Strasse. Ich versuchte es an einer anderen Kreuzung. Das Ergebnis war dasselbe. Frustriert packte ich meine schöne Trillerpfeife ein. Vielleicht schenke ich sie einem Gewerkschafter. Der kann sie für den nächsten Warnstreik gut gebrauchen.

Ich hasse Weihnachten

Es fängt schon im September in den Supermärkten an. Lebkuchen, Weihnachtsmänner, Weihnachtsdeko und Weihnachtsengel werden angeboten. Daran haben wir uns inzwischen gewöhnt.

Was aber dann unmittelbar vor Weihnachten passiert ist schlimm. Ein Hausbesitzer sagte mal zu seiner Frau: *du hör mal, wir haben da so einen grünen Schwamm an der Fassade, was machen wir denn damit?* Die Frau war clever und meinte: *wir haben doch noch den alten Weihnachtsmann aus Stoff im Keller. Weisst du was? Den hängen wir einfach darüber, dann sieht keiner mehr den Schwamm.* Gesagt, getan. Der Weihnachtsmann hing nun an der Fassade und es sah so aus, als würde er hinaufklettern.

Am nächsten Morgen sah man in der ganzen Straße an den Häusern kleinere und größere Weihnachtsmänner hängen. Ein paar Tage später in der ganzen Stadt und im ganzen Land. Die Hersteller dieser Weihnachtsmänner kamen in China mit der Produktion nicht mehr nach. Inzwischen hat dieser Boom nachgelassen und man sieht nur noch vereinzelt solche roten Weihnachtsmänner an den Fassaden.

Viel schlimmer ist es aber mit der Weihnachtsdeko geworden. Anfangs nagelten die Leute nur einige Tannenzweige über die Haustür. Manche hatten sogar einen Kranz. Aber der Einfluss aus den USA wurde immer größer. Die Weihnachtswelle ist inzwischen auf Deutschland übergeschwappt.

Nun sieht man in Vorgärten plötzlich Hirsche und Rentiere, sogar ganze Gespanne, aus bunten Lichtern. Ganze Häuser werden mit Lichterketten dekoriert und auf manchen Dächern stehen Schneemänner, Bambis und Zwerge. Die Stromkosten müssen für die Hausbesitzer gigantisch sein.

Alles funkelt, glitzert und blitzt um uns herum. Geht man nun in der Vorweihnachtszeit abends spazieren, hat man schon nach wenigen Minuten einen Augenschaden.

Vielleicht lässt dieser Weihnachtsirrsinn in einigen Jahren auch wieder nach, oder es wird noch schlimmer. Ich hasse Weihnachten.

Gute Vorsätze

Es ist jedes Jahr dasselbe. Noch am Sylvesterabend haben wir gute Vorsätze für das nächste Jahr, um unsere schlechten Eigenschaften abzugewöhnen oder einzuschränken.

Zuerst das Gewicht. Ich habe Übergewicht und werde solange Diät halten, bis ich Normalgewicht habe. Ich halte durch bis 1. Februar. Dann stelle ich mich auf die Waage und siehe da, ich habe 2 Kilo zugenommen.

Dann das Rauchen. Nichts ist einfacher, als mit dem Rauchen aufzuhören. Jetzt, wo die Zigaretten immer teurer werden. Auch der Umgang mit den Zigarettenautomaten ist viel komplizierter geworden. Früher hat man ein Fünfmarkstück eingeworfen und zog die gewünschte Packung. Aber ein Bekannter kommt regelmäßig nach Polen und bringt von dort Stangen Zigaretten mit. In Polen sind die Glimmstengel viel billiger. Vielleicht warte ich noch ein Jahr und hör dann mit dem Rauchen auf.

Jetzt komme ich zum Trinken. Der Arzt hat mir aufgetragen: *trinken sie täglich 3 Liter. Das schaffe ich nicht,* meinte ich, *drei Liter Wein sind mir zuviel und von drei Litern Bier werde ich ja noch fetter.* Der Arzt lachte und meinte: *Wasser, 3 Liter Wasser.* Ich sagte: *das nannte man früher Folter.*

Nun kommt noch das Lügen. Das wird schwierig. Es gibt Situationen, in denen kann man nicht die Wahrheit sagen. Ich versuchte mal einen ganzen Tag nicht zu lügen. Jetzt spricht keiner mehr mit mir.

Und da wäre noch das Streiten. Ich streite nur, wenn ich recht habe. Ich bin kein Besserwisser, aber ich habe immer recht.

Zum Schluss das Sparen. Wozu soll ich noch sparen? Auf dem Sparbuch gibt es inzwischen Minuszinsen. Wenn ich 100 Euro anlege, muß ich 103 Euro einzahlen, damit ich am Ende wieder 100 Euro herausbekomme. Mit diesen neuen Begriffen komme ich nicht klar. Minuszinsen, Minuswachstum, Gewinnwarnung. Mein Konto hat Minuswachstum. Ich tu mir schon schwer mit Nullwachstum. Aber unsere Regierung lässt sich im nächsten Jahr bestimmt wieder ein paar schöne Begriffe einfallen.

Ich hab kein Auto

Ich habe lange darüber nachgedacht, ob ich mein Auto abschaffen sollte. Eigentlich brauche ich es ja nicht mehr. In der Stadt findet man erst nach langem Suchen vielleicht einen Parkplatz. Da fahr ich doch lieber mit dem Bus. Außerdem muss ich immer an den Kundendienst denken. Und mit den Winterreifen ist es auch ein Problem. Zur Zeit haben wir Ende Oktober morgens 0 Grad, also müssen Winterreifen drauf. Mittags haben wir 15 Grad, also müssen die Winterreifen wieder runter und Sommerreifen drauf.

Man ist ja ständig am Reifenwechseln, bei diesem verrückten Wetter.

Dann die Kosten für Steuer und Versicherung. Trotzdem wird das Auto von Tag zu Tag immer weniger wert. Man muss schon 30 Jahre warten, dann bekommt man das begehrte Nummernschild mit dem H am Ende. Nun ist das Auto plötzlich wieder mehr wert.

Wozu brauche ich noch das Auto? Wenn ich zu einem Dorf fahren will, nehme ich den Bus. Inzwischen führt bei uns in jedes Kaff eine Buslinie. Gut, manchmal fährt der Bus nur jede Stunde, manchmal nur einmal am Tag. Dann habe ich immer noch das Fahrrad. In ländlichen Gemeinden kann man sogar auf das Pferd oder den Esel umsteigen. Die Vergangenheit holt uns wieder ein.

In meiner Jugendzeit gab es wenige Autos. Wir Kinder spielten auf der Straße Fussball und in einer Stunde kam nur 1 Fahrzeug, meistens ein Lastwagen. Damals fuhren nur Leute PKW's, die es sich leisten konnten. Wäre das heute der Fall, wären unsere Straßen wieder leer.

Aber heute geht der Trend immer mehr zu großen Autos. Die Jugend fährt dicke BMW und jeder zweite Erwachsene einen SUV (Sport Utility Vehicle), einen Geländewagen. Möglichst noch mit einem Büffelfänger als Stoßstange. Es könnte ja aus einer Seitenstrasse mal ein Wasserbüffel herausrennen. Der Fahrer kann mit breiter Brust verkünden: *ich fahre immer im Suff (SUV)*.

Vorläufer dieses SUV war der Range Rover, der in den 70er Jahren vorwiegend von Jägern, Förstern oder Landwirten gefahren wurde. Da war der Einsatz dieses Fahrzeuges sinnvoll.

Aber alles wird noch übertroffen vom Hummer. Der war einst das Prestigefahrzeug der US-Army im Irak. Bis er regelmäßig von Sprengsätzen in seine Einzelteile zerlegt wurde. Heute fahren diese Ungetüme durch die Stadt. Da kann man sich doch gleich in einen Traktor setzen. Man sitzt genau so hoch nur die Reifen sind noch dicker. Versuchen sie mal mit einem Hummer in der Stadt einzuparken. Das wird schwierig.

Immer mehr Menschen ohne Garage neigen dazu, ihr Fahrzeug an der Straße zu parken und nicht mehr zu bewegen. Für ihre Besorgungen nehmen sie den Bus und Sprudel- und Bierkisten bringt der Getränkehändler ins Haus.

Wir haben ja das amerikanische Vorbild. In den großen Städten gibt es viel zu wenig Parkplätze. Wer in der Nähe seiner Wohnung einen Platz findet, lässt dort sein Auto geparkt stehen und benutzt es nie wieder. Sobald er wegfährt ist sein Platz belegt. Das Auto wird zur Immobilie.

Wenn es erst mal 10 Jahre auf der Straße steht, ist es sowieso nicht mehr zu gebrauchen. Ich habe mich entschieden. Ab sofort fahre ich kein Auto mehr.

Die Zeitreise

Heute Nacht war Vollmond. Manche Leute reagieren bei Vollmond aggressiv und andere wandeln im Schlaf in der Wohnung herum. Achten sie mal beim Autofahren darauf. Manche Fahrer spielen verrückt.

Bei mir wirkt sich der Vollmond eher harmlos aus. Ich bin in der Nacht hellwach und kann nicht schlafen. Deshalb stand ich auch bereits um 5 Uhr auf.

Um 5 Uhr 30 schaltete ich das Radio ein um Nachrichten zu hören. Aus dem Radio tönte es: *guten Morgen Liebe Leute. Heute ist Montag und wir sind wieder verdammt gut drauf.* Ich rief in Richtung Radio: *nein, sind wir nicht. Keiner ist morgens um 5 Uhr 30 gut drauf.* Dann schaltete ich den Schwachsinn wieder ab.

Zuhause hielt ich es nicht aus, deshalb machte ich einen Spaziergang. Bald kam ich an meiner alten Schule vorbei. Hier waren nur noch die ersten drei Klassen untergebracht. Es war nun bereits 9 Uhr und die ersten Kinder gingen zur Schule. Das heißt, sie wurden zur Schule gefahren.

Ich blieb stehen und machte in Gedanken eine Zeitreise zurück in das Jahr 1955. Damals gab es in der Schule noch Prügelstrafen. Manche Lehrer schlugen mit der Hand zu, manche mit dem Lineal oder einem Rohrstock.

Nach dem Krieg fehlte es an ausgebildeten jungen Lehrern. Deshalb wurden ehemalige Offiziere als Lehrkräfte eingestellt. Die verwechselten oft die Schule mit der Kaserne und die Schüler mit Soldaten. Und so wurden sie auch behandelt.

Mein Klassenlehrer war im Krieg Oberstleutnant. Er war ein feiner Mann und kam ganz ohne Schläge aus. Aber dieser Lehrer war die große Ausnahme. In den anderen Klassen gab es jeden Tag Tatzen und Watschen. Meine Klasse hatte mal für ein Jahr den Rektor als Klassenlehrer. Der übte sogar Kollektivstrafen aus. Wenn er in seinem Büro telefonierte, wurde es in der Klasse ohne Aufsicht natürlich lauter. Als er dann wütend hereinkam, fing er vorne an und gab jedem Schüler einen kräftigen Schlag mit einem schwarzen Vierkantlineal auf die offene Hand. Ich sehe das Lineal noch heute vor mir. Auch die Mädchen verschonte er nicht. Heute wäre das Körperverletzung. Aber die meisten Eltern waren der Meinung, das würde den Kindern schon nicht schaden und es wäre das beste für sie. Wie können Schläge das Beste für ein Kind sein?

Sogar der evangelische Pfarrer hielt sich nicht zurück. Wenn einer seiner Zöglinge frech wurde gab es eine Watschn. Dabei holte er aus, wie ein Boxer, der einen Heumacher versucht. Wenn wir uns daheim beklagten hieß es: *das hast du verdient.*

Daheim wurde selten geschlagen, aber die Kinder wurden eingeschüchtert mit Worten wie: *wenn du nicht brav bist holt dich der schwarze Mann*. Oder: *wenn du frech bist holt dich der Katzajakob*.

Wenn sie den heutigen Kindern mit dem schwarzen Mann oder dem Katzenjakob drohen lachen die nur. Durch die Horrorfilme und Killerspiele auf der Playstation sind sie ganz andere Schrecken gewohnt.

Wir lebten in ständiger Angst. Im Keller war kein Licht und es war stockdunkel. Es gab zwar kleine Kellerfenster, aber die waren zugewachsen und ließen kein Licht durch. Wenn wir Kohlen holen mussten fürchteten wir immer, dass dort der schwarze Mann ist. Deshalb beeilten wir uns und hielten uns nicht lange im Keller auf. Auf dem Dachboden war auch kein Licht. Durch die Dachluke fiel zwar etwas Tageslicht aber es gab dunkle Ecken vor denen wir uns auch fürchteten. Kauerte dort vielleicht der Katzenjakob? An den Dachbalken über unseren Köpfen hingen Wespennester, groß wie Fußbälle. Im Hochsommer war es da oben gefährlich.

Wir wohnten im obersten Stock, über uns der Dachboden. Durch mein Zimmer führten noch zwei Stützbalken. In der Nacht gab es immer komische Geräusche. Das Haus ächzte und stöhnte, es knarrte und knackte und ich konnte nachts nicht schlafen. Das war unheimlich. Heute weiß ich, daß die Geräusche von dem alten Holz kamen, das im Sommer wie im Winter arbeitete. Aber als Kind hat man eine blühende Fantasie.

Wenn wir etwas angestellt hatten, gab es wenige Möglichkeiten uns zu bestrafen. Fernsehverbot? Es gab noch keinen Fernseher. Handyverbot? Es gab noch kein Handy. Es gab auch noch keine Playstation. Blieb nur noch der Hausarrest. Das war für uns die schlimmste Strafe, aber auch für die Mutter, der wir nun den ganzen Tag auf die Nerven gingen.

Als die Schule zu Ende ging, dachte ich, nun ist es vorbei mit den Schlägen. Dann kam die Lehre. Da gab es zwar keine Watschen mehr, dafür aber Arschtritte.

Wenn heute einer behauptet, früher wäre alles besser gewesen, dann soll er diese Geschichte lesen.

Der Kick

Für das neue Jahr habe ich mir vorgenommen, auch einmal diesen Kick zu erleben, von dem immer die Rede ist.

Es gibt je verschiedene Möglichkeiten zum Beispiel Wildwasserfahrten (Rafting), Eisklettern an Wasserfällen, Downhill-Biken über halsbrecherische Bergpisten, Bungee-Springen, House-Running (am Seil Hochhäuser oder Staudämme hinunterrennen), Paragliding oder Basejumping (Sprung von Klippen, Türmen oder Hochhäusern mit dem Fallschirm).

Ich muss jedoch zugeben, für all diese Extremsportarten bin ich zu alt. Aber die Jugendlichen machen uns vor, wie es auch einfacher geht.

- Train-Surfing (S-Bahn-Surfen).
- Unter den Zug legen und sich überfahren lassen.
- Ice Bucket Challenge - mit Eiswasser übergießen.
- Fire Challenge mit Brennbarem übergießen und anzünden, dann schnell ablöschen.
- Cold Water Challenge - ins eiskalte Wasser springen.
- Über die Autobahn laufen.
- Auf den Gleisen dem Zug entgegen laufen und im letzten Moment zur Seite springen.

Und der neueste Trend - *Balconing* auf Mallorca. Auf den Balkon des Hotels klettern, die Arme ausbreiten und johlend in die Tiefe stürzen, Richtung Pool. Hier sollte man sich aber vorher davon überzeugen, ob das Hotel auch einen Pool hat.

Diese sogenannten Mutproben sind sehr gefährlich und können tödlich enden. Nein, so etwas kommt für mich nicht in Frage. Ich kann mir den Kick auch hier in der Stadt holen.

Die Bahnunterführung und der Park der Schlosskirche sind zwei Orte, die man nachts besser meidet (no go area). Nachts ist die Gefahr, dort überfallen zu werden oder zusammengeschlagen werden, sehr groß. Ich habe zwar schon Polizeistreifen mit einem Schäferhund gesehen, die durch die Bahnunterführung gingen. Aber das war am Nachmittag um 16.00 Uhr. Zu dieser Zeit laufen viele Menschen durch die Unterführung. Aber nachts um 4 Uhr sieht man Niemand, auch keine Polizeistreife. Da ist es selbst denen zu gefährlich.

Das ist es. Da hole ich mir meinen Kick. Erst gehe ich durch den Schlosskirchenpark, dann durch die Unterführung.

Um 4 Uhr morgens machte ich mich auf den Weg. und nahm Vorsichtshalber einen Baseballschläger mit. Erst ging ich durch den Park. Weit und breit war niemand zu sehen. Vielleicht lauerte einer hinter einem Baum? Ich erreichte die Unterführung, ohne dass etwas passierte.

In der Unterführung wurde noch gebaut und überall waren zusätzliche Stellwände aufgestellt. Ich ging langsam weiter und wagte kaum zu atmen. Da, war da nicht ein Schatten hinter einem Pfeiler. Ich hielt meinen Schläger fester, aber nichts passierte. Kein Mensch war heute Nacht in der Unterführung unterwegs. Selbst hinter den dicken Betonpfeilern lauerte niemand. Doch dann sah ich ganz am Ende zwei Gestalten auf mich zukommen. Sie machten einen gefährlichen Eindruck, schienen aber nicht mehr ganz sicher auf den Beinen zu sein.

Wir waren noch etwa 20 Meter voneinander entfernt, da hörte ich die Beiden singen:

Frühmorgens wenn die Hähne krähn,
machmal auch noch später,
sieht man sie nach Hause gehn,
Horn und Trompeter.

Es waren zwei Musiker, die von der Musikprobe kamen. Sie grüßten freundlich und stolperten singend an mir vorbei. Mit dem Kick war es wohl nichts. Nicht einmal mehr auf die Bahnunterführung ist Verlass. Aber es war mir eine Warnung, das Glück nicht herauszufordern.

Frittierte Heuschrecken

Das neue Jahr begann mit einer Einladung zu einer Exoticmesse. Auf dem Flyer waren verschiedene Insekten abgebildet und ich dachte, da werden exotische Tiere ausgestellt. Vielleicht bekomme ich da einen Koala zu sehen. Diese Tiere mag ich besonders. Oder einen Wombat, oder einen Tasmanischen Teufel? Selten hat man sich so geirrt.

Als ich die Messehalle betrat sah ich lauter Stände mit Essproben. So wie im Supermarkt, da werden manchmal Käsehäppchen oder Salamispießchen zum probieren angeboten. Nun sah ich auch, was das für eine Messe war. Hier ging es ausschliesslich um essbare Insekten und andere ausgefallene exotische Speisen.

Schon am ersten Tisch wurden frittierte Heuschrecken in zwei Variationen angeboten. Einmal feurig scharf und dann noch mit Schokolade ummantelt.

Auf Heuschrecken hatte ich keinen Bock und wandte mich dem nächsten Tisch zu. Hier gab es Grillen, geröstet, mit einem Eiweißgehalt von 69%. Ich war beeindruckt und ging weiter.

Der nächste Stand hatte lebende Mehlwürmer im Angebot. Auf einer Tafel stand: *wir essen unsere Insekten auch selbst und was uns nicht schmeckt verkaufen wir auch nicht.* Das beeindruckte mich auch nicht und ich ging weiter.

Am nächsten Stand gab es Buffalowürmer, ohne Zucker aber mit 56% Eiweiß. Das wäre was für einen Angler, aber nicht für mich.

Nun kam ich an einen Tisch mit Schwarzkäferlarven. Auf einer Tafel stand: *frittierte Zophoba.*

Dann kam ein größerer Stand mit verschiedenen Angeboten. Gewürzte Heuschrecken mit Sesam und Honig und Heuschrecken mit Meersalz, daneben Mehlwürmer mit Meersalz und Zophobas mit Curry Madras. Außerdem Grillen mit Sesam und Honig und ein Heuschrecken-Lolli mit Kirschgeschmack. Die Entscheidung fiel mir wirklich schwer.

Am nächsten Tisch waren lauter kleine Tellerchen zum probieren. Da waren Ameisen, Ampferblattkäfer, Bienen, Blattläuse, Borkenkäfer, Erlenblattkäfer, Feldheuschrecken, Fliegen, Gartenlaubkäfer, Grillen, Heupferde, Junikäfer, Kohlraupen, Maikäfer, Blattkäfer, Mehlkäfer, Mücken, Nachtfalter, Ohrenkneifer, Rosenkäfer, Rüsselkäfer, Schmetterlinge, Schwarzkäfer, Wespen und Zikaden. Was für eine Auswahl.

Bei den meisten Tieren stand: *sind nur addult zu geniessen.* Ich fragt den Anbieter: *was heißt addult? Heißt das geröstet, oder gekocht? Nein*, meinte er, *addult heißt Erwachsen.*

Ich ging schnell weiter. Von dem Anblick auf diesem Tisch würde ich heute Nacht bestimmt Alpträume bekommen.

Am nächsten Tisch war eine große Platte angerichtet. Darauf waren Käfer, Schmetterlinge, Bienen, Grashüpfer, Zikaden, Termiten, Libellen und Fliegen. In jedem Tier steckte ein Holzspießchen. Hier konnte man von jedem probieren. Ich verzichtete.

Da entdeckte ich einen Stand mit Kaffeeausschank. Das machte mich schon eher an. Ich ging hin und las: *Kopi Luwak - der teuerste Kaffee der Welt.* Aha, das war also der berühmte Katzenkaffee. Ich ließ mir ein Tässchen geben und der Kaffee schmeckte gar nicht schlecht. Dann ließ ich mir erklären, warum der Kaffee der teuerste der Welt ist. Die Zibetkatze lebt in Indonesien. Dort klettert sie gerne auf die Kaffeebäume und frisst die besonders reifen Kaffeebohnen. Diese Bohnen werden unverdaut wieder ausgeschieden und von den Bauern vom Boden aufgelesen, geschält und geröstet. Ich dachte ich höre nicht recht. Die Katze hat die Bohnen gefressen und dann wieder geschissen. Und sowas habe ich getrunken? Pfui Deifel, mir wird schlecht.

Ich ging schnell weiter und dachte, schlimmer kann es nicht kommen. Ich Ahnungsloser. Nun kamen weiter Stände mit exotischen Speisen.

Auf dem ersten Tisch war *Balut* angerichtet, ausgebrütete Vogeleier, die man auf den Philippinen und in Vietnam sehr schätzt.

Ich ging zum zweiten Tisch. Dort gab es *Casu Marzu,* Schafsmilchkäse mit Maden aus Sardinien. Ich schüttelte mich und ging weiter.

Am nächsten Tisch wurden frittierte Skorpione angeboten. Diese werden in China und Thailand sehr geschätzt. Aber nicht von mir.

Der Nächste Tisch war den Franzosen gewidmet. Hier gab es gebratene Froschschenkel und Froschschenkelsuppe.

Dann kam ich zu einem Anbieter aus Kambodscha. Er hatte auf dem Tablett gebratene und frittierte Spinnen präsentiert. Das war nichts für mich.

Beim nächsten Tisch bekam ich einen Schock. Hier lagen gebratene und gefüllte Meerschweinchen auf einem Haufen gestapelt. In Peru und Ecuador ist diese Speise besonders geschätzt.

Der nächste Anbieter kam wieder aus Kambodscha. Er präsentierte gebratene Ratten und in halben Kokosnüssen Affenhirn. Daneben lagen Hühnerfüße und Entenfüße.

Beim nächsten Tisch wurde mir schlecht. Hier lag Hundefleisch auf dem Grill.

Zum Abschluss meiner Tour sah ich die berühmten 1000-jährigen Eier aus China. Die Eier gelten dort als Delikatesse. Sie sind natürlich nicht 1000 Jahre alt, sondern maximal 3 Jahre. trotzdem würde ich so ein Ei nicht mal geschenkt essen.

Nun hatte ich genug von den ganzen Insekten und Scheusslichkeiten und musste dringend an die frische Luft. Ich kam am Bauernmarkt vorbei. Da war ein Franzose, der verkaufte Pferdefleisch. Deswegen war ich nicht hier, sondern wegen seiner *Andouille*, seiner Kuttelwurst. Hergestellt aus Kutteln (Kaldaunen), Kalbs-, Hammel-, Schweine- und Pferdeinnereien.

Ich kaufte mir einen ganzen Ring von der Andouille und dazu vom nächsten Stand zwei Reibekuchen. Der Abend war gerettet.

Die Reibekuchen nennt man in Köln Rievkooche. Achten sie mal darauf. Wenn sie in München aus dem Zug steigen sehen sie ein großes Plakat: *München die Weltstadt mit Herz.* Wenn sie in Hamburg aus dem Zug steigen steht dort: *Hamburg - das Tor zur Welt.* Steigen sie aber in Köln aus dem Zug sehen sie als Erstes: *Rievkooche 2,50 Euro.*

Alte Ortsnamen

Der Stadtteil Dillweißenstein bekam nach dem Zusammenschluß der beiden Gemeinden Dillstein und Weißenstein seinen heutigen Namen. Als ich in alten Büchern stöberte fand ich auch Ortsnamen der umliegenden Gemeinden. Manche Namen hatten sich nur geringfügig verändert, manche schon deutlicher. Hier eine Aufstellung der neuen und alten Ortsnamen:

Zuerst die eingemeindeten Ortsteile:
Weißenstein = Wizenstein
Dillstein = Dillstein
Brötzingen = Brotzingen
Büchenbronn = Buechbruonen
Eutingen = Utingen
Hohenwart = Hohenwart
Huchenfeld = Huchenfeld
Würm = Wirme

Und die umliegenden Gemeinden:
Neuenbürg = Novum Castrum
Arnbach = Armbach
Dennach = Tennech
Birkenfeld = Birkenfeldt
Gräfenhausen = Gravenhusen
Feldrennach = Veltrunche
Connweiler = Cunnenwilre
Langenalb = Alba Grangia
Schwann = Schwan.
Ellmendingen = Almusdingen
Dietenhausen = Theotelenhusen
Dietlingen = Duetlingen
Niebelsbach = Nibelzpach
Weiler = Wilre.
Wilferdingen = Vulvirincha
Nöttingen = Nettingen
Darmsbach = Darmesbach
Singen = Sigincheim
Ispringen = Yspringen
Königsbach = Chuningerspach
Stein = Steine
Eisingen = Ysingen
Ersingen = Ergesingen
Bilfingen = Bilvingen
Bauschlott = Buslat
Göbrichen = Gieberchingen
Nußbaum = Nuzboumen
Kieselbronn = Cussilbrunnin
Ölbronn = Elebrunne
Dürrn = Thurri
Maulbonn = Mulbrunnen
Schmieh = Schmiehe

Zaisersweiher = Zeizolfeswilre
Sternenfels = Sterrenvils
Diefenbach = Duiffenbach
Knittlingen = Cnudelingen
Freudenstein = Frodenstein
Illingen = Illincheim
Schützingen = Scuzingun
Mühlacker = Mulnagger
Dürrmenz = Turmenze
Enzberg = Enzeberch
Großglattbach = Glatebach
Lienzingen = Linzingen
Lomersheim = Lothmarsheim
Ötisheim = Autinesheim
Schönenberg = Des Muriers
Niefern = Nieveren
Öschelbronn = Nessenbrunnen
Mönsheim = Meginesheim
Wimsheim = Wimeszheim
Wurmberg = Wurenberc
Neubärental = Bärental
Wiernsheim = Winresheim,
Iptingen = Uptingen
Friolzheim = Friolesheim
Heimsheim = Heimbotesheim
Tiefenbronn = Dieffenbrunnen
Und Neuhausen = Nuhusen.

<u>Einige Wappen:</u>
Neuenbürg hat im Wappen einen Turm.
Engelsbrand hat Eichenlaub und Haselzweig
Kieselbronn hat einen Entenfuss
Maulbronn hat ein Maultier und einen Brunnen
Knittlingen hat einen Bischofsstab und 2 Knüppel

Ötisheim hat eine Eidechse
Tiefenbronn hat einen Brunnen
Wurmberg hat Bischofsstab und Kerze
(wahrscheinlich sagen sich dort Fuchs und Hase Gute Nacht)

Manche Namen haben sich nur gering verändert. Wie werden wohl diese Orte in 500 Jahren heißen, wenn es sie dann noch gibt?

Die Liste

Wenn man 70 Jahre alt ist macht man sich Gedanken, was man in seinem Leben bisher erreicht hat und was noch zu tun ist.

Es gibt ja solche Listen: 10 Dinge die man getan haben sollte, bevor man den Löffel abgibt. Aber 10 Dinge sind für ein ganzes Leben doch zu wenig. Es gibt auch Listen mit 200 Dingen, aber das ist wieder zuviel.

Ich habe mir eine Liste angelegt: *50 Dinge die ich getan haben sollte, bevor ich in die Grube steige.*

Hier ist die Liste:
1. Einen Berg besteigen
2. Einen Tag lang barfuß laufen
3. Einen Tag im Kloster verbringen
4. Ein Testament schreiben
5. Einen Tag lang nicht lügen
6. Einen Frosch küssen
7. Eine Tarantel auf der Hand halten
8. An einer Schlägerei teilnehmen

9. Nachts nackt baden gehen
10. Ein Strassenschild klauen
11. An einer Demonstration teilnehmen
12. Eine Kuh melken
13. Auf einen Baum klettern
14. An einer Gerichtsverhandlung teilnehmen
15. In einem Film mitwirken
16. Sich tätowieren lassen
17. Maschinenschreiben mit 10 Fingern lernen
18. Einen schweren Unfall überstehen
19. Eine Schusswaffe abfeuern
20. In der Zeitung das eigene Foto entdecken
21. Nochmal in die Schule gehen
22. Eine Kakerlake streicheln
23. Haifisch essen
24. Ein Pferd reiten
25. Sushi essen
26. Nie an Klassentreffen teilnehmen
27. Geld für etwas ausgeben, das man nie braucht
28. Eine Woche ohne Uhr leben
29. Auf einem Elefanten reiten
30. Unter einem Wasserfall baden
31. Auf einem Ruderboot picknicken
32. Bier auf Wein trinken
33. Geld an eine Hilfsorganisation spenden
34. Die Steuererklärung selber ausfüllen
35. Blut spenden
36. Ein Drittel des eigenen Gewichts abnehmen
37. Fallschirmspringen
38. Bungee Jumping machen
39. Freeclimbing ausprobieren
40. Mit einem Heißluftballon fahren

41. Wildwasser Rafting im Schlauchboot
42. Die Chinesische Mauer besuchen
43. Den schiefen Turm von Pisa besteigen
44. Thailand besuchen, wegen der Tempel
45. Durch den Grand Canyon wandern
46. Über die Golden Gate Bridge gehen
47. Las Vegas besuchen
48. In einer Gondel durch Venedig fahren
49. Irland besuchen
50. Paris besuchen

Als ich die Liste fertig hatte schaute ich nach, was ich davon abhaken könnte.

1. Einen Berg habe ich bestiegen, den Walberg.
2. Einen Tag lang barfuß laufen, das mache ich im Sommer im Freibad.
3. Einen Tag im Kloster verbringen. Ich war zur Kur in einer Klinik, in der nur Männer waren. Spitzname *Bullenkloster*. Zählt das auch?
4. Testament schreiben. Das mache ich, wenn ich 100 Jahre alt bin.
5. Einen Tag lang nicht lügen. Das habe ich versucht. Es ist unmöglich.
6. Einen Frosch küssen. Habe ich schon mit 8 Jahren im Froschteich gemacht. Das war eklig.
7. Eine Tarantel auf der Hand halten. Zählt auch eine Wolfsspinne?
8. An einer Schlägerei habe ich als Soldat im Bietigheimer Festzelt teilgenommen. Das stand sogar Montags in der BILD.
9. Nachts nackt baden. Als Jugendlicher in jedem Sommer nachts im Freibad.
10. Ein Strassenschild klauen. Das ist noch offen.

11. An einer Demo teilnehmen. Ich habe für die Erhaltung des Wartbergbades demonstriert.

12. Eine Kuh melken. Habe ich bei meiner Oma auf dem Land gemacht. Ich nahm die Zitzen zwischen die Finger und sagte: strip, strap, strull, bald ist der Eimer full. Das hat nichts genutzt. Der Eimer blieb leer. Ich glaube, Oma hat die Kuh schon vorher gemolken.

13. Auf eine hohen Baum klettern. Als Junge kletterte ich auf jeden Baum.

14. An einer Gerichtsverhandlung habe ich als Zuschauer im Oberlandesgericht Stuttgart teilgenommen.

15. In einem Film mitwirken. In einem Film von einem Bekannten bin ich im Vorspann zu sehen, wenn er es nicht wieder herausgeschnitten hat.

16. Sich tätowieren lassen. Früher vielleicht, jetzt nicht mehr.

17. Maschinenschreiben mit 10 Fingern, habe ich gelernt, heute schreibe ich wieder mit zwei Fingern.

18. Einen schweren Unfall habe ich als Kraftfahrer beim Militär überstanden.

19. Eine Schusswaffe abfeuern. Beim Militär habe ich viele Schusswaffen abgefeuert.

20. In der Zeitung das eigene Foto entdecken. Ist mir schon einige Mal passiert.

21. Nochmals in die Schule ging ich zur Weiterbildung 1997 in Stuttgart-Vaihingen.

22. Eine Kakerlake hatte ich mal in der Hand und sang dazu den bekannten Song La Cucaraca (die Kakerlake).

23. Haifisch aß ich im Hotel in Assmannshausen.

24. Ein Pferd reiten. Zählt auch ein Esel.

25. Sushi essen. habe ich probiert, schmeckt mir nicht.
26. Nie an Klassentreffen teilnehmen. Meine leichteste Übung.
27. Geld für etwas ausgeben, was man nie braucht. Mache ich ständig.
28. Eine Woche ohne Uhr leben. Ich habe sogar zwei Wochen ausgehalten, ohne Uhr, ohne Fernsehen, ohne Zeitung, beim Fischen in Irland.
29. Auf einem Elefanten reiten. Ist noch offen.
30. Unter dem Wasserfall habe ich als Kind schon gebadet.
31. Auf dem Ruderboot picknicken, habe ich in Irland beim Fischen gemacht.
32. Bier auf Wein trinken. Habe ich versucht. es heißt ja Wein auf Bier, das rat ich dir, Bier auf Wein, das schmeckt fein. Hat mir gar nicht gut getan.
33. Geld an eine Hilfsorganisation spenden. Ich werfe lieber einem Bettler etwas in den Hut.
34. Die Steuererklärung selbst machen. Mache ich schon immer.
35. Blut spenden. darf ich nicht.
36. Ein Drittel des eigenen Gewichts abnehmen. Ich versuche es.
37. Fallschirmspringen. Ich war Soldat bei der Luftlandedivision.
38. Einmal Bungee Jumping machen. Ist noch offen.
39. Freeclimbing ausprobieren. Habe ich gemacht an den Kletterfelsen im Hinteren Tal.
40. Eine Fahrt in einem Heißluftballon machen. Ist noch offen.
41. Wildwasser Rafting mitmachen. Auf keinen Fall.
42. Die Chinesische Mauer besuchen. Ist noch offen.

43. Den schiefen Turm von Pisa besteigen. Ich schaffe noch nicht mal den Hachelturm.
44. Thailand besuchen. Noch offen.
45. Durch den Grand Canyon wandern. Wenn mich die Amis einreisen lassen.
46. Über die Golden Gate Bridge gehen. Wenn mich die Amis einreisen lassen.
47. Las Vegas besuchen. Wenn mich die Amis einreisen lassen.
48. In einer Gondel durch Venedig fahren. Noch offen.
49. Irland besuchen. habe ich schon dreimal gemacht.
50. Paris besuchen. Leider nur kurz besucht.

Von 50 Dingen konnte ich 32 abhaken, das ist nicht schlecht. Die restlichen 18 Dinge schaffe ich in den nächsten 30 Jahren auch noch.

Noch eine Liste

Für das neue Jahr habe ich mir viel vorgenommen. Ich werde gewisse Dinge nicht mehr tun.

Als erstes, zur Begrüßung Bussi geben. Dieses Bussi links, Bussi rechts kann ich mir echt sparen. Ich nicke den Leuten zu und sage freundlich Hallo.

Als zweites, Frühmorgens im Bus eine Unterhaltung anfangen. Die Leute sind morgens nicht gut gelaunt und bevor mich böse Blicke töten halte ich lieber mein Maul.

Als drittes, Samstag in der Fussgängerzone einkaufen. Wenn sich Tausende von Menschen durch die Fussgängerzone bewegen und ich kein einziges deutsches Wort höre, bleibe ich lieber zu Hause.

Als viertes spreche ich keine Leute mehr an, die einen Kopfhörer oder Ohrhörer tragen. Es ist für die Leute unangenehm und für mich auch.

Als fünftes verspreche ich, nicht mehr unter der Dusche zu pinkeln. Auch wenn ich das noch nie gemacht habe. Ha, ha.

Als sechstes das Autofahren. Beim Autofahren werde ich vorsichtiger sein. Ich schaue erst nach beiden Seiten, bevor ich bei Rot über die Kreuzung fahre.

Als siebtes abnehmen. Ich werde keine Abmagerungskur mehr machen. Das erste was man dabei verliert ist die gute Laune.

Als achtes die guten Vorsätze. Alle guten Vorsätze werde ich um ein Jahr verschieben.

Als neuntes, werde ich bei Thalia keine Zeitschriften mehr ausborgen und im ersten Stock gemütlich im Ledersessel lesen.

Als zehntes, werde ich keinem Ortsfremden mehr den falschen Weg zeigen, nur damit er unsere Stadt besser kennenlernt.

Hotel zum goldenen Bullen

Heute Morgen wachte ich in einem seltsamen Raum auf. Mein Kreuz tat mir weh und ich griff nach dem Bettrand. Ich lag auf einer Holzpritsche. Deshalb die Kreuzschmerzen. Was war passiert? Ich zog gestern Abend mit ein paar Kumpels um die Häuser und nun weiß ich nichts mehr. Ein totaler Filmriß.

Hat mir jemand KO-Tropfen gegeben und wie komme ich hierher? Und wo bin ich eigentlich?

Im Zimmer war es dunkel und ich tastete mich an der Wand entlang. Irgendwo in Griffhöhe musste doch ein Lichtschalter sein. Ich fand keinen. Dafür stolperte ich über etwas rundes. Ich befühlte den Gegenstand, es war eine Kloschüssel. Wie kommt eine Kloschüssel mitten in mein Zimmer? An der Wand ertastete ich ein Handwaschbecken. Es wurde immer rätselhafter. Irgendwo musste doch eine Tür sein? Nach langem suchen fand ich die Tür, sie hatte aber weder Türknauf noch Türklinke.

Dann befühlte ich die Wände genauer, sie waren gekachelt. Nun war ich sicher, zu Hause war ich nicht. Aber wo war ich? War ich in einem Hotel?

Plötzlich ging das Licht an und die Tür öffnete sich. Aha, dachte ich, jetzt kommt der Zimmerservice. Knapp daneben, in der Tür stand ein Polizist und rief: *Guten Morgen und herzlich willkommen im Hotel zum Goldenen Bullen, oder wie die meisten Ganoven sagen im Hotel Suff.*

Nun sah ich mein Zimmer bei Licht. Die Wände waren weiß gekachelt, an der Wand stand die Holzpritsche auf der ich geschlafen hatte, in der Ecke war die Kloschüssel und an der Wand das Waschbecken.

Dann bemerkte ich, dass ich keine Schuhe anhatte. Auch mein Gürtel fehlte. Auch meine Schlüssel und das Feuerzeug fehlten. *Ich bin bestohlen worden,* rief ich in Richtung Tür. *Keine Sorge*, meinte der Polizist, *ihre Sachen haben wir sichergestellt, sie bekommen alles zurück.*

Gut, sagte ich, *nun hätte ich gerne zwei Spiegeleier, mageren Schinken und Toast sowie einen schwarzen Kaffee zum Frühstück.* Der Polizist: *ja, ja, und ich hätte gerne 1 Million und einen Sportwagen und eine Motoryacht und einen Waschbrettbauch und....... Schon gut,* meinte ich, *ich habe verstanden. Geben sie mir meine Sachen, dann verschwinde ich.*

Moment, meinte der Bulle, *sie sind immerhin unser Übernachtungsgast gewesen und das kostet 45 Euro ohne Frühstück. Außerdem waren 4 Polizisten nötig um sie festzunehmen. Das kostet nochmal 180 Euro. Wenn sie ihre Hotelrechnung bezahlt haben, können sie gehen.*

So langsam dämmerte mir, was gestern Abend los war. Ich musste irgendwie randaliert haben und wurde von der Polizei in diesen Ruheraum gebracht. Ich zahlte zerknirscht meine Rechnung, empfing meine Sachen und verließ das ungastliche Haus. Dieses Hotel werde ich nicht weiterempfehlen.

Tätowierte Fußballer

Immer wenn ich durch die Stadt gehe, sehe ich tätowierte Menschen. Meistens Frauen oder Mädchen. Selten junge Männer. Und es werden immer mehr. Vor Jahren war das Arschgeweih das einzige Tattoo, das sich Frauen stechen ließen. Das ist inzwischen anders. Inzwischen sieht man ganze Gemälde auf der jungen Haut.

In den Siebziger Jahren ließen sich Fußballer wilde Bärte stehen, um gefährlicher zu erscheinen. Heute gibt es nur noch einzelne mit solchen Bärten.

Dafür haben sich die Tattoos durchgesetzt. Viele Fußballer haben nur einen Arm tätowiert, aber von oben bis unten. Ob es nun der linke oder der rechte Arm ist hat sicher seinen Grund. Es gibt auch Spieler die den ganzen Oberkörper tätowiert haben, um den Gegner zu erschrecken. Beispiele dafür sind der Frankreich-Star *Djibril Cisse* und der Schalker *Jermaine Jones.*

Andre Schürle ist da noch ein Anfänger. Er trägt nur ein paar chinesische Schriftzeichen auf dem Rücken. Anders dagegen *Mesut Özil,* er hat einen brüllenden Löwen mit wallender Mähne auf dem Oberarm. Darunter steht der Spruch: Only God can judge me (Nur Gott kann über mich richten).

Jerome Boateng trägt auf dem Oberarm die Jungfrau Maria, außerdem auf dem Körper seine Zwillinge und ihr Geburtsdatum.

Italiens *Daniele de Rossi* hat ein selbst erfundenes Verkehrsschild auf der Wade, das sich nur als *Vorsicht Grätsche* interpretieren lässt. Auf dem Oberarm trägt er dagegen ein Teletubbi.

Auf den Waden von Spaniens *Sergio Ramos* erinnern der Champions-League-Pokal und der WM-Pokal an seine größten sportlichen Erfolge.

Auf dem Unterarm von *David Beckham* steht der Name seiner Frau.

Naldos Rücken ziert ein Jesus am Kreuz, samt Putten.

Auf *Dantes* Oberarm ist ein Azteken-Ornament.

Der Niederländer *Wesley Sneijder* hat auf dem Oberarm zwei Ringe und sein Hochzeitsdatum.

Der schwedische Stürmerstar *Zlatan Ibrahimovic* trägt die Geburtstage seiner Familie auf den Handgelenken, die der Männer auf dem rechten, die der Frauen auf dem linken.

Marcell Jansen ist dagegen bescheiden. Er trägt nur sein Sternzeichen Scorpion auf dem Arm.

Nun bietet der Trikottausch bei Fußballspielen den Fußballstars die Möglichkeit, ihre Tattoos auch öffentlich zu zeigen.

Bei den Frauenfußballerinnen setzt sich so langsam der Trend auch durch. Anja Mittag hat inzwischen neun Motive auf dem Körper tätowiert. Auch Dzsenifer Marozsan trägt auf ihrem linken Arm einige abstrakte und indianische Symbole. Simone Laudehr vervollständigt das Trio.

Auch andere haben sich inzwischen tätowieren lassen, die Schweizerin Ramona Bachmann, die Australierin Michelle Heyman und ihre Torhüterin Melissa Barbieri.

Besonders die schwedischen Spielerinnen haben Tattoos. Nilla Fischer, Caroline Seger und Therese Sjörgran sind die Vorreiter. Weiter werden sicher folgen. In wenigen Jahren werden nur noch die Frauen auffallen, die kein Tattoo haben.

Gute alte Küche

Als ich mal wieder durch die Stadt ging fiel mir auf, dass es immer mehr Fastfood Läden gibt. McDonald, Burger King, Subway, China Wok und an jeder Ecke ein Döner Laden.

Was uns dort als Essen angeboten wird, kann man mit der guten alten Küche nicht vergleichen. In meiner Jugend gab es zu Hause ganz andere Speisen. Fleisch konnten wir uns nicht leisten. Deshalb waren die Speisen unter der Woche Fleischlos. Auch wurde immer für zwei Tage gekocht.

Gab es heute Pfannkuchen, dann gab es morgen Flädlesuppe (zerschnittene Pfannkuchen in einer Brühe). Gab es heute Knödel, dann gab es morgen halbierte angebratene Knödel. Genauso wurde mit Maultaschen verfahren.

Zu jedem Haushalt gehörte ein Waffeleisen. Es wurden soviele Waffeln gemacht, dass sie für zwei Tage reichten. Dazu gab es Apfelmus. Manchmal gab es auch Kartoffelpuffer, davon konnten wir nicht genug kriegen.

Manchmal gab es Griesbrei, am nächsten Tag Griesknöpfle. Besonders gern hatte ich die Wurstspatzen. In die Knödel wurden Landjäger eingearbeitet, was ihnen einen besonderen Geschmack gab.

Samstag gab es Kartoffelsuppe. Dazu Zwiebelkuchen. Manchmal gab es auch Kartoffelschnitz und Spätzle.

Und dann die Fleischküchle. Die wurden zubereitet mit Hackfleisch, einem alten eingeweichten Weck, Zwiebeln und Petersilie. Und sie schmeckten hervorragend. Durch Zwiebeln und Petersilie waren sie auch leicht verdaulich. Was uns heute als Fleischküchle oder Frikadellen angeboten wird kann man fast nicht mehr essen. Sie bestehen vorwiegend aus Hack, Salz und Fett und liegen Stundenlang schwer im Magen. Nicht ohne Grund nennt man sie Bremsklötze oder Elefantenpopel.

Im Ort gab es jede Menge Wirtschaften. Überall wurde noch selbst geschlachtet und wenn es soweit war, gingen wir mit Milchkannen hin und holten Kesselbrühe. Manche Wirte ließen absichtlich im

Kessel ein paar Leberwürste und Griebenwürste zerplatzen. Um so besser war dann die Brühe, die wir übrigens umsonst bekamen. Gut, die Schweine waren damals nicht so gut rasiert wie heute und in der Brühe waren Schweineborsten. Die aßen wir einfach mit.

Am Sonntag gab es Eintopf, Karotten, Erbsen, Kartoffeln. Dazu wurde ein viertel Pfund Rindfleisch gekauft. Diese wurde aber erst angebraten und dann in der Brühe mitgekocht. Was wir dann auf den Teller bekamen war ein Brocken Fleisch, der so trocken war, dass wir lange darauf herumkauen mussten. Manchmal gab es auch Kutteln. Im Kochtopf sahen die aus, wie ein zerschnittenes Frotteehandtuch. Kutteln mochte ich nicht. Auch saure Plättchen gehörten nicht zu meinen Favoriten. Aber damals gab es nur eine Devise: was auf dem Teller ist wird aufgegessen. Manchmal gab es auch Dampfnudeln, die mochte ich wiederum.

Unser Grundnahrungsmittel bestand aus Kartoffeln, Karotten und Erbsen. Stangenbohnen hatten wir im Keller, eingemacht in alten Weinflaschen.

In der Faschingszeit gab es Fasnachtsküchle, einen ganzen Wäschekorb voll. Vor Weihnachten wurden nicht nur Weihnachtsbrötchen gebacken, sondern auch Kokoshäufchen und Lebkuchen. Dazu brauchten wir Kunsthonig. Den musste unsere Mutter immer verstecken, sonst war an Weihnachten nichts mehr im Glas.

Heute vermisse ich diese alten Speisen. Nicht alle, aber die meisten. Heute gibt es fast nur noch Fastfood und das Zeug hat keinen Geschmack mehr. Deshalb muss mit Geschmacksverstärkern nachgeholfen werden. Wenn früher gekocht wurde roch man schon im Hauseingang, was es gibt.

Die Auswahl an Süssigkeiten war klein. Aber die Klassiker waren Ahoj-Brause, Bärendreck, Nappo und Storck-Riesen. Alle vier gibt es auch heute noch.

Ahoj-Brause gab es als Würfel und als Pulver. Bärendreck (eingekochter Süßholzsaft) gab es als Schnecken und Stangen. Heute heißt er Lakritze. Das klassische Nappo hatte Rautenform und bestand aus weißem Nougat mit schwarzer Schokolade überzogen. Und die Storck-Riesen-Karamellen waren die klassischen Plombenkiller.

Eine Tüte Bonbons kostete einen Pfennig und man bekam sogar noch Geld raus.

Auf die Mess freuten wir uns besonders, denn dort gab es andere Süssigkeiten. Zuckerstangen, Magenbrot, Zuckerwatte und anderes. Heute bekommt man diese Dinge das ganze Jahr.

Im Sommer gab es nur eine Eissorte. Das Eis kostete 10 Pfennig und schmeckte nach Zitrone. In dem Eis waren große Stücke gefrorenes Wasser. Damit wurde das Eis gestreckt. Aber das war uns egal. Im Freibad gab es damals noch keine elektrischen Kühlschränke. Die Schränke wurden mit Stangeneis gekühlt. Dieses wurde von der Brauerei in großen Stangen angeliefert. Auf diesen Moment warteten wir. Beim abladen brachen kleine Stücke von dem Eis ab. Die schnappten wir uns und lutschten daran, bis sie zerschmolzen.

Obst fanden wir in fremden Gärten. Wir wussten genau, wo ein Kirschbaum steht und wann die Kirschen reif wurden. Genauso war es mit Pflaumen,

Zwetschgen, Mirabellen, Pfirsichen und Birnen. Auf Äpfel waren wir nicht so scharf.

Bohnenkaffee gab es nicht. Unser Kaffee wurde aus Zichorie gebrüht. Er schmeckte uns, wir hatten ja keinen Vergleich zu echtem Kaffee.

In jedem Keller stand ein Mostfass. Obwohl es streng verboten war, schlichen wir uns manchmal in den Keller und probierten den Most. Ehrlich gesagt, er schmeckte ekelhaft, aber weil es verboten war tranken wir ihn trotzdem. Über die Folgen möchte ich schweigen.

Manchmal denke ich zurück an das Essen meiner Kindheit. Vieles davon vermisse ich heute.

Haderlump und Scherenschleifer

Neulich hörte ich zwei ältere Herren miteinander streiten. Dabei fielen auch Beleidigungen. Aber nicht etwa: *Arschloch, Blöde Sau, Saftsack, Sackgesicht, Blödian oder Drecksau.* Also Beleidigungen wie wir sie heute hören. Nein da fielen Wörter wie: *Haderlump, Schirmflicker, Scherenschleifer, Kesselflicker und Dreckbauer.*

Ich dachte, das waren doch früher mal ehrenwerte Tätigkeiten. Um sicher zu gehen schaute ich im Internet nach. Für so etwas ist das Internet ja gut.

Erst fand ich den *Lumpensammler*, von dem das Wort Haderlump abgeleitet ist. Ein Lumpensammler sammelte abgetragene, zerschlissene Kleidungsstücke und Stoffreste (Hadern) und verkaufte sie an Papiermühlen. Nebenher betätigte er sich auch als Schrottsammler.

Wenn der Lumpensammler mit seinem alten Lastwagen zu uns auf den Hof fuhr, läutete er mit einer großen Glocke und rief laut: *Lumpen, Alteisen, Papier*. Nun wussten alle Bescheid. Er kam in jeden Keller und wenn er etwas Brauchbares fand gab es eine billige Kaffeetasse aus Steingut oder einen Teller. Inzwischen gibt es diese Lumpensammler nicht mehr, aber immer noch die Schrottsammler. Diese stammen meistens aus dem Karlsruher Raum, weil dort der Schrott auf die Frachtschiffe verladen wird.

Heute benutzt man das Wort Lumpensammler noch bei Marathon oder ähnlichen Veranstaltungen. Teilnehmer, die nicht mehr können fahren im Besenwagen (Lumpensammler) mit. Auch bei öffentlichen Verkehrsmitteln ist das Wort noch in Gebrauch. Der letzte Bus, der in der Nacht noch fährt, ist der Lumpensammler. Er macht dann eine richtige Stadtrundfahrt. Ich bin einmal mitgefahren und war eine ganze Stunde unterwegs.

Nun kommen wir zum *Schirmflicker*. Die Schirmflicker waren fahrende Handwerker die Schirme reparierten. Damals kaufte man nicht einfach einen neuen Schirm, sondern der alte wurde repariert. Die Schirmflicker hatten einen schlechten Ruf und zählten zum Gesindel.

Auch der *Scherenschleifer* war ein Handwerker, der einen Beruf des fahrenden Volkes ausübte. Er hatte meistens einen Karren mit einem großen Schleifstein. Er schärfte Messer, Scheren und andere Schneidwerkzeuge

Manchmal hatte der Scherenschleifer auch ein kleines dressiertes Äffchen dabei, um die Kundschaft anzulocken. Daher kommt auch die Radfahrer-Redensart: *er sitzt da wie 'n Affe auf 'm Schleifstein.* Das Schimpfwort Scherenschleifer beschreibt heute einen Taugenichts.

Auch der *Kesselflicker gehörte* zum fahrenden Volk. In den meistens Häusern gab es Kupferkessel in denen die Wäsche gewaschen wurde. Die standen in der Waschküche. Manchmal hatte so ein Kessel ein Loch und wurde vom Kesselflicker geflickt. Auch Kochkessel aus der Küche flickte er. Damals konnte man nicht einfach einen neuen Kochkessel kaufen. Noch heute nennt man die Einwohner von Grunbach Kesselflicker.

Von dem Beruf Kesselflicker leitet sich auch manche Redewendung ab. Zum Beispiel: *der säuft wie ein Kesselflicker*, oder *der streitet wie ein Kesselflicker*. Beide wollen besagen, dass man besonders laut und vulgär schimpft, säuft, schlägt oder streitet. Auch das Wort *Katzelmacher* (Südländer) steht damit in Verbindung.

In dem alten Verzeichnis der unehrbaren Personen findet man den Henker, Zigeuner, Pfannenflicker und Kesselflicker. Auch die Bezeichnung Slawonier, Schlawaken und Schlawiner ist auf Kesselflicker und Pfannenflicker zurückzuführen. Sie waren auch bekannt wegen ihres großen Durstes und lieferten manchmal nicht nur ein Räuschlein sondern wurden auch dick.

Dem *Kesselflicker* gleichzusetzen ist auch der *Pfannenflicker*. Er war eine Art Kupferschmied der mit seinem Handwerkszeug von Dorf zu Dorf zog. Wie schon erwähnt, gibt es in Irland die Bezeichnung *Tinker,* die auf die Reparaturarbeit mit Zinn (engl. tin) zurückkommt. Wie Scherenschleifer, Kupferschmiede, Besenbinder und andere Handwerker zog der Pfannenflicker mit Wohnkarren und Familie von Ort zu Ort.

Das Lied vom Pfannenflicker ist eines der verbreitesten Handwerkerlieder überhaupt. Es gibt davon mehrere Versionen, hier eine davon:

Als Pfannenflicker zog ich hinaus, hinaus,
als Pfannenflick von Haus zu Haus.
Da kam ich an ein kleines Haus,
da schaut Mamsell heraus.
Ach Pfannenflicker, komm doch herein, herein,
hier wird schon was, was zu flicken sein.
Sie reichte mir ein Pfännelein,
darinnen war ein Loch.
Ach Pfannenflicker nimm dich in acht, in acht,
dass du das kleine Loch nicht größer machst.
Und als der Flick zu Ende war,
da reichte sie mir die Hand.
Der Pfannenflicker schwenkt seinen Hut, ja Hut,
Lebwohl, lebwohl Mamsell der Flick war gut.

Das Lied wurde dadurch verschönert, dass überall das L weggelassen wurde.

Fast hätte ich den *Dreckbauer* vergessen. Heute heißt er Müllwerker. Aber früher wurde ein Landwirt von der Stadt beauftragt, den Müll abzuholen. Deshalb der Ausdruck Dreckbauer.

Natürlich gab es damals kaum Müll. Plastik gab es noch nicht. Essenabfälle wurdem an die Schweine verfüttert, Asche aus dem Ofen wurde im Garten verstreut und im Winter auf dem Gehweg, Papier wurde auf der Toilette verwendet.

Auch als die Müllabfuhr dann von städtischen Arbeitern übernommen wurde, behielten sie den Namen Dreckbauern. Heute machen sie zwar die gleiche Arbeit, haben aber einen besseren Namen.

Der Hausgeist

In meiner Wohnung spukt es. Nachts höre ich merkwürdige Geräusche. Mal ein Gurgeln, dann ein Knarren und Ächzen und manchmal ein Pfeifen.

Natürlich geben alte Häuser Geräusche von sich. Einmal sind es die Dachbalken, dann die Bodenbretter. Holz arbeitet bei Temperaturschwankungen und verursacht Geräusche.

Aber das Haus in dem ich wohne ist erst 20 Jahre alt und die Wände und Böden sind aus Beton. Hier können die Geräusche nicht herkommen.

Außerdem passieren seltsame Dinge. Wenn mir eine meiner Pillen herunterfällt finde ich sie nicht mehr. Sie ist spurlos verschwunden. Auch wenn mir eine Münze runterfällt ist sie weg. Kugelschreiber verschwinden, Brillen verschwinden. Wohin verschwinden die ganzen Sachen.

Manchmal, wenn ich am PC arbeite, sehe ich aus den Augenwinkeln eine Bewegung oder einen Schatten. Wenn ich mich dann umdrehe ist da nichts. Manchmal habe ich das Gefühl hinter mir steht einer und schaut mich an. Ich drehe mich schnell um und da ist wieder nichts.

Einmal musste ich früh aus dem Haus und ließ die Bettdecke aufgeschlagen liegen. Als ich zurück kam, war mein Bett gemacht. Die Decke war sogar gefaltet, was ich nie mache. Das muss der Hausgeist gewesen sein.

Es heißt ja, ein Hausgeist wacht über das Haus und die Wohnung. Früher nannte man sie Heinzelmännchen, Kobolde oder Wichtel. Dies sind die guten Geister. Es gibt aber auch schlechte, die allerhand Schabernack treiben. Das sind Nachtalb oder Poltergeist.

Diese Geister sind für Menschen unsichtbar, nicht aber für Tiere. Das erklärt auch das seltsame Verhalten mancher Katze. Ich hatte mal eine Katze in Pflege, die starrte abends plötzlich die Tür an, machte einen Buckel und fauchte. Ich sah nach, da war nichts.

Manchmal starrte sie mit riesigen Augen auf eine Stelle und bewegte die Augen hin und her, als würde sie jemand nachschauen. Das war ziemlich gruselig und ich brachte die Katze schnell dem Besitzer zurück.

Auch Hunde können die Geister sehen. Wenn der Hund wie verrückt umherrennt, hüpft und in der Luft herrumbeißt, ja sogar die Wände hochspringt, dann hat er etwas gesehen, was uns entgangen ist.

Auch Kinder können Geister sehen. Natürlich glaubt ihnen kein Mensch und so nach und nach verstumpfen diese Fähigkeiten.

Nun habe ich in einem alten Ratgeber gelesen, was man tun muss, um die Geister milde zu stimmen. Bevor man in die Wohnung einzieht muss man am Vortag ein Glas Wasser und Brot auf den Boden in eine Ecke stellen. So zeigt man dem Hausgeist, dass er willkommen ist und man ihm nichts böses tun will.

Inzwischen wohne ich aber schon viele Jahre in der Wohnung. Hilft das auch, wenn ich es nachträglich mache? Ich hatte noch einen alten Maßkrug vom Oktoberfest, den füllte ich abends mit Wasser und stellte ihn in die Ecke. Daneben legte ich ein großes Bauernbrot.

Am nächsten Morgen schaute ich nach, ob der Hausgeist die Gaben angenommen hatte. Das Wasser war noch da und das Brot auch. Aber Moment, in dem Krug fehlte gut ein Drittel und vom Brot war abgebissen. Entweder es war der Hausgeist, oder ich hatte Mäuse.

Hatte ich nun einen guten Hausgeist oder einen bösen Poltergeist. Ich würde in nächster Zeit darauf achten müssen, ob wieder seltsames geschieht.

Heute Morgen fiel mir eine Aspirin runter und ich fand sie sofort. Das war ein gutes Zeichen. Zur Probe ließ ich eine Münze fallen. Die blieb verschunden. Aha, so leicht lässt sich mein Hausgeist nicht austricksen.

Der Hausierer

Heute läutete es an der Wohnungstür. Ich öffnete und davor stand ein Mann mit einem Koffer. Er sagte: *Guten Tag, brauchen sie Bänder, Schnüre, Garne, Klettverschlüsse, Nadeln, Werkzeug, Reißverschlüsse, Bürsten, Seife?* Ich antwortete: *nein vielen Dank, ich brauche im Moment nichts*. Der Mann bedankte sich und ging.

Was war denn das, fragte ich mich? Dann fiel es mir wie Schuppen vor den Augen, das war ein klassischer Hausierer. Ich dachte, die wären längst ausgestorben.

Früher gingen die Hausierer von Haus zu Haus und boten ihre Kurzwaren an. Die Hausierer waren meist jüdischer Herkunft oder vom fahrenden Volk.

Die Hausierer hatten meist einen Handwagen oder einen Rückentragekorb, oder einen Bauchladen. Manche hatten einen Karren mit einem Hundegespann, oder ein Fahrrad, seltener ein Pferdefuhrwerk.

Allerdings wurden sie auch mit Misstrauen betrachtet. Man unterstellte ihnen Diebstähle oder Auskundschaften für Diebe. Man nannte sie auch abfällig *Buckelkrämer* und *Buckelapotheker*.

Heute gibt es eine andere Form der Hausierer, *Drücker* genannt. Sie sind aufdringlicher. Von reisenden Kolonnen werden Zeitschriftenabos, Mitgliedschaften in einem Verein oder angeblich von Behinderten hergestellte Waren verkauft.

Aber der Mann, der heute hier war, war kein Drücker. Er war höflich und wollte mir nichts aufdrängen. Sollte er mich mal wieder besuchen, werde ich etwas von ihm kaufen.

Ich musste nicht lange warten. Schon am nächsten Tag läutete es wieder an der Tür. Es war derselbe Mann. Er sagte wieder: *Guten Tag, brauchen sie Knöpfe, Schnallen, Nadeln, Zwirne, Gummiband.*

Ich sagte: *schön dass sie wieder da sind, geben sie mir doch ein paar Knöpfe.* Der Hausierer sprach weiter: *Reißverschlüsse, Puderdosen, Armbänder, Tücher, Schals, Bänder, Seife?* Ich sagte: *ja, Knöpfe, zwei Stück Seife könnte ich auch gebrauchen.*

Der Hausierer meinte: *tut mir leid, ich muss jetzt gehen. Moment,* sagte ich, *zeigen sie mir mal ihren Koffer.* Er nahm den Koffer und öffnete ihn. Darin war nichts. Der Koffer war leer.

Was soll das?, fragte ich. Der Hausierer fing an zu weinen und meinte: *ich bin schon jahrelang unterwegs und nie kauft jemand etwas. Warum soll ich also den schweren Koffer schleppen. So habe ich es doch viel leichter.* Dann verabschiedete er sich und meinte: *ich muss weiter, ich habe noch 10 Häuser auf meiner Tour.*

Die Pechsträhne

Es kommt ja schon mal vor, dass etwas kaputt geht. Aber bei mir häuften sich Geräte, die ihren Geist aufgaben. Entweder ich habe eine Pechsträhne oder auf mir lastet ein Fluch.

In einer Woche gab mein Fernseher den Geist auf, er war erst zwei Jahre alt. Komisch, schon einen Tag, nach dem Ablauf der Garantie ging das Gerät nicht mehr.

Es folgte der Kühlschrank. Gut der war über 20 Jahre alt. Dann streikte die Waschmaschine. Die war aber erst 17 Jahre alt. Am Abend fiel plötzlich die Birne in der Wohnzimmerlampe aus. Am nächsten Morgen machte die Kaffeemaschine komische Geräusche. Dann brach mir am Wandschrank auch noch der Schlüssel ab und der Bart steckte im Schloss und ließ sich nicht entfernen.

Eigentlich repariere ich alles selbst, nur von elektrischen Geräten lasse ich die Finger. Davor habe ich

Respekt. Die Waschmaschine konnte repariert werden, der Kühlschrank wurde ausgetauscht. Die Birne in der Lampe konnte ich selbst wechseln. Ein neuer Fernseher war auch fällig. Das ging alles ganz schön ins Geld.

War das nun eine Pechsträhne? Wenn die vorbei ist, habe ich dann eine Glückssträhne? Oder bin ich tatsächlich verflucht worden?

Ich überlegte, habe ich jemand verärgert? Auf Anhieb fielen mir einige Leute ein. Schliesslich ging ich zu einer Wahrsagerin, einer Zigeunerin. Denen liegt das Wahrsagen ja im Blut.

Die Wahrsagerin schaute sich lange meine Handflächen an und meinte dann: *es gibt keinen Zweifel, sie sind verflucht worden. Ich kann den Fluch von ihnen nehmen, das kostet sie aber 500 Euro.*

Eigentlich glaube ich nicht an Flüche und sagte: *nein Danke*, stand auf und ging. Die Zigeunerin rief mir hinterher: *sie sollen 100 Jahre alt werden und jeden Tag ein Pfund zunehmen.*

Am nächsten Morgen stieg ich auf die Waage und schaute nach meinem Gewicht. Ich hatte tatsächlich 1 Pfund zugenommen. Das war sicher Zufall und meine Pechsträhne war bestimmt auch schon vorbei.

Als ich zum Briefkasten ging, war darin eine Forderung über eine Heizkostennachzahlung. Ging denn das nun gerade so weiter?

Wer das Pech sucht,
stolpert im Grase,
fällt auf den Rücken
und bricht sich die Nase.

Exotische Haustiere

Ich wollte mir unbedingt ein Haustier zulegen. Es sollte pflegeleicht sein, billig und nicht sehr groß. Hund oder Katze kamen nicht in Frage. Also besuchte ich die Tierhandlung um mich mal unverbindlich umzusehen. Der Raum war groß und überall standen Käfige, Terrarien und Aquarien. In einem Käfig sah ich Frettchen. Die sind süß und niedlich, aber eigentlich sind sie Raubtiere. Also kein Frettchen.

Im nächsten Käfig sah ich einen Leguan. Ein schönes Tier, aber langweilig. Also kein Leguan.

Im nächsten Käfig waren Spinnen. große haarige Viecher. Ich bekam eine Gänsehaut. Also keine Spinne.

Dann sah ich Streifenhörnchen. Die wuselten in ihrem Käfig herum und sahen lustig aus. Aber man sollte immer ein Paar nehmen. Nein, keine Streifenhörnchen.

In einem Aquarium schwamm ein seltsames Tier. Auf dem Schild stand Axolotl (Schwanzlurch). Nein, ein Aquarium wollte ich nicht.

Dann sah ich einen Sandkasten mit Landschildkröten. Die sind zwar einfach zu halten, aber langweilig. Außerdem waren sie höchstens 5 cm groß. Bis die ausgewachsen sind muss ich 30 Jahre warten. Also keine Schildkröte.

Die Bartagame im nächsten Käfig gefiel mir schon besser. Auch die Geckos im Käfig daneben. Nein, keine Geckos und keine Agame.

Im nächsten Käfig waren mehrere Tiere. Ein Riesenkäfer, wie eklig. Eine Stabschrecke und ein Wandelndes Blatt. Und da war auch noch einen Gottesanbeterin. Nein, die kamen alle nicht in Frage.

Dann sah ich eine Box mit Minischweinen. Es waren noch Ferkel und die sahen drollig aus. Aber ein Schwein in meiner Wohnung? Das Tier bleibt ja nicht so klein, es wächst doch noch.

Nachdem ich meine Runde beendet hatte verließ ich die Tierhandlung. Ich konnte mich für keines dieser Tiere entscheiden.

Zuhause ging ich ins Internet und schaute nach, was die beliebtesten exotischen Haustiere sind. Ein Liste mit den 10 Favoriten wurde mir aufgezeigt:

Skorpion
Wickelbär
Netzpython
Brillenkaiman
Serval
Fennek
Sugarglider
Stinktier
Weißbüschelaffe
Vogelspinne

Skorpion, Netzpython, Stinktier und Vogelspinne schieden schon mal aus. Unter den anderen Tieren konnte ich mir nichts vorstellen. Aber im Internet kann man alles nachsehen.

Der Wickelbär hatte große Augen, Stupsnase und ein kurzes Fell. Der gefiel mir sofort. Aber Wickelbären sind nachtaktiv und verschlafen den ganzen Tag. Dann brauchen sie viel Platz, etwa so viel wie ein Kinderzimmer. Und täglich muss der Käfig gereinight werden, weil es sonst bestialisch stinkt. Außerdem kostet er 1500 Euro. Schade, der Wickelbär kam also nicht in Frage.

Aber wie ist es mit dem Serval? Der sah ja aus wie eine Katze. Aber den konnte man nicht in der Wohnung halten. Und er sollte bis zu 8000 Euro kosten. Den Serval strich ich von meiner Liste.

Jetzt schaute ich nach dem Fennek. Der sah aus wie ein kleiner Hund, hatte Knopfaugen und riesige Ohren. Auch der Fennek braucht ein ganzes Zimmer, außerdem sollte man ihn nur paarweise halten. Der Preis für ein junges Paar ist immerhin 3000 Euro. Damit fiel auch der Fennek aus meiner Liste.

Blieb noch der Sugarglider, ein Gleitbeutler aus Australien. Er sieht süß aus und ist nicht größer als eine Maus, muss aber in einer Voliere gehalten werden. Dafür habe ich keinen Platz. Auch wenn der Preis günstig wäre, nur 60 Euro für ein Jungtier.

Jetzt blieb nur noch der Weißbüschelaffe übrig. Als Junge hatte ich mir ein Äffchen gewünscht. Aber um einen Affen als Haustier zu halten, muss man so viele Auflagen erfüllen und alle möglichen Nachweise erbringen. Außerdem kostet er ab 1200 Euro. Und wenn ein Arztbesuch ansteht kostet es gleich mal 500 Euro.

Ich könnte schon einen Affen brauchen, der mir die Küche aufräumt und die Wohnung putzt. Schade, daraus wird auch nichts.

Also doch ein Hund? Aber kein gewöhnlicher. Im Internet gab es eine große Auswahl mit wunderschönen Bildern. Ein *Shar Pei* würde mir gefallen. Aber eine Welpe kostet schon 900 Euro. Viel Geld.

Mir gefallen auch diese kleinen *Französischen Bulldoggen* mit ihren großen Ohren und kurzen Beinen. Aber auch hier kostet die Welpe bis zu 1000 Euro.

Am Besten gefällt mir die *Englische Bulldogge.* Der Hund besteht nur aus einem großen Maul und vier krummen Beinen. In manchen Fernsehwerbungen sah ich solch einen Hund. Aber der Kaufpreis liegt bei 1500 bis 9000 Euro. Dafür bekomme ich ja einen Kleinwagen.

Am Günstigsten wäre ein *Chihuahua* für 120 Euro. Aber wenn ich mit dem durch die Gegend laufe lachen mich meine Bekannten aus.

Ein *Akita* wäre da eher geeignet. Das ist ein japanischer Spitz und der wird bis zu 70 cm groß. Außerdem kostet er bis zu 4500 Euro.

Und wie ist es mit dem *Tibetanischen Mastiff?* Der wird ja auch zu groß und kann bis zu 7000 Euro kosten.

Der *King Charles Spaniel* würde mir auch gefallen. Er wird nicht so groß und lässt sich gut in der Wohnung halten. Der Kaufpreis reicht jedoch von 1000 bis 14.000 Euro. Das ist ja Wahnsinn.

Er wird nur noch vom *Deutschen Schäferhund* übertroffen. Der kostet bis zu 20.000 Euro.

Von Hunden hatte ich genug. Nun schaute ich nach den Katzen. Aber keine gewöhnliche Hauskatze, die bekomme ich umsonst im Tierheim.

Die erste die mir auffiel war eine *Ragdoll* für 1200 Euro. Zu teuer.

Die nächste war eine *Bombay Katze* ebenfalls für 1200 Euro. Auch zu teuer.

Dann sah ich eine *Maine Coon*. Den Namen hatte ich noch nie gehört. Der Preis 1500 Euro.

Die nächste war haarlos, also nackt. Die Rasse *Peterbald Katze* und der Preis 2500 Euro. Die wurden ja immer teurer?

Auch die nächste zählte zu den Nacktkatzen, die *Sphinx Katze*. Kostet schlappe 1500 Euro.

Nun sah ich eine *Bengal Katze* für 2500 Euro. Danach eine *Safari Katze* für 5000 Euro.

Ich dachte teurer kann es nicht werden, bis ich die nächste Katze anschaute, eine *Savannah* Katze, Preis bis zu 30.000 Euro. Mir wurde schwindlig. Bis ich die nächste sah, die *Ashera Katze*, Preis bis zu 50.000 Euro.

Da ich schon mal im Internet war schaute ich auch gleich nach anderen Angeboten.

Der *Tukan* mit seinem riesigen bunten Schnabel kostet bis zu 10.000 Dollar.

Ein *Brazza-Äffchen* kostet ebenfalls bis zu 10.000 Dollar. Jetzt verstehe ich auch, warum nur sehr reiche Leute einen Affen halten. Die armen Leute haben einen Vogel.

Apropo Vogel, der *Hyazinth-Ara,* der größte Papagei der Welt, kostet 14.000 Dollar und der *Palm-Kakadu* sogar 16.000 Dollar.

Ein *Hirschkäfer,* habe ich gelesen, wurde für 89.000 Dollar verkauft. Diese Käfer sah ich in meiner Jugend oft im Wald. Die Welt ist doch total verrückt geworden.

Es geht aber weiter. Für einen *weißen Löwen (Baby)* muss man 138.000 Dollar hinblättern.

Und jetzt halten sie sich fest. Ein Hund, der *Golden Retriever Sir Lancelot Encore* wurde bei einer

Bio-Arts Versteigerung in San Francisco für sagenhafte 155.000 Dollar ersteigert.

Der teuerste Hund der Welt ist er aber nicht. Das ist der *Tibetische Mastiff Do Khyi.* Ihn gibt es schon ab 580.000 Dollar.

Natürlich sind die meisten dieser Tiere geschützt aber für die Multimillionäre ist das keine Hindernis.

Jetzt musste ich erst mal wieder auf den Boden kommen und nach den Preisen für die kleineren Tiere sehen.

Guyana-Rotfussvogelspinne 30 Euro
Grüne Zwergwüstenkröte 25 Euro
Pantherchamäleon 100 Euro
Haariger Wüstenskorpion 50 Euro
Roter Leguan (Baby) 70 Euro
Rollschwanzleguan 28 Euro
Haiti Maskenleguan 28 Euro
Moschusschildkröte (Baby) 30 Euro
Grüne Wasseragame (Baby) 20 Euro

Das waren ja Preise wie beim Schlussverkauf. Na ja, das Ungeziefer ist immer noch am Billigsten. Nun habe ich mich entschieden, mir kommt kein Tier ins Haus. Weder ein Großes, noch ein Kleines. Ich habe genug damit zu tun, die kleinsten Tiere aus der Wohnung fernzuhalten.

Die Walpurgisnacht

Es ist wieder mal soweit. Heute haben wir den 30. April und heute Nacht fliegen alle Hexen zum Blocksberg.

In einigen Dörfern wird noch das Maifeuer angezündet. Mit dem Maifeuer vertreiben Menschen böse Geister und begrüßen den Frühling.

Wenn das Feuer abgebrannt ist setzen Verliebte zum Maisprung an. Sie springen Hand in Hand über die Glut.

In manchen Ortschaften gibt es auch noch den Tanz in den Mai. Hier in der Stadt verzichten immer mehr Wirtsleute auf solch eine Veranstaltung. Das finanzielle Risiko ist zu groß. Selbst ein Alleinunterhalter spielt nicht mehr unter 500 Euro für den Abend. Verlangt der Wirt Eintrittsgeld, kommen weniger Gäste. Vergessen wir nicht, wir sind im Schwabenland.

Eine alte Tradition sind auch die Maistreiche. Als Kinder haben wir uns schon Wochen vorher Gedanken gemacht, welche Maistreiche wir anstellen könnten. Dabei sollte aber kein Schaden entstehen.

Die Klassiker waren: Gartentore aushängen und Straßenschilder verändern. Das Schild von *Pforzheim* wurde so überklebt, dass *Furzheim* daraus wurde. Von einem Ausflugslokal klauten wir einen Tisch und vier Stühle. Die transportierten wir mit einem Leiterwagen in unseren Hof. Dort standen sie dann einige Tage. Dann brachten wir alles zurück und wurden dafür noch belohnt, mit Vesper und Sprudel. Natürlich wusste der Wirt, dass wir die Sachen bei ihm geklaut hatten.

Der Bismarckstatue im Stadtgarten verpassten wir eine rote Nase und der Schneckenreiter bekam eine blonde Perücke aufgesetzt. Das waren alles harmlose Streiche.

Ein Nachbar hatte in seinem Garten viele Gartenzwerge stehen. Einige stellten wir auf den Kopf, andere legten wir in einem großen Kreis, als wären sie umgefallen. In die Mitte legten wir eine leere Schnapsflasche. Es sah aus, als hätten die Zwerge ein Trinkgelage veranstaltet.

Den schönsten Streich machten wir einmal an der Bogenbrücke. Wir ließen ein Wäscheseil unter dem Bogen durchhängen. Darauf hatten wir Wäsche aufgehängt, die wir irgendwo mitgenommen hatten. Das sah toll aus. Das Bild war sogar in der Zeitung.

Heute ist das ganz anders. Die kleineren Jugendlichen machen sich nicht mehr so viel Mühe. Sie beschmieren Türklinken mit Ketchup und Senf. Dann umwickeln sie Autos mit Klopapier und schütten Wasser darüber, damit alles schön klebt. Manchmal schütten sie auch Waschpulver über die Autos.

Die Briefkästen werden mit einem Matsch aus Kaffeesatz gefüllt und es kommt vor, dass eine zerbrochene Ketchupflasche im Hauseingang liegt.

Doch die Kleinen unternehmen wenigstens noch etwas. Die größeren Jugendlichen treffen sich nur noch zum Komasaufen. So feiern sie dann den ersten Mai.

Am 1. Mai, schon früh am Morgen ging ich durch den Ort, um zu sehen, welche Streiche gemacht wurden. Es gab nichts zu sehen. Keine Maistreiche. Ich glaube, die Jugend hat einfach keine Fantasie mehr, oder ist zu faul, etwas zu unternehmen.

Freitag der 13.

Als ich die Wohnung verließ stand mir mein Nachbar Otto im Weg. *Wissen sie eigentlich, was heute für ein Tag ist? Ja,* sagte ich, *heute ist Freitag. Natürlich,* meinte Otto, *aber heute ist Freitag der 13.* Bis zu diesem Moment hatte ich mir keine Gedanken darüber gemacht. Aber nun machte ich mir Sorgen. *Danke, dass sie mich gewarnt haben, ich hatte heute vor eine Radtour zu machen*, sagte ich.

Ich ging weiter und kam bei meinem Metzger vorbei. Ich brauchte für das Wochenende einige Schnitzel. An der Ladentür hing ein Pappschild: *heute bleibt unser Geschäft wegen unvorhersehbarer Unglücksfälle geschlossen.* Na ja, dann konnte ich wenigstens schnell zum Friseur gehen. Auch dort war geschlossen. An der Tür hing ein Zettel: *aus privaten Gründen ist heute geschlossen.* Ich musste lachen über diese abergläubischen Leute, machte aber telefonisch beim Hausarzt einen Termin aus. Er sollte sich bereithalten, für alle Fälle.

Als ich zurückkam stand Otto immer noch vor der Tür. Ich fragte ihn: *was ist denn so Besonderes an diesem Freitag, den 13?* Otto: *auf Leonardo da Vincis berühmten Gemälde ⬜Das letzte Abendmahl⬜ sind genau 13 Personen abgebildet. Und einer davon ist Judas. Und warum ist nun dieser Freitag ein Unglückstag?*, fragte ich. *Keine Ahnung,* meinte Otto kreidebleich und stürzte ins Haus. Nun trat meine Nachbarin Mathilde aus dem Haus. Mathilde war schon fast 100 Jahre alt. Wenn jemand Bescheid wusste, dann Mathilde. Ich fragte sie: *warum ist gerade dieser Tag ein Unglückstag.* Mathilde überlegte und sagte dann: *seit Menschengedenken haben die Menschen an diesem Tag Angst, deshalb ist es ein Unglückstag.* Dann fuhr sie fort: *im Mittelalter wurden am Freitag den 13. keine Todesurteile vollstreckt, weil das Unglück bringt. Die Hinrichtungen wurden um einen Tag verschoben.* Dann verschwand Mathilde wieder ins Haus und ich blieb nachdenklich zurück.

Inzwischen habe ich mich anderweitig informiert und war überrascht, was alles mit der Zahl 13 zu tun hat.

In den Hochhäusern der USA gibt es keinen 13. Stock. Auch viele Hotels haben keinen Zimmernummer 13. Fluggesellschaften lassen in der Maschine die Reihe 13 aus, um Probleme zu vermeiden.

Es wird behauptet, der Schwarze Freitag des Jahres 1929 mit dem großen Börsenkrach wäre an einem 13. gewesen. das stimmt aber nicht, die Krise begann bereits am 24. Oktober 1929, an einem Donnerstag.

Tatsächlich gab es einen deutschen Börsencrash an einem Freitag, den 13.05.1927.

Auf der Rückseite der 1-Dollar-Note ist eine Pyramide abgebildet. Der Pyramidenstumpf besteht aus 13 Stufen. Es sind die 13 Logen der Weltfreimaurer.

Und noch etwas. Die Mondmission Apollo 13 scheiterte.

Für Versicherungen ist aber Freitag der 13. ein guter Tag. An diesem Tag gibt es tatsächlich weniger Versicherungsfälle. Die Leute sind vorsichtiger und passen besser auf.

Auch gibt es, laut Statistik, an diesem Tag weniger Verkehrsunfälle. Der Grund ist wohl, viele lassen ihr Auto an diesem Tag stehen, oder gehen gar nicht zur Arbeit. Der schadensreichste Tag ist immer noch der Montag.

Das erkennt man an der Zahl der Krankschreibungen. An diesem Tag sind es dreimal so viel wie an einem anderen Tag.

Nachdem ich das alles gelesen hatte traf ich eine Entscheidung. Ich glaube zwar nicht an diesen Mummenschanz, aber trotzdem bleibe ich heute mal zu Hause.

Staubmäuse

Nachdem es mit einem Haustier nicht funktionierte, beschloß ich selbst welche zu züchten. Und zwar Wollmäuse, auch Staubmäuse genannt. In Österreich nennt man sie Lurche.

Ich habe mir immer Gedanken gemacht, woher diese Staubmäuse wohl kommen und warum ich sie immer unter dem Bett finde. Diese kleinen Mäuse leben unter Schränken und Betten und werden erst bei einem Luftzug wahrgenommen.

Hinter dem Bett hängt ein Flachheizkörper. Dieser lässt sich schlecht reinigen und ich vermute mal, dass darin eine Brutstätte der Wollmäuse ist. Im Innern sammelt sich der Staub jahrelang und wird hochgewirbelt, wenn die Heizung läuft.

Auch das Bett trägt zur Entstehung der Wollmäuse bei. Im Bett gibt es Textilien, Bettdecke, Betttuch und Kissen, die immer wieder geknautscht werden. Fasern lösen sich und sammeln sich als Staubflusen. Wenn wir vom Bett aufstehen, wirkt die Matratze wie eine Pumpe die Luft ansaugt. Die Staubflusen werden durcheinandergewirbelt.

Dann gibt es noch ein zweites Phänomen. Die Staubmaus wirkt wie ein großer Magnet und zieht den Staub an. Der Grund ist eine elektrostatische Aufladung.

Nun zu meiner Zucht. Ich nehme 10 Gramm Hautschuppen, eine paar Wollfasern, Haare, Spinnweben, und eine Prise Hausstaubmilben. Verfeinert wird das Ganze mit etwas Sand und Ruß, den ich mit den Schuhen ins Zimmer schleppe. Nun kommt die erste kritische Phase bei der Aufzucht meiner Staubmaus. Ich brauche einen leichten flachen Luftstrom, der auf dem glatten Boden den Staub zusammentreibt. Dazu nehme ich den Staubsauger, der die Luft hinten rausbläst. Nun kommt die zweite kritische Phase der Aufzucht. Staubmäuse wachsen langsam und brauchen viel Zeit. Deshalb darf ich an der Brutstelle keinesfalls Staubsaugen oder aufwischen. Nach ein paar Tagen zeigt sich nun die erste Staubmaus. Nach weiteren 8 Tagen sind es schon drei Staubmäuse. Nun bin ich ein erfolgreicher Staubmauszüchter.

Mondsüchtig

Es ist mal wieder soweit. Noch drei Tage bis der Mond voll ist. Früher war mir eigentlich egal, ob Vollmond oder Neumond ist. Ob der Mond zunimmt oder abnimmt. Das ist etwas für Astronomen.

Aber eines Tages fiel mir auf, dass ich die ganze Nacht wach gelegen hatte. Woran hat das gelegen? Ich hatte eine Idee und schaute in den Kalender. Da strahlte mir ein volles Mondgesicht entgegen. Aha, wir hatten Vollmond.

Erst dachte ich, das war ein Zufall. Dann notierte ich mir die Tage, an denen Vollmond ist und achtete darauf. Tatsächlich, 3 Nächte vor dem Vollmond und 3 Nächte nach dem Vollmond schlief ich schlecht. In der Vollmondnacht schlief ich überhaupt nicht. Das war also die Erklärung.

Nun, da ich Bescheid wusste, suchte ich nach einer Lösung. Es gab keine. Selbst Schlaftabletten wirkten nicht. Der Mond war stärker. Nun habe ich mich daran gewöhnt und achte auch nicht mehr darauf. Wenn ich mal wieder nachts nicht schlafen kann, stehe ich auf und schaue in den Kalender. Bingo, es ist Vollmond. Dann setzte ich mich an den PC und gehe ins Internet. Wahrscheinlich sind in dieser Nacht viele Leidensgenossen auch im Internet unterwegs.

Inzwischen habe ich mich genau über das Phänomen Vollmond und seine Wirkung informiert. Dabei stellte ich fest, dass ich noch zu den harmlosen Opfern gehöre. Da gibt es viel schlimmere Auswirkungen.

Es gibt Menschen, die gehen bei Vollmond auf Wanderschaft. Dabei haben sie die Augen offen, sehen aber nichts. In alten Klischees laufen sie im Nachthemd auf dem Dachfirst herum. Das ist natürlich Quatsch. Es kann aber vorkommen, dass sie die Wohnung verlassen, sogar das Haus, und auf der Straße herumlaufen. Peinlich wird es, wenn man nackt schläft. Die Betroffenen sollten also abends immer die Wohnungstür abschließen.

Es hilft schon, wenn man bei dem Betroffenen bei Vollmond nasse Tücher um das Bett herumlegt.

Wenn er dann nachts darauf tritt, wacht er auf. Reißnägel sollen auch gut sein.

Aber der Vollmond raubt uns nicht nur den Schlaf, er macht auch aggressiv. Wenn sie an diesem Tag mit dem Auto unterwegs sind bemerken sie es ganz sicher. Die Menschen fahren viel sportlicher und streiten bei jeder Gelegenheit.

Ich habe eine Zeit lang am Telefon gesessen und Kundenreklamationen angenommen. Dabei stellte ich fest, bei Vollmond wurden die Kunden, aber auch ich, immer aggressiver. Das Gespräch schaukelte sich hoch und es kam fast zu Beleidigungen.

Besonders schlimm war es, wenn der Vollmond auf einen Montag fiel und an diesem Tag auch noch Föhn war. Diese drei Komponenten sind tödlich. An diesem Tag bleibt man besser zu Hause.

Die Wissenschaftler bestreiten, dass der Vollmond irgend eine Wirkung auf die Menschen hat. Aber eines ist doch klar, je mehr Licht uns beim schlafen umgibt, um so weniger wird das Schlafhormon Melatonin ausgeschüttet.

Aber in einem Punkt sind sich alle einig, der Mond hat Einfluss auf die Erde und das Leben darauf. Er regelt durch seine Anziehungskraft die Gezeiten und auch die Kontinente bekommen das zu spüren. Sie heben und senken sich bis zu 26 Zentimeter. Und der Mensch besteht zum größten Teil aus Wasser. Da gibt es doch sicher auch Auswirkungen.

In der Gastronomie braucht man keinen Mondkalender. Wenn sich Gäste dauernd beschweren und herumnörgeln und wenn das Personal unfreundlich ist, dann ist Vollmond.

Ein Bekannter von mir erklärte: *das ist doch alles Quatsch mit dem Mond, ich bin da völlig unempfindlich. Gut ich schlafe schon mal schlecht, aber das kommt nur alle paar Wochen vor.* Ich sagte: *könnte das alle vier Wochen sein, wenn der Mond mal wieder voll ist?* Er drehte sich um und ging beleidigt weiter.

Laut einer Umfrage geben 40 % zu, dass sie mondfühlig sind. Das ist ja fast jeder zweite.

Noch etwas zur Haftung, wenn ich bei Vollmond einen Unfall verursache, oder eine Bank überfalle, oder einen Widersacher erschlage, gibt es keine mildernden Umstände. Schade eigentlich.

Glücksbringer

Nach meiner langen Pechsträhne habe ich ernste Maßnahmen ergriffen. Ich habe mir verschiedene Glücksbringer besorgt und in meiner Wohnung platziert.

Auf der Fensterbank steht nun eine *Maneki Neko*. Das ist diese Winkekatze. Sie winkt nun Tag und Nacht mit der Pfote und soll mir Glück bringen. Bei den Japanern ist diese Winkekatze das Symbol für Reichtum und Glück.

In meiner Brieftasche habe ich nun ein vierblättriges Kleeblatt. Aber ein echtes, das ich selbst auf der Wiese gefunden habe. Angeblich nahm Eva ein solches Kleeblatt aus dem Paradies mit. Deshalb besitze ich nun nach der Legende ein Stück vom Paradies.

Natürlich fehlt auch das Hufeisen nicht. Ich habe es neben dem Rauchmelder über dem Türstock aufgehängt und zwar mit der Öffnung nach oben. Das ist ganz wichtig. Hängt es verkehrt herum, fällt das Glück wieder heraus. Die Bedeutung als Symbol des Glückes bekam es durch den früheren Transport von Liebesbriefen mit Postkutschen und berittenen Kurieren.

Auch ein Glücksschwein steht nun im Bücherregal. Die Redewendung *Schwein haben* bedeutet Glück haben.

Es fehlt nur noch der Schornsteinfeger. Wer ihn berührt bekommt im neuen Jahr Glück. Ich habe im Kaufhaus einen gesehen, aber der ist aus Marzipan. Das ist mir zu riskant. Da besteht die Gefahr, dass ich ihn nachts mal anknabbere.

Auch der Fliegenpilz ist ein Glücksbringer, aber nicht, wenn man ihn verspeist. Ich habe einen aus Stoff an die Wand gehängt.

Natürlich habe ich auch einen alten Glückspfennig im Geldbeutel und einen in der Jackentasche und einen in der Hosentasche.

Der nächste Glücksbringer ist der Marienkäfer. Der kommt aber von alleine, wenn ich die Heizkörper einschalte. Dann krabbelt er plötzlich auf der Fensterscheibe herum. Keine Ahnung, wo der herkommt. Seine Punkte stehen für die sieben Tugenden der heiligen Jungfrau Maria.

Über der Wohnungstür habe ich einen Mistelzweig angenagelt und auf meinem Tisch steht ein Glücksbambus.

Jetzt fehlt mir nur noch der *Daruma*. Das ist der beliebteste Glücksbringer Japans. Es ist eine Figur aus Pappmache die einen buddhistischen Mönch darstellt. Er ist mit den Schriftzeichen für Glück und Erfolg versehen. Männer malen das linke Auge aus und Frauen das rechte. Dann stellen sie die Figur an einen zentralen Platz in der Wohnung.

Ein Glückssymbol in China, das auch bei uns beliebt ist, ist der Elefant. Er steht für Stärke, Klugheit und Glück. Auf einem Elefanten zu reiten soll in China für etliche Jahre das Glück sichern.

Nun auf den Ritt kann ich verzichten. Ich habe ja einen Elefanten aus Holz neben der Tür stehen. Der wiegt gute 30 Kilo. Manchmal, in der Nacht, wenn ich auf die Toilette gehe, haue ich mir den großen Zeh an diesem Klotz. Danach bin ich hellwach.

Jetzt brauche ich nur noch für unterwegs einen Talisman und ein Amulett. Der Talisman soll mir Glück bringen. Das Amulett soll auch Glück und Wohlstand bringen, aber vor allem Schutz vor bösen Geistern, Dämonen, dem Teufel und Hexen bieten.

Viele Menschen tragen ein Kreuz an einer Goldkette. Das gehört aber nicht zu den Glücksbringern. Es steht lediglich für die Zugehörigkeit zur christlichen Glaubensgemeinschaft.

Einmal habe ich es auch mit Glückskeksen versucht. Ich ging zum Chinesen essen, obwohl mir die chinesische Küche nicht zusagt. Der chinesische Kellner reichte mir einen Glückskeks. Ich öffnete ihn und auf dem Zettelchen stand: *je mehr Trinkgeld du gibst, desto mehr Glück wirst du haben.*

Ich bin nun völlig abgesichert und meinem Glück steht nichts mehr im Wege. Wahrscheinlich habe ich in den nächsten Wochen mehr Glück, als ich verkraften kann.

Das Bundesverdienstkreuz

Ich habe schon oft nachgedacht, über die Deutschen die das Bundesverdienst erhalten. Was haben sie geleistet und wer schlägt sie vor?

Ich habe in meinem Leben sicher auch schon einiges geleistet. Reicht das für einen Kandidaten? Wer schlägt mich vor?

Zuerst informierte ich mich über die Kriterien. Gleich zu Anfang steht, dass man mehrere Personen vorschlagen darf, aber nicht sich selbst. Das ist bitter, keiner kennt mich so wie ich.

Das nächste Kriterium ist, man muss mindestens 40 Jahre alt sein. Diese Anforderung erfülle ich locker.

Dann sollte man möglichst noch am Leben sein. Auch das fällt mir nicht schwer.

Die vorgeschlagene Person sollte einen guten Leumund haben. Das passt auch, ich bin nicht vorbestraft.

Nun zu den Leistungen. Es muss nichts außergewöhnliches sein. Es reicht schon, wenn man Krankenschwester mit 40 Jahren Berufserfahrung ist.

In meinem Fall sollte ich jedoch mehrere Leistungen vorweisen. Also fangen wir mal damit an:

- Ich habe 35 Jahre Steuern bezahlt.
- Ich habe zwei Jahre beim Militär gedient.
- Ich fahre seit 50 Jahren Unfallfrei.
- Ich habe 13 Bücher geschrieben.
- Ich habe Kleidung und Geld gespendet.
- Ich habe noch nie vor Gericht gestanden.

Das müsste doch eigentlich für die erste Stufe, die Verdienstmedaille, reichen.

Es gibt 8 Stufen für den Verdienstorden:

1. Die Verdienstmedaille
2. Das Verdienstkreuz am Bande
3. Das Verdienstkreuz erster Klasse
4. Das Große Verdienstkreuz
5. Das Große Verdienstkreuz mit Stern
6. Das große Verdienstkreuz mit Stern und Schulterband
7. Das Großkreuz
8. Die Sonderstufe des Großkreuzes

Ich bin bescheiden, mir reicht schon Stufe eins oder zwei. Ich brauche jetzt nur noch jemand, der mich nicht so gut kennt und trotzdem vorschlägt. Das Anschreiben an die Staatskanzlei in Stuttgart habe ich vorbereitet und darin das Besondere und Überdurchschnittliche meiner Person herausgestellt. Es muss nur noch unterschrieben werden.

Die Staatskanzlei prüft dann die Voraussetzungen und entscheidet, ob das Bundesverdienstkreuz verliehen wird. Als Erstauszeichnung wird im Allgemeinen die Verdienstmedaille oder das Verdienstkreuz am Bande verliehen. Die Aushändigung erfolgt durch den Ministerpräsidenten.

Nachdem ich alles vorbereitet hatte, las ich, dass dieser Verdienstorden schon über 250.000 Mal verliehen wurde. Das ist ja schlimmer, als bei einem Faschingsorden. Jetzt bin ich mir nicht mehr sicher, ob ich den Verdienstorden überhaupt noch möchte.

Ich war auch mal ein Jugendlicher

Bereits mit 5 Jahren wurde ich zum Bäcker und zum Metzger geschickt. Supermärkte gab es noch nicht. Mit 15 kam ich in die Lehre und verdiente mein erstes Geld. Mit 19 wurde ich Soldat.

Heute werden die Kinder bis sie 18 sind überall hingefahren. Die 8-jährige Tochter kann doch unmöglich aus der Schule nach Hause laufen, wenn 3 Tropfen Regen in der Stunde vom Himmel fallen.

Schulverweigerer verbringen ihre Kindheit in irgendwelchen Aufbauklassen, bis sie 25 sind. Ihnen wird alles abgenommen, was die Verpflichtungen des Erwachsenenlebens so mit sich bringen. Und dann wundert man sich, dass die Jugendlichen nichts respektieren?

In meiner Jugendzeit wurde keiner in die Schule gefahren. Die meisten Mütter hatten kein Auto und mussten sich um den Haushalt kümmern.

Fernseher und Computer gab es noch nicht. Deshalb verbrachten wir unsere Freizeit im Sommer im Freibad, im Herbst im Wald und im Winter auf der Schneepiste. Im Frühling war dann wieder der Wald an der Reihe. Wir kannten jeden Baum, jeden Vogel und jedes Eichhörnchen. Im Sommer schnitten wir die getrockneten Lianen in handliche Stücke und rauchten sie. das war unser Rauchholz. Geld für Zigaretten hatten wir keines. Manchmal legten wir zusammen und kauften einen Zehnerstumpen. Der wurde in kleinen Stücke geschnitten. Dann zogen wir uns den Berg hinauf in den Wald zurück und rauchten. Hinterher wurde uns gemeinsam übel.

Wir waren alle schlank und durchtrainiert. Wir waren ständig am rennen, wenn wir mal wieder Erwachsene geärgert hatten. Und wir kletterten auf jeden Baum. Manchmal stürzte auch einer von uns ab und brach sich das Schlüsselbein. Das war aber nichts Außergewöhnliches.

Als wir in die Lehre kamen, waren wir schon ziemlich selbstständig. Ich fuhr jeden Tag mit dem Rad ins Geschäft, Sommer wie Winter. Wenn etwas am Rad kaputt ging haben wir es selbst repariert.

All dies erlebt unsere heutige Jugend nicht mehr. Sie kennt nur noch eine Scheinwelt aus Computerspielen. Schade für sie.

Die Wette

Ein Kumpel erzählte mir eine haarsträubende Geschichte. In einer Apotheke in der Innenstadt waren im Schaufenster Reptilien, Echsen, Schlangen und Spinnen ausgestellt. Quer über die obere Seite des Schaufensters hing die Haut einer Anakonda. Da diese Schlange bis zu 7 Meter lang wird, war die Haut entsprechend groß. Am unteren Rand der Haut, am Bauch, sah man zwei Füße mit Krallen. Nun behauptete mein Kumpel: *hast du das gewusst, eine Anakonda hat Füße.*

Erst hielt ich ihn für verrückt und lachte ihn aus. Dann meinte er verärgert: *wenn du es nicht glaubst, machen wir doch eine Wette.* Nun bin ich mit Wetten vorsichtig, aber in diesem Fall war ich mir sicher, diese Riesenschlange hat keine Füße. Wir wetteten um 100 Euro, das war angemessen. Dann gingen wir zusammen zur Apotheke.

Zuerst schaute ich von außen das Schaufenster an. Da waren ein Chamäleon, eine Vogelspinne, ein Leguan, ein Riesenkäfer, ein Riesenskorpion und einige kleine Schlangen. Natürlich alle tot und präpariert. Dann sah ich nach oben, da hing tatsächlich die Anakonda. Unter ihrem Bauch waren zwei kleine Füße mit Krallen zu sehen. Hatte die doch Füße?

Mein Kumpel hielt mir die Hand hin und verlangte die 100 Euro. Aber so leicht bin ich nicht zu überzeugen. *Moment,* sagte ich und betrat die Apotheke. Ich wollte mir das mal von innen ansehen. Da war das Schaufenster und da war auch die Haut der Schlange. Und da hing ein Alligator an Drähten an der Decke und dem gehörten die beiden Füße, die man von außen sah. Nun hielt ich meinem Kumpel die Hand hin und sagte: *haben wir nicht um 100 Euro gewettet?* Er meinte: *das war doch ein Witz, das hast du doch nicht ernstgenommen?*

Deshalb wette ich nicht mehr. Erstens kann man dabei verlieren und zweitens werden die meisten Wetten nicht eingelöst. Es heiß doch: *wer wettet, will betrügen.*

Nervige Hausbewohner

Bevor ich an meine jetzige Adresse zog, wohnte ich in einem Haus, in dem die Hausbewohner nervten.

Zuerst wohnten Migranten (Türken) unter mir. Wenn die Kinder die Wohnung verließen knallten sie die Tür hinter sich zu. Den Knall hörte man im ganzen Haus. Das passierte so 100-mal am Tag. An die Hausordnung (Treppe reinigen, Hof fegen) hielten sich die Eltern grundsätzlich nicht. Einmal hatte ich Zigarettenkippen im Briefkasten. Ein anderes Mal eine tote Maus.

Wenn ich Migranten darauf aufmerksam machte wurde ich beleidigt. *Nazischweine* war noch die harmloseste Bezeichnung. Beschwerden an die Hausverwaltung blieben erfolglos.

Dann zog die Familie aus und andere Migranten (Russen?) zogen ein. Man sagt ja: *nach Wolf kommt Bär.* Das stimmte. Das Leben in diesem Haus wurde immer schwieriger. Schließlich zog ich aus und überließ den Migranten das Feld.

Inzwischen wohne ich in einem Haus mit nur deutschen Familien. Im Haus ist es sehr ruhig, jeder hält sich an die Ordnung und der Hausmeister kümmert sich um die Sauberkeit (Putzen, Rasenmähen, Schneeräumen). Dafür bezahlt jeder Bewohner einige Euro pro Monat, aber das ist es wert. In diesem Teil des Ortes haben wir noch keine Probleme mit Migranten.

Was ist das überhaupt für ein Begriff: *Migranten.* Warum dürfen wir nicht mehr Türken, Russen, Jugos, Italiener usw. sagen? Sammelbegriff Ausländer.

Heute unterscheiden wir zwischen Einwanderern, Asylanten, Migranten und Menschen mit Migrationshintergrund. Diese Begriffe purzeln wild durcheinander.

Fakt ist als Ergebnis der Volkszählung von 2011: Der Stadtkreis Pforzheim hat mit knapp 47% den zweithöchsten Anteil aller Bewohner mit Migrationshintergrund in ganz Deutschland. Bei den unter 3-jährigen beträgt der Anteil sogar 71,1%.

Die Zukunft unserer Stadt gehört also den Migranten. Und dabei sind die Asylanten, die uns zugeteilt werden, noch nicht eingerechnet.

Stadtteile mit besonders hohem Migrantenanteil (Ausländeranteil) sind Oststadt mit 61,9%, Au mit 60,8%, Innenstadt mit 59,2%, Weststadt mit 59,6% und Buckenberg mit 56,7%, davon Haidach mit 66,1%. Diese Zahlen sind erschreckend.

Nach der letzten Volkszählung gibt es in Pforzheim 23.564 Ausländer. In meinem Stadtteil Dillweißenstein sind es 1.065. Das überraschte mich. Ich dachte, der Anteil wäre viel höher.

Schon einmal wurde unser Land besetzt, von den USA. Nun erleben wir gerade die zweite Besatzungsmacht durch Flüchtlinge. Die Mehrzahl wurde nicht aus ihrer Heimat vertrieben, sondern kommt in organisierten Schlepperkolonnen. Gerade mal 1% der Antragsteller können Verfolgung nachweisen.

Im Jahr 2015 sind bereits 1 Million eingereist. Dazu kommen im nächsten Jahr durch Fanmiliennachzug weitere 3 Millionen. Außerdem nimmt der Flüchtlingsstrom im Winter zwar ab, aber im Frühjahr wird er noch gewaltiger. Wie das Hochwasser. Der nächste Flüchtlingszug ist bereits unterwegs. Afghanen flüchten vor den Taliban. Und danach kommen Millionen Afrikaner.

Was sollen wir also tun. Machen wir Platz und wandern aus. Aber wohin? Wer will uns noch haben? Sind wir Deutschen wirklich so beliebt in der Welt?

Die deutschsprachigen Länder Österreich und Schweiz sind zu klein. Australier, Neuseeländer und

Kanadier sprechen kein Deutsch. Dahin können wir also auch nicht. Und der Amerikaner macht seine Grenzen dicht, auch für Deutsche.

Wer es sich leisten kann wandert aus nach Okinawa. Die Insel wird auch *Insel der Hundertjährigen* genannt. Dort werden die Menschen sehr alt.

Auch in Hongkong werden, trotz der Luftverschmutzung, die Menschen sehr alt. Auch in Italien gibt es Dörfer, in denen die Menschen die 100 weit überschreiten.

Liegt es an der Landschaft, an der Luft, an der Ernährung, oder an allem zusammen. Wenn die deutschen Rentner sich entschließen in diese Länder auszuwandern und dort sehr alt werden, bricht ja unser Rentensystem zusammen. Also müssen wir dableiben. Wahrscheinlich müssen wir demnächst sogar unsere Pässe abgeben.

Waschbären

Ja, inzwischen sind sie auch bei uns im Süden angekommen. Hitlers Reichsjägermeister Göring hat vor über 70 Jahren die Kleinbären aus Amerika eingeführt, um einen neue Jagdbeute zu haben.

Inzwischen sind aus wenigen Exemplaren ganze Horden geworden, da sie in Deutschland keine natürlichen Feinde haben.

Inzwischen erobern sie die Großstädte. Kassel gilt bereits als Hauptstadt der Waschbären. Eine Bärenfamilie, die um Mitternacht auf einem Dach herumspaziert ist nichts Besonderes.

Die possierlichen Bären sehen mit ihren Augenringen aus, wie Ganoven und haben inzwischen einen neuen Namen erhalten: *Stadtbären.*

Einmal sah ich einen abends auf der Wiese bei der Nagold. Vielleicht war es auch ein Marder? Nein, ich denke, es war ein Waschbär.

Die neueren Häuser sind so dicht, dass kein Waschbär herein kommt. Aber bei den älteren Häusern sind meistens die Lüftungsgitter oder Kellerfenster defekt. Da findet der Waschbär ein Schlupfloch.

Und siehe da, als ich gestern in den Keller ging hörte ich ein Geräusch. Irgendwo hielt sich ein Waschbär auf. Ich kontrollierte das Lüftungsgitter, es hatte ein Loch. Aha, da war er also hereingekommen.

Nun hatte ich eine Idee. Ich legte vom Keller über die Treppe zur Haustür und dann zum Fluß eine Spur mit Essensresten. Ich ließ über Nacht alles offen stehen, so konnte der Bär der Spur folgen und aus dem Haus verschwinden. Am nächsten Morgen sah ich nach, ob der Waschbär verschwunden war. Ich hatte mich geirrt. Im Keller waren nun drei Waschbären, eine ganze Familie.

Nun griff ich zum radikalsten Mittel. Ich tränkte 5 Tennisbälle mit Ammoniak und warf sie an die Orte, an denen sich die Bären aufhielten. Das wirkte. Noch am gleichen Tag war die Familie Waschbär verschwunden. Allerdings stinkt nun wochenlang das Haus nach Ammoniak.

Die Volksabstimmung

Hurra, die Demokratie hat gesiegt. Die Senatoren in Hamburg waren sich sicher, dass das Volk so abstimmt, wie sie es wünschen. Sie rechneten mit satten 65% für ein Ja. Aber erstens kommt es anders und zweitens als man denkt.

Die Bürger wollten diesen Größenwahn nicht mitmachen. Die Finanzierung war unklar. Nun schäumen die Befürworter: Nörgelei, *Kleingeist, Neinsager, armselig, provinziell und dumm.* Einer nannte es sogar eine *Katastrophe.*

Es ist also eine Katastrophe und dumm, wenn der Bürger eine demokratische Entscheidung getroffen hat? Was für eine Arroganz muss im Senat herrschen.

Übrigens stimmten nur 50% der Bürgerschaft ab. Die 50%, die zu Hause blieben, waren bestimmt keine Befürworter des Größenwahns.

Natürlich freuen sich die Mitbewerber Los Angeles, Paris, Budapest und Rom. Die fragen ihre Bürger gleich gar nicht.

Die Nordlichter hätten sich ein Beispiel an uns Süddeutschen nehmen sollen, wie man eine Volksabstimmung so manipuliert, dass man das gewünschte Ergebnis bekommt.

Im Jahr 2011 wurde über den neuen Stuttgarter Bahnhof abgestimmt. Aber nicht wer für oder gegen Stuttgart 21 ist. Das würde jeder verstehen. Das war zu gefährlich. Also hat man getrickst. Es wurde die Abstimmung über ein Kündigungsgesetz vorgeschoben. Kein Mensch verstand so richtig, was das sollte.

Dadurch kam es zu einer merkwürdigen Situation. Wer ja zum Bahnhof sagte, musste mit nein stimmen. Wer den Bahnhof verhindern wollte musste mit ja stimmen. So wurden die Bürger reingelegt.

Die Mehrheit 58,9% stimmte gegen die Gesetzesvorlage und damit indirekt für Stuttgart 21. Ich habe das bis heute nicht richtig verstanden.

Und da war ja auch noch das Quorum. 25% der Stimmberechtigten müssen dem Volksentscheid zustimmen. Ist aber die Wahlbeteiligung unter 50% kann dieses Quorum nicht erreicht werden. Ein weiterer Bremsklotz für einen demokratischen Bürgerentscheid.

Die Hamburger hätten sich bei den cleveren Schwaben in Stuttgart informieren müssen, wie man eine Volksabstimmung oder ein Referendum durchführt. Dann hätte der Senat jubeln können.

Ein Ort stirbt aus

Vor 17 Jahren bin ich von Weissenstein nach Dillstein gezogen. In den folgenden Jahren kam ich immer seltener nach Weissenstein. Also nahm ich mir vor, meine alte Heimat doch einmal zu besuchen.

Ich fuhr mit dem Bus bis zum Freibad, den Rest konnte ich zu Fuß bewältigen. Nachdem ich die Bogenbrücke überquert hatte, kam ich an der Burg Rabeneck vorbei. Einst als Jugendherberge ausgebaut, dient die Burg heute als Unterkunft für Asylanten.

Ich ging weiter, vorbei an der evangelischen Kirche, durch den ganzen Ort bis zum Bahnhof. Nun stand ich vor dem Eisenbahntunnel und rekapitulierte. Bei meinem Spaziergang ist mir kein Mensch begegnet. Auch auf den Straßen und Gehwegen war kein Mensch. War der Ort etwa ausgestorben? Aber alles sah sauber und ordentlich aus. Dann fiel es mir wie Schuppen vor den Augen, ich hatte ja kein einziges Geschäft gesehen.

Früher gab es in dem Ort Bäckereien, Metzgereien, Lebensmittelläden, Friseur und einen Kiosk mit Lottoannahme. Heute gibt es nichts mehr.

Früher ging kein Weissensteiner nach Dillstein. Alles nach der Bogenbrücke war Tabu. Wenn der Weissensteiner eine BILD-Zeitung braucht muss er heute nach Dillstein. Auch die Lottoannahme ist dort. Und Bäcker, Metzger, Supermarkt, Friseur, Arzt, Blumenladen, Buchladen, Beerdigungsinstitut, Apotheke und Gärtner. Alles um den Ludwigsplatz herum. Dillstein lebt und Weissenstein ist ausgestorben.

Nun, wir haben in Dillstein nur noch eine der alten Metzgereien. Bei Nah und Gut ist eine zweite Metzgereiabteilung. Bäckereien gibt es noch drei, Katz, Sehne und Bender.

Früher gab es in Dillweißenstein 8 Bäckereien. Alle sind verdrängt worden von Bäckereiketten wie Katz und Sehne. In der Innenstadt ist es noch schlimmer. Hier gibt es fast nur noch Filialen von Kamps, Sternenbäck, Nussbaumer, Katz und Sehne.

Dazu kommen die Backshops und die Angebote der Discounter. Die Zahl der privaten Bäckereien nimmt von Jahr zu Jahr ab. Bäckereiketten übernehmen den Markt. Die kleinen Bäckerein haben den Kampf gegen die Discounter bereits verloren. Die

Discounter treiben nun sogar ihre Zulieferer in die Enge.

Inzwischen benutzen alle Backshops die selben Backmischungen oder Rohlinge. Deshalb schmecken die Brötchen alle gleich.

Die Filialen der Bäckereiketten haben sich inzwischen angepasst und verkaufen auch belegte Brötchen, Butterbrezeln und Kaffee. Diese Ergänzung zu den Backwaren hilft ihnen zu überleben.

In einigen Jahren haben wir amerikanische Verhältnisse. Alle kleinen Läden verschwinden und es gibt nur noch Großmärkte. Die Ortsteile rund um die Stadt sterben aus. Bald ist es überall so, wie in Weissenstein. Was für eine düstere Zukunft.

Der Maulkorb

Unsere Regierung hat angeordnet, dass wir die Ausländer zu mögen haben. Das wurde durch den Paragraph 130 im Strafgesetzbuch abgesichert.

Ich kenne einige Ausländer schon seit vielen Jahren, die kann ich auch leiden. Aber in den letzten 20 Jahren sind so viele neue zu uns gekomen, die ich nicht mag. Ich sage das auch ganz offen und verhalte mich auch entsprechend.

Wenn mich ein Ausländer (ich sage bewusst nicht Kanake) nach dem Weg fragt, gibt es zwei Möglichkeiten. 1. Ich schicke ihn ans Ende der Stadt. 2. Ich sage ihm: *der einzig richtige Weg für dich, ist der Weg nach Hause.*

Wenn ich abends mit dem Bus fahre und im Bus sitzen fast nur Ausländer dann erkläre ich ihnen, dass der Bus nicht nach Istanbul fährt.

Ich habe auch nichts gegen die Einwanderer, die unser Land überschwemmen, solange sie fliessend Deutsch sprechen.

Wenn mir ein Afrikaner (Schwarzer) begegnet frage ich ihn, warum er hier ist und verlange seine Aufenthaltsgenehmigung zu sehen.

Ich weiß, mit meinen Ansichten komme ich mit dem Paragraphen 130 in Konflikt. Eigentlich schade, denn in Deutschland gab es einmal Rede- und Pressefreiheit. Inzwischen wurde uns die Political Correctness aufgezwungen.

Unser Bundespräsident benutzt ja das Wort Freiheit in jeder Rede. Und nicht nur einmal. Falls Freiheit etwas bedeutet, dann bedeutet sie das Recht, den Leuten das zu sagen, was sie nicht hören wollen.

Heute darf man nur noch im Kabarett oder in der Satire frei reden. Deshalb heißt diese Satire *Der Maulkorb*.

Worüber kann ich lachen

Ich lache über Situationskomik, über Missgeschicke, auch über schwarzen Humor. Mit Schadenfreude bin ich etwas zurückhaltender, hier habe ich eher Mitleid.

Über einen guten Witz kann ich auch lachen, aber ich kenne sie ja schon alle. Über eine witzige Fernsehsendung könnte ich ebenfalls lachen, wenn es eine gäbe.

Über Dieter Nuhr kann ich nicht lachen. Er spricht zu leise und bei seinem Genuschel verstehe ich die Pointe nicht.

Über Ottfried Fischer kann ich auch nicht lachen. Er spricht zu schnell und die Pointe geht völlig unter.

Es gibt eine Sendung, die mich manchmal zum schmunzeln bringt. Das ist Hubert und Staller. Überhaupt bringt das Bayerische Fernsehen noch die besten Komiker auf die Bühne.

Zu meinen Favoriten gehören Urban Priol, Günter Grünwald, Helmut Schleich, Django Asül, Volker Pispers und Erwin Pelzig. Komisch, dass alle aus Bayern kommen. Die Nordlichter haben nur Otto entgegenzusetzen, alle anderen sind mehr oder weniger zweitklassig.

Einer der größten Komiker war jedoch Heinz Erhardt. Alles was er vortrug hat er selbst geschrieben.

Und täglich piept der Alarm

Angefangen hat das alles vor ein paar Wochen. Ich ging in die Galeria Kaufhof um Druckerpatronen zu kaufen. Als ich das Kaufhaus verließ piepte die Warnanlage und das rote Licht blinkte. Ich war ziemlich erschrocken und sah mich um. Da stürzte schon ein Mann im dunklen Anzug auf mich zu. Es war der Sicherheitsmann. Er ließ sich die Druckerpatrone und den Kassenzettel zeigen, grinste und ließ mich passieren.

Einige Tage später brauchte ich erneut eine Tintenpatrone. Diesmal ging ich zu Müller. Als ich das Geschäft verließ, piepte es wieder und das rote Licht blinkte. Die Müller-Filiale ist in der Schlössle-Galerie und dort waren viele Menschen unterwegs. Einige schauten zurück, andere blieben stehen. Sie dachten wohl: aha, jetzt hat es einen Dieb erwischt. Die Sache war mir peinlich und ich ging zur Kasse und zeigte meinen Kassenzettel. Die Kassiererin winkte ab und meinte: *bei den Patronen gibt es dauernd Alarm.*

Am nächsten Tag ging ich zu C&A. Schon beim reingehen piepte es. Ich fand nichts passendes und ging mit leeren Händen hinaus. Es piepte schon wieder. Ich zeigte meine leeren Hände und die Managerin winkte ab. So langsam ging mir das auf die Nerven.

Ich fragte mich, was den Alarm wohl auslöste. Liegt es vielleicht an der Kleidung? Mir passierte das einmal am Flughafen, als ich durch die Schleuse ging. Der Alarm wurde ausgelöst. darauf wurde ich von einem Sicherheitsmann mit einem Gerät von oben bis unten abgetastet. Die Ursache war schnell gefunden. Es war der Reißverschluss meiner Lederjacke, er war aus Metall.

Heute sind die die Reißverschlüsse aus Plastik. Daran kann es also nicht liegen. Vielleicht an anderen Kleidungsstücken?

Eine andere Form der Warensicherung, bei Elektrogeräten, Fotoapparaten oder teurer Kleidung sind Ketten oder Kabel, mit denen die Ware gesichert ist. Wird das Kabel durchgeschnitten löst es ebenfalls Alarm aus.

Das System, das in die Kleidung eingebaut ist heißt RFID - Radio Frequency IDentification. Es befindet sich in den T-Shirts (C&A), in den Schuhen (Deichmann) sogar in Geldbeuteln. Manchmal sind auch Metallstreifen in die Kleidung eingearbeitet.

Bei den Hosen sind sie am Aufschlag oder am Bund. Sehen sie mal in ihren Geldbeutel, vielleicht sind dort auch Metallstreifen.

Diese werden eigentlich an der Kasse desaktiviert. Aber manchmal senden sie ein Signal an die Schranke im Ausgang. Wenn man durch das Magnetfeld geht, löst es den Alarm aus. Das passiert auch mit Dingen, die man gar nicht in dem Geschäft gekauft hat, weil alle dasselbe System verwenden.

Ich habe mich oft gefragt, ob diese Strahlung für mich gefährlich ist. Sie geht ja jedesmal durch meinen Körper. Nach Angaben des Herstellers ist das elektronische Feld für Menschen völlig ungefährlich.

Nun habe ich aber gelesen, dass Menschen mit einem Herzschrittmacher die Alarmschranke schnell durchschreiten sollten. Auch Kinder sollten hier nicht stehenbleiben. Also völlig ungefährlich?

Inzwischen habe ich gehört, daß künstliche Knie oder Hüftglenke aus Titan, oder Zahnimplantate auch den Alarm auslösen können.

Auch eine Armbanduhr kann auf magnetische oder induktive Felder reagieren.

Auch Schuhe von Deichmann lösten bei C&A den Alarm aus. Steckt da eine Absicht dahinter?

Ich habe wiederholt den Alarm ausgelöst. Liegt es vielleicht an meiner Kleidung? Aber ich habe doch jedesmal etwas anderes an.

Um ganz sicher zu gehen, werde ich mal nackt durch die Schranke gehen. Wenn es dann nicht piept, falle ich auch nicht auf.

Kasimir

In unserem Haus wohnte ein junges Paar. Sie hatten einen jungen Kater - Kasimir. Das Paar hatte oft Streit miteinander und kümmerte sich immer weniger um ihren Kater. Wenn sie zur Arbeit gingen ließen sie Kasimir einfach aus der Wohnung ins Treppenhaus, wo er sich den ganzen Tag aufhielt.

Wenn es Abend wurde saß Kasimir innen vor der Haustür und miaute laut, er wollte hinaus. Ich ging dann hinunter und öffnete die Tür. Kasimir sauste hinaus und verbrachte die Nacht im Freien. Das war normal, denn Katzen sind ja nachtaktive Tiere. Morgens um 6 Uhr saß er wieder draußen vor der Tür und miaute so lange, bis jemand herunter kam und ihn herein ließ. Meistens war das ich, da ich dann auch gleich die Zeitung holte. Kasimirs neues Zuhause war das Treppenhaus und der Keller. Oft lag er Tagsüber auf der Fußmatte irgendeiner Wohnung. Manchmal auch bei mir.

Wenn ich vom Einkaufen zurück kam musste ich über ihn hinwegsteigen, um in meine Wohnung zu kommen. Das störte ihn überhaupt nicht.

Die Hausbewohner hatten mittlerweile mitgekriegt, was mit Kasimir los war und versorgten ihn mit Wasser und Futter. So ging das wochenlang.

Einmal ließ ich ihn am Abend hinaus, im selben Moment kam ein Mann mit seinem Hund vorbei. Um diese Zeit waren einige Hundebesitzer mit ihren Hunden draußen. Kasimir erschrak furchtbar und sauste wie der Blitz um die Ecke. Der Hund war noch mehr erschrocken und es passierte nichts. Seit dieser Begegnung ging Kasimir abends ganz vorsichtig aus dem Haus und schaute erst, ob die Luft rein ist. Dann sauste er davon.

Manchmal kam er am Morgen ganz zerzaust zurück. Er hatte wohl in der Nacht mit einer anderen Katze gerauft. Aber auch am Morgen waren schon die ersten mit ihren Hunden unterwegs. Kasimir war aber clever. Er legte sich gegenüber unter ein Auto und wartete, bis das Licht im Treppenhaus anging. Dann wusste er, jetzt kommt jemand herunter. Er rannte über die Straße und wartete vor der Tür, bis sie geöffnet wurde.

Der arme Kerl tat uns leid, aber so konnte es nicht weitergehen. Schließlich meldeten sich Bekannte, deren Tochter oft im Haus war und Kasimir kannte. Sie nahmen den Kater mit nach Hause und nun geht es ihm besser. Manchmal vermisse ich ihn. Wenn ich morgens die Zeitung hole schaue ich immer, ob er nicht vor der Tür wartet. Und wenn nachts eine Katze schreit, denke ich, das ist Kasimir.

Pedro

Pedro war ein Esel. Er hatte sein Zuhause in der Gärtnerei neben dem Friedhof. Normal war er friedlich und man hörte in kaum.

War aber eine Beerdigung, wartete er bis der Trauerzug am Grab war. Sobald der Pfarrer die Grabrede hielt mischte sich Pedro ein. Er schrie so laut iiiiaaa, iiiiaaa, das waren mindestens 90 Dezibel, dass man den Pfarrer nicht mehr verstand. Die Trauergäste fanden es eher lustig.

Aber der Pfarrer beklagte sich beim Gärtner. Nun war nicht jede Woche eine Beerdigung, aber es gab

Wochen, da waren drei Beerdigungen. Pedro störte jede Beerdigung, irgendwie fand er das lustig und seine Schreie wurden immer lauter.

Schließlich sah der Gärtner keine andere Möglichkeit, er musste Pedro weggeben. Aber das Tierheim kam nicht in Frage. Für Esel waren sie nicht eingerichtet.

Ein Bekannter, der im Haus noch einen Stall mit einer Kuh hatte, nahm Pedro zu sich. Hinter dem Haus war der Fluß mit einem breiten Vorland. Auf dieser Wiese konnte Pedro auslaufen.

Sein neuer Herr nahm ihn einmal am Sonntagmorgen mit zu den Kleintierzüchtern ins Vereinsheim. Pedro wurde draußen am Treppengeländer angebunden. In Kopfhöhe war ein Fenster und das Fenster war offen. Als es am Stammtisch etwas laut wurde, steckte Pedro seinen Kopf durch das Fenster und fing an zu schreien. Iiiiaaa, iiiaaa. Immer lauter. Er hatte ja neben dem Friedhof oft genug geübt. Sein Geschrei wurde unerträglich und sein Besitzer wurde davongejagt, mit ihm auch Pedro. In Zukunft durfte er nur noch ohne Pedro erscheinen.

Schade eigentlich, denn am Stammtisch war es manchmal langweilig und Pedro sorgte auf jeden Fall für Stimmung.

Der Schicksalsberg

Einmal im Leben wollte ich auf den Walberg steigen. Von der Ferne hatte ich ihn oft gesehen. Von der Rotplatte aus die eine Seite und von der Wilferdinger Höhe aus die andere Seite. Bei klarem Wetter konnte man gut die Stelen sehen, die dort zum Gedenken an den 23. Februar 1945 und der 20.000 Toten errichtet wurden. Der Berg wurde nach der Zerstörung Pforzheims aus dem Trümmerschutt aufgeschüttet. Deshalb nennt man ihn im Volksmund auch *Monte Scherbelino*.

Heute war der große Tag. Heute würde ich ihn erklimmen. Ich nahm meinen Fotoapparat mit, damit ich von oben Bilder von der Stadt machen konnte.

Ich fuhr mit dem Bus bis zum Krankenhaus Siloah. Von dort aus führte der Weg steil hinauf. Vor 40 Jahren hätte mir der Aufstieg nichts ausgemacht, aber heute strengte es mich furchtbar an. Hoffentlich, dachte ich, hält mein Herz die Anstrengung durch. Na ja, das Krankenhaus war ja in Sichtweite.

Nach einer halben Stunde hatte ich es geschafft und stand ganz oben. Ich war dort aber nicht allein. Ein Lehrer mit seiner Schulklasse hatte dieselbe Idee. Die Schüler und Schülerinnen saßen und standen lustlos herum und langweilten sich.

Ich wollte die Aussicht genießen und Fotos machen. Über der Stadt hing eine Dunstglocke und die Häuser waren nur undeutlich zu sehen. Mist, ich war umsonst heraufgestiegen. Mir fiel der bekannte Spruch ein:

Morgens sieht man ein Nebelmeer,
mittags ein Häusermeer,
abends ein Lichtermeer,
und nachts gar nichts mehr.

Ich stieg wieder hinab und dachte, wenn ich schon mal auf der Wilferdingerhöhe bin, besuche ich auch gleich den Baumarkt. Auf dem Parkplatz standen Gartenhütten aus Holz und anderen Materialien. Die Auswahl war groß und ich schaute mir alle an. Warum eigentlich, ich habe doch gar keinen Garten.

Also ging ich 100 Meter weiter zu Lidl. Hier konnte ich einige Lebensmittel einkaufen. Danach ging ich weitere 200 Meter zu Saturn und schaute mir die neuen Fernseher an.

Von Saturn aus war es nicht mehr weit bis zu Aldi. Dort kaufte ich auch noch etwas ein und ging zurück zum Kaufland. Im oberen Stockwerk war der Media-Markt. Hier gab es die selben Angebote wie bei Saturn. Die beiden gehören auch zum selben Konzern.

Wenn ich schon mal hier war, konnte ich auch noch beim Kaufland einkaufen. Als ich das Gebäude verließ hatte ich zwei schwere Einkaufstaschen. Was hatte ich da nur alles gekauft? Ich wollte doch nur auf den Walberg.

Als ich endlich zu Hause war, musste ich mich erstmal hinlegen. Ich war total fertig. Der Aufstieg auf den Berg und das Gehen von Geschäft zu Geschäft hatte mich ziemlich angestrengt.

Nun kann ich wenigstens sagen, ich war auf dem Walberg. Das können sicher viele Pforzheimer nicht von sich behaupten. Als nächstes besteige ich den Wartberg.

Die besondere Uhr

Eine gute Freundin sichtete die Hinterlassenschaft ihres verstorbenen Vaters. Darunter fand sie eine ungewöhnliche Armbanduhr. Ein Bekannter bot ihr für die Uhr 500 Euro. Nun war sie nicht sicher, ob sie die Uhr verkaufen sollte und fragte mich um Rat: *du verstehst doch etwas von Uhren, kannst du mir helfen? Zeig mal her,* meinte ich und untersuchte die Uhr.

Es war tatsächlich ein außergewöhnliches Stück. Auf dem Zifferblatt war ein Drachen abgebildet. Außerdem hatte die Uhr einen Tourbillon (Wirbelwind). Dieser Käfigartige Mechanismus soll Fehler bei der Ganggenauigkeit von Taschen- und Armbanduhren beheben. Nur die besten Uhrmacher können einen Toubillon bauen. Das wirkt sich auch auf den Preis der Uhr aus.

Ich hatte den Verdacht, dass die Uhr ein Stück von Alain Silberstein war. Von dem Modell *Dragon* hatte er nur 10 Stück hergestellt und die letzte dieser Baureihe wurde vor Jahren für 30.000 Euro versteigert.

Alain Silberstein ist bekannt für sein phantastischen Uhren mit geometrischen Elementen in leuchtenden Farben. Am 31. Mai 2012 hat er jedoch die Produktion in seiner Firma aufgegeben, da sich ein dringend benötigter Investor nicht finden ließ.

Es gibt auf der Welt sehr reiche Uhrensammler, die solche Stücke kaufen. Eine der bekanntesten ist die Queen. Sie hat eine Sammlung von über 1.000 Exemplaren und sucht nun einen Bediensteten, der sich nur um ihre Sammlung kümmert.

Dann gibt es noch einen japanischen Milliardär und einen saudischen Prinzen. Alle sind Uhrensammler und in der Lage, hohe Preise für eine Rarität zu zahlen.

Die größten Auktionshäuser Sotheby's und Christie's haben die Adressen dieser exklusiven Kunden und benachrichtigen die Sammler, wenn mal wieder ein interessantes Stück angeboten wird. Die Sammler schicken dann ihre Vertreter oder lassen telefonisch mitbieten.

Ich sagte meiner Freundin: *wenn die Uhr echt ist, kannst du ein Auktionshaus mit der Versteigerung beauftragen. Ein Erlös von 50.000 bis 100.000 ist möglich. Es kommt darauf an, wieviele Interessenten bei der Auktion sind und ob sie sich gegenseitig hochbieten. Allerdings bekommt das Auktionshaus 20% vom Erlös des Objektes. Aber zuerst solltest du von einem seriösen Juwelier prüfen lassen, ob die Uhr echt ist. Ist es wirklich das Modell Dragon von Alain Silberstein. Der Tourbillon spricht dafür.*

Es gibt aber inzwischen Repliken von Silberstein-Uhren. Die haben ein japanisches Quarzwerk und werden im Internet angeboten für 130 bis 200 Euro. Echte Silberstein-Uhren findet man auch im Internet. Der Preis liegt zwischen 9.000 und 30.000 Euro je nach Modell.

Bei den Repliken muß man aufpassen. Sie werden im Ausland illegal hergestellt und von dort verschickt. Wenn der Zoll die Sendung überprüft, wird die Uhr beschlagnahmt und vernichtet.

Es besteht beim Onlinekauf auch die Gefahr, dass man im voraus bezahlt und nichts wird geliefert. Oder man bekommt eine 5 Euro Uhr geschickt.

Ich sagte zu meiner Freundin: *wenn dein Bekannter für die Uhr 500 Euro bietet ist er entweder ein Idiot, oder er weiß etwas und will dich übers Ohr hauen. Gehe erst zum Juwelier und lass die Uhr überprüfen.*

Das tat sie dann auch. Nach einigen Wochen sahen wir uns wieder und ich erkundigte mich nach der Uhr. Sie sagte: *die habe ich an den Juwelier verkauft. Er hat mir bestätigt, dass sie nicht echt ist und trotzdem 1000 Euro geboten. Er will sie für sich behalten.*

Ich schaute sie lange an und meinte: *er hat dich übers Ohr gehauen.*

Nun verfolge ich die Auktionen der großen Auktionshäuser in der Presse. Vielleicht taucht mal bei einer Auktion die Uhr Dragon von Alain Silberstein auf. Wundern würde ich mich nicht.

Ende

MIX
Papier aus verantwortungsvollen Quellen
Paper from responsible sources
FSC® C105338